A MILD NOBLE'S
VACATION SUGGESTION

優雅貴族的休假指南。

6

著 岬　圖 さんど
譯 簡捷

◆ Contents ◆

A MILD NOBLE'S VACATION SUGGESTION

A MILD NOBLE'S
VACATION SUGGESTION

CHARACTERS

人物介紹

利瑟爾

本來是為某國王效命的貴族，不知為何掉到了與原本世界十分相似的另一個世界，正在全力享受假期。試著當上了冒險者，不過常常有人不敢置信地多看他一眼。

劫爾

傳聞中的最強冒險者，可能真的是最強。興趣是攻略迷宮。

伊雷文

原本是足以威脅國家的盜賊團的首領。蛇族獸人。別看他這樣，親近利瑟爾之後作風已經比先前收斂許多了。

賈吉

商人，擁有自己的店舖，擅長鑑定。看起來很懦弱，其實交涉的時候頗有魄力。

史塔德

冒險者公會的職員，面無表情就是他的一號表情。人稱「絕對零度」。

納赫斯

負責阿斯塔尼亞魔鳥騎兵團的副隊長。遇上刺激照顧欲的利瑟爾之後，他照顧人的技能一口氣點滿了。

團長

城市巡迴劇團「Phantasm」（幻象劇團）的團長，對於戲劇懷有激烈的熱情。臭小子！

旅店主人

隸屬於旅店老闆，利瑟爾一行人在他的旅店下榻。就只是個這樣的男人。

70

和冒險者的營地比起來，軍團野營地的安心感真是太棒了。

人們聚集成集團自衛時，魔物本來就不容易靠近，而且與利瑟爾他們同行的還是阿斯塔尼亞魔鳥騎兵團，率領著魔鳥這種其他魔物也不敢隨便出手的存在。

儘管魔物會無差別襲擊人類，但牠們也鮮少襲擊比自己強大的魔物，因此他們在野營中幾乎不需要戒備。當然，也不能完全放鬆警戒就是了。

「（不用起床好輕鬆哦。）」

這也就代表，被視為客人相待的利瑟爾他們不需要輪班守夜，可以光明正大睡到早上。

「（也不在這裡……）」

利瑟爾正悠然走在夜晚的野營地當中。

騎兵團大概也帶著空間魔法包包之類的東西吧，帳篷的影子在平原上參差不齊地林立，利瑟爾時而往帳篷陰影處探尋，尋找自己要找的人。人數不算特別多，稍微晃晃應該就找得到了。

「是咱們的貴客啊！來一杯怎麼樣？」

「哦，你一個人啊？」

「要不要再跟你聊聊魔鳥？」

騎兵們圍著營火坐在地上，每個人看見利瑟爾經過都跟他搭話。火光映在他們褐色的肌膚上，與夜色十分相稱。

魔鳥坐在自己的搭檔背後充當椅背，一聽見搭檔出聲喊利瑟爾，魔鳥也跟著抬起頭，黑色的瞳仁仰望著他，看得利瑟爾微微一笑。他揮揮手回應騎兵們的邀約，從他們身邊走過。

「（他們還真是熱情。）」

搭上魔鳥車以來大約過了整整三天，騎兵們不分白天黑夜，氣氛總是相當熱絡，無論利瑟爾說了幾次自己不能喝酒，他們還是照樣問他要不要喝。

阿斯塔尼亞的人民基本上友善熱情，對待利瑟爾他們這些突然冒出來的客人也相當親切，總是隨和地跟他們攀談。在王都，人們往往跟利瑟爾保持一點禮貌的距離，相較之下騎兵團對他的態度與對待其他人並無不同，這是因為阿斯塔尼亞對於上流階級的概念和王都不太一樣的關係。

對於阿斯塔尼亞國民而言，王族並不是遠在雲端、遙不可及的人物；他們不會高踞於人民頭頂，而是親自站在前方帶領人民的先鋒。阿斯塔尼亞的人們對於王族心懷敬意，但並不感到敬畏，因此儘管利瑟爾常遭人誤認為貴族，騎兵們也不會與他保持距離。

不過，騎兵們對他的態度還是稍微客氣一些，而且利瑟爾自稱是冒險者的時候，他們的反應還是一樣驚訝。

「（我都當了這麼久的冒險者，大家不應該這麼驚訝吧……）」

利瑟爾一邊沉吟，一邊來到野營地外圍。這時候……

「啊。」

又經過一座帳篷，利瑟爾往旁邊一看，找到了他正在尋找的身影，是劫爾。他正和幾個騎兵不曉得在說些什麼。

一刀的名號在阿斯塔尼亞似乎也相當響亮，屢次有騎兵邀他比試。一次劫爾拒絕之後，騎兵遞出當地的清酒說，不能比試的話不如來拚酒吧。「也好，反正能喝到好酒。」劫爾這麼說著仰頭飲盡，自從這次之後，好像也有人會找他挑戰拚酒量。

雖然當事人老是擺出一副嫌麻煩的樣子。面對劫爾這種臉色也不屈不撓，不愧是阿斯塔尼亞的騎兵團。

「（怎麼辦才好呢？）」

他們現在應該也是在邀請劫爾比武或拚酒吧，雖然本人總是委婉推辭。

劫爾也只是對他人缺乏興趣，並不是厭惡與人互動，有人不怕他、跟他搭話，他也會回應一兩句。再加上他們這趟搭的是騎兵團的便車，撕破臉反而麻煩，這也是一大原因吧。

或者，也可能因為魔鳥騎兵團是利瑟爾感興趣的對象。

「（既然他正在跟人交談，那就晚點再說吧。）」

雖然希望盡早處理這件事，但反正晚點劫爾也會回到帳篷來，利瑟爾望著劫爾的側臉點了個頭。

當他正準備回頭折返，劫爾便往這方向看了過來。

利瑟爾正想抬手示意他沒事，那道黑衣的人影已經朝這裡走來。這樣好嗎？利瑟爾看向剛才還在跟劫爾交談的那些騎兵，只見他們聳聳肩說著「果然還是被拒絕啦」，然後稍微舉手向他打了個招呼。

「怎麼了？」

當然，劫爾一點也不覺得愧對他們。
「不好意思，打擾到你們了嗎？」
「沒差。」
那就好。看見劫爾面不改色地這麼說，利瑟爾也進入正題。
「關於前進路線，我想跟你商量一下。」
「別到了現在才跟我說你想去撒路思啊。」
「我才不會那樣說。」
利瑟爾有趣地笑了出來。也不好一直站著說話，兩人於是走向魔鳥車。
賈吉透過伊雷文執行的間接侍奉發揮得淋漓盡致，因此他們的帳篷和先前一樣相當好睡，不過談話似乎還是到魔鳥車上比較適合。
經過改造的魔鳥車不僅座椅舒適，還裝了個小茶几，可以在這裡度過閒適的午茶時光，甚至還裝有光線柔和的燈供他讀書用。賈吉的盡心奉獻絕不妥協。
「你到了目的地有什麼立刻想做的事情？」
「不是的，是抵達之前。」
之前沒聽利瑟爾說想順路繞到哪裡，劫爾訝異地蹙起眉頭。
「伊雷文說……」
「隊長你叫我嗎──？」
利瑟爾一道出他的名字，在一段距離之外喝酒的宵夜團當中就傳出一道聲音。
二人朝聲音的方向望去，看見伊雷文一手拿著酒，盤腿坐在地上，扭過身子探詢似地看著這裡，他那束鮮艷的紅髮像蛇一樣垂在地面。利瑟爾朝他揮揮手，意思是「沒叫你」，還有「你慢慢喝」。

伊雷文抬起一隻手表示理解。

「那傢伙早上不是才說喝太多了頭痛？」

「是啊。」

伊雷文表面工夫做得好，也不排斥熱絡的氣氛，因此每天晚上都嚷著「免費的酒、免費的酒」，四處答應酒會的邀約。阿斯塔尼亞的男人酒量都很好，在這裡也沒有喝醉之後會纏著別人胡鬧的醉鬼，所以伊雷文毫不客氣地加入了他們。

「他昨天也不知道從哪裡拿了酒來喝呢。」

「你倒是都沒阻止他。」

「反正伊雷文也不太容易喝醉呀。」

順帶一提，騎兵們的酒都是自掏腰包帶來的，伊雷文則是摸了他們的酒來喝。

「聽說阿斯塔尼亞當地的清酒很烈，但伊雷文也算滿能喝的吧？」

「再怎麼能喝，像他那樣把酒當水喝也會宿醉啊。」

「也就是說，我那時候也是這樣喝的嗎？」

他喝的是和清水差不多淡的酒，而且只喝一口就醉了……這誰開得了口？

不過利瑟爾喝醉之後還算喝了不少，這麼說也沒錯吧，劫爾點點頭。看他的反應，利瑟爾察覺了自己大概沒希望成為酒豪，感到有點可惜。

「伊雷文昨天也醉得差點鑽進我的被子裡呢。」

「我被他踩了。」

二人抵達了魔鳥車旁邊，坐進車廂。

趁著劫爾點燈的時候，利瑟爾坐下來取出地圖，放下摺疊在牆上的桌板，將地圖攤開在桌上。

一般流通的地圖相當簡單，只有聊勝於無的功用。但利瑟爾取出的地圖是雷伊餞別時送給他們的，比例尺和方位、地形都相當精確。

「這東西萬一流出去不就糟了嗎？」

「我們不要轉讓給別人就好了呀。」

過於精密的地圖不會在外流通，這是只有國家高層才會持有的情報。

劫爾嗓音裡滿是無奈，大概是對於雷伊輕易把這種東西提供給他們感到不可置信吧。利瑟爾有趣地笑了，確認劫爾在對面坐下之後，他的指尖滑過紙面。

「我們從帕魯特達出發，現在差不多來到這一帶。」

利瑟爾指向標記著王都帕魯特達爾的圓點，指出他們至今行經的路線。無論途中碰上險峻的高山還是幽深的峽谷，他們都沒有拐彎，筆直往目的地前進。

這正是魔鳥的優點，在某些地形下，牠們抵達目的地的速度能比馬匹快上將近一倍。

「除了吃東西的時候以外都一直在天上飛行，魔鳥好強壯哦。」

「所以牠們在討伐委託才會被列為高階魔物，飛來飛去的我們無從下手。」

「你馬上就把話題導向血腥的方面呢。」

「哪裡血腥？」

利瑟爾原本只是單純稱讚魔鳥，不知為何講到討伐手段去了。

「要是魔鳥積極攻過來我們就輕鬆多了。」劫爾大言不慚地繼續說下去，利瑟爾聽了不禁苦笑。城牆根本擋不住魔鳥，牠們萬一真的積極襲擊人類，那就糟糕了。

「按照預定行程，我們再過兩天就會抵達阿斯塔尼亞。」

利瑟爾回到正題，再度挪動指尖。穿過平原，越過山巒和溪谷，再穿過廣大的叢林，就會抵達面朝大海的豐饒國度，阿斯塔尼亞。

利瑟爾的指尖在還沒抵達阿斯塔尼亞之前停了下來，停在城外鋪展開來的叢林當中。那是距離阿斯塔尼亞僅有一步之遙，步行半天就能抵達國門的位置。

「伊雷文的老家，好像在這附近。」

「啊？」

「老家。他父母住在這邊。」

聽見意想不到的詞語，劫爾又反問了一次，利瑟爾也乾脆地重複一次。

聽說那是個適宜蛇族獸人居住的國家，因此利瑟爾在伊雷文提起前就略猜到一二，一點也不驚訝。對於劫爾來說倒是很意想不到，一方面也是因為伊雷文感覺並不像會談起自己雙親的人。

「伊雷文也說，反正都到家附近了，不如去打個招呼，所以我想請他們在這裡放我們下車。」

「那傢伙事到如今還裝什麼乖？」

「大哥馬上就把我說成那樣！」

魔鳥車的門板砰地打開，伊雷文從門後現身。

「我說的是事實。」

「我超乖的啊？」

「你太看得起自己了。」

伊雷文拿著兩瓶酒，想必是他今天的戰利品。他邊開玩笑邊把其中一瓶遞給劫爾，看來一開始就打算跟劫爾一起喝了，利瑟爾邊想邊站起身。

既然劫爾也不反對在中途下車，這件事盡早拜託騎兵團比較好。

「我去找隊長一趟。」

「隊長，等你回來也一起喝吧！」

「喂。」

「不是啦，隊長不喝也沒關係。」

喝酒的時候，他們倆從來不介意不喝酒的利瑟爾一起坐在旁邊。

狹小的車廂內，伊雷文在利瑟爾經過他身邊時開口邀約，利瑟爾聽了雖然高興，卻還是搖搖頭。接下來有什麼事嗎？劫爾探詢地仰頭看他，利瑟爾回以一個微笑，接著跳下車廂回過頭來。

「我有些事想請教納赫斯先生。」

他們一聽就明白了。伊雷文坐了下來，燦爛地笑著朝他揮揮手，劫爾則是一臉無奈，點了個頭送他離開。

這段旅途當中，利瑟爾一找到空檔就跑去聽納赫斯談論魔鳥，從魔鳥飛行中的魔力運用效率這類專業話題，到每一隻魔鳥對飼料的偏好，無所不聊。無論利瑟爾問什麼，納赫斯都興高采烈地為他解答，實在是非常理想的談話對象。

「別聊太晚。」

「我知道。」

利瑟爾再度在野營地上邁開腳步。

清晨，天空開始染上朝霞的時刻，喧囂聲隱隱約約傳進帳篷裡來，利瑟爾裹在毛毯裡翻了個身。魔鳥騎兵團的成員身為軍人，起得很早。

「嗯……」

利瑟爾呼了一口氣，緩緩坐起身。他將落在頰邊的頭髮撥到耳後，茫然環視了熟悉的帳篷內部一圈。

賈吉借給他們的帳篷很神奇，內部空間比外觀看起來更寬敞，不愧是迷宮品，三個大男人睡在裡面，空間仍然相當足夠。

儘管如此，利瑟爾身邊還是有團棉被緊緊偎著他睡。利瑟爾低頭看了看，除了露出毛毯的紅髮之外看不見他的睡姿。伊雷文總是這樣，利瑟爾微微一笑。

「……你要起來了喔？」

那團毛毯忽然動了動。

那雙探出被窩的眼睛看起來剛睡醒，眼神有點兇。伊雷文應該還想睡吧，利瑟爾伸手溫柔地遮住他的雙眼。

「你繼續睡沒關係哦。」

「嗯……」

一聽他這麼說，伊雷文就毫不客氣睡起了回籠覺，扭著身子再次把臉埋進被窩。利瑟爾低頭看了他一會兒之後，靜靜站起身來。

利瑟爾穿上外套和手套以外的裝備，走出帳篷。

「以你的作息來說，起得真早。」

「早安。」

「嗯。」

劫爾坐在火堆前，正在保養大劍，利瑟爾跟他打了聲招呼。看樣子他已經去活動過身體了，擺在火堆前燒烤的肉塊想必是他的戰利品。

要是隨便找個地方揮劍，總會有人來找劫爾比試，因此他跑到適合的地方隨便活動了一下筋骨，也許是在過程中偶然遭到魔物襲擊了吧。

仔細一看，野營地四處可見類似的光景，看來劫爾把吃不完的肉分給大家了。不曉得是多大的獵物，利瑟爾也走近火堆。

「這是什麼生物的肉呀？」

「很大的野豬。」

「在這附近出沒的話，可能是牙豬？看起來很美味呢。」

「喏。」

利瑟爾坐了下來，接過劫爾遞給他的肉塊。

這已經是第二次了，因此他毫不猶豫地咬上肉塊。目擊這番光景的騎兵忍不住多看他一眼，畫面實在太衝突了。

「筋很多，不過很好吃。」

「那太好了。」

利瑟爾小心不滴下肉汁，努力動著下顎咀嚼。但他吃不下全部，如果再烤一次會比較容易入口嗎？他望著火堆這麼想。

這時劫爾朝他伸出手，示意他拿來。利瑟爾道了謝，不客氣地讓他幫忙吃掉剩下的烤肉。

「啊。客人，你起來了？」

忽然有人來搭話，利瑟爾坐著回過頭。

「納赫斯先生。」

「你今天起得真早啊。」

納赫斯帶著魔鳥，一言難盡地來回看著火堆上的肉塊和利瑟爾。他說，旅途中第一次看見剛起床的利瑟爾在帳篷外伸懶腰的時候，讓他聯想到大宅邸的庭院。

看起來完全是如假包換的貴族，簡直教人猶豫該不該吐槽他「你以為你是貴族喔」。直到現在，納赫斯仍然不相信利瑟爾是冒險者。

「怎麼樣，我正要跟最愛的搭檔一起晨間散步，你要不要一起來？」

「可以嗎？」

「當然！我家搭檔的背上坐起來非常舒適哦。」

牠拍動翅膀的聲音是多麼有力，躍動的肌肉又是如何……納赫斯說個沒完，他身旁的魔鳥小步靠近火堆，湊過去嗅著肉香。是想吃肉嗎？利瑟爾輕輕撫摸牠低下來的嘴喙。

「你對牠很熟悉嘛。」劫爾說。

「納赫斯先生讓我摸了牠幾次，最推薦的是胸口毛茸茸的地方哦。」

「是喔。」

劫爾點點頭。這時候不會說想摸摸看，很符合劫爾的作風。

「你明明想騎魔鳥，卻沒主動提啊。」

「因為我稍微觀察了一下，每隻魔鳥好像都有固定的搭檔……」

至少在這段期間，利瑟爾從來沒見過騎兵們騎乘自己搭檔以外的魔鳥。

一方面或許是因為沒有必要，不過需要移動魔鳥位置的時候，他也看過騎兵特地把那隻魔鳥的搭檔找來，可見魔鳥應該只聽從搭檔的指令吧。

「是啊，某種意義上沒有錯。」

原本還在極力宣揚搭檔魅力的納赫斯中斷了話頭，呼喚自己的魔鳥過來。

剛才還對烤肉興味盎然的魔鳥立刻抬起頭，回到他身邊。納赫斯溫柔撫摸著牠的翅膀，輕描淡寫地說：

「不過，只要搭檔也一起騎乘就沒有問題。在阿斯塔尼亞我們也有騎乘體驗的活動，讓孩子體驗騎在魔鳥背上的感覺。這種勇敢的地方也很可愛吧！」

「載著兩個大人也沒問題嗎？」

「這點重量，對牠來說只是小菜一碟！」

納赫斯自豪地笑著說完，又補上一句：不過速度會慢一點就是了。他邊說邊握住魔鳥的轡繩，踩著與馬蹬形狀不同的腳蹬，跨到魔鳥背上。

腳蹬的設計正好將騎兵的雙腳固定在翅膀根部附近，這個巧思使得騎兵不會阻礙到魔鳥展翅飛行，不過駕馭起來也比馬匹更需要掌握訣竅。

利瑟爾也站起身來，仰望納赫斯位在高處的臉孔。

「我該怎麼做？」

「先握住轡繩，然後腳踩在那裡……對，就是那邊。」

第一次嘗試不容易呢，在納赫斯的指示之下，利瑟爾一個人心領神會地想道。就連跨坐到背上的方法都與騎馬不同，利瑟爾不小心把轡繩拉得太用力，惹來魔鳥抗議的叫聲。

好不容易坐到鞍上，過了幾秒，利瑟爾喃喃說：

「感覺腹肌會很痛……」

「習慣之後不用使出太大的力氣就能保持這個姿勢了，還沒辦法坐直的時候可以先靠在我身上。」

魔鳥站在地上的時候，背部和地面並不是平行的，而是往後方傾斜，因此必須運用腹肌的力量把身體挺起來。

一身輕裝的阿斯塔尼亞魔鳥騎兵，個個都擁有壯碩的腹肌，難道就是這樣練出來的嗎？利瑟爾非常認真地這麼想，因為才坐了這麼短的時間，他的腹肌已經開始痛了。

「你們這雙人兜風還真沒情調。」

「難得可以騎魔鳥嘛，忍耐一下。」

聽見劫爾這麼揶揄他，利瑟爾有趣地笑著回道。確實，如果利瑟爾是個淑女，這情景應該美得像幅畫吧。

「飛在半空中的時候應該是平行的吧？」

「是啊，起飛之後就輕鬆了，不過保持平衡還是需要一點訣竅。」

納赫斯的手臂從他身後伸過來。利瑟爾看著他執起韁繩，心想自己是不是先把韁繩放開比較好。但他才剛放鬆韁繩，納赫斯就說話了。

「韁繩要握緊喔。」

「你別掉下來了。」

「萬一掉下來就麻煩你了。」利瑟爾說。

聽見納赫斯這麼說，利瑟爾重新握緊韁繩，朝著火堆前的劫爾點點頭。劫爾看著他的眼神彷彿在說「你還真敢」，聽見利瑟爾那句話，他又無奈地嘆了口氣。這傢伙到底有幾分認真？

接著，納赫斯拉緊韁繩。魔鳥一反他的動作猛地垂下頭，大大展開翅膀拍動幾下，身體逐漸與地面平行。

雙翼颳起泥土的氣味，腳下魔鳥的體溫與躍動，利瑟爾對這一切都興味盎然。現在的姿勢也輕鬆不少，他自然而然放鬆了身體。

「要飛囉！」

下一秒，他對此後悔莫及。

隨著魔鳥低下身軀，一瞬間有股內臟上浮的墜落感，緊接著魔鳥急遽上升，彷彿將浮起

的內臟又往地面上拉。幸好剛才沒把劫爾給他的肉塊吃完，利瑟爾感慨地想。
他理所當然失去了平衡，納赫斯的手臂環在他腹部，穩穩固定住利瑟爾的身體。
「剛才不是叫你要抓穩韁繩嗎?!啊，不對，你確實抓著……」
「沒想到會搖得這麼厲害，只抓著韁繩實在無法穩住。」
「這麼說來，載小孩子的時候我們的確是從起飛之前一直扶著他們的身體……經你這樣一講，剛起飛的時候確實會晃沒錯。」
真希望他早點講。
魔鳥起飛的瞬間，這幾天利瑟爾也看過無數次了。只是騎兵們實在起飛得太輕鬆簡單，他完全沒想過會有反作用力，甚至覺得魔鳥體型這麼龐大，起飛動作卻意外地平緩。
但實際坐到魔鳥背上完全不是這麼回事，專業的真是太厲害了。
「但、但是，只有一開始會晃而已！你看，起飛之後坐起來很舒適吧！」
為了挽回魔鳥的印象，納赫斯的語氣有點急切，他邊說邊展開原本支撐著利瑟爾的雙手。確實如此，沒有人扶著感覺也沒有問題，利瑟爾在他敦促之下抬起臉。
一開始躍入眼簾的，是填滿整片視野的美麗天空。金黃色的朝霞從地平線向四面八方擴散，雲朵近得像要迎面撲來，映著朝陽形成漸層的光影。往下方看去是旭日照耀下的草原，青草在風中搖曳，宛如波濤。
就連遠處的群山都一覽無遺，利瑟爾自然而然地綻開笑容。
「很舒服呢。」
「對吧！我的搭檔飛行技巧很好，坐起來特別舒服哦。」

魔鳥振翅的聲音，還有風聲。迎面撲打全身的風，吹得他有點冷。

幸好有裝備擋下了不少寒意，利瑟爾稍微探出身子，俯瞰地面。他們在野營地上空繞著大圈飛行，地面上來來往往的人們看起來只有一丁點大。

「怕高的人感覺無法嘗試呢。」

「客人你看起來倒是不怕。」

「看起來沒問題。」

利瑟爾沒有到過這麼高的地方，但只要知道不會掉下去，也沒什麼好怕的。太好了。就在利瑟爾點頭這麼想的時候，一隻魔鳥忽然飛過他身邊，是其他騎兵也開始帶著搭檔享受空中散步了。

他們飛來與納赫斯的魔鳥並行，打了個招呼，又戲耍似地從他們腳下飛過。風聲裡摻雜了魔鳥的鳴叫，利瑟爾豎起耳朵聽，對於騎兵們充滿服務精神的表演微微一笑。

「騎兵團裡面很多隨和的人呢。」

「……？普通吧。」

他們看見身為副隊長的納赫斯也隨口攀談，利瑟爾看了忍不住佩服地想，真虧他們有辦法跟王都紀律嚴明的騎士團聯手作戰。

「有辦法急速俯衝或是空中三迴旋嗎？」

「你想嘗試嗎?!」

「不是，只是好奇問問而已。」

利瑟爾露出溫煦的笑容這麼說，聽得納赫斯嘴角抽搐，忍不住想：光是起飛的衝擊就讓他差點跌下去了，還想玩特技？

其實急速俯衝和空中三迴旋都能辦到，但還是別告訴他比較好，納赫斯下了這個結論。儘管利瑟爾給人沉穩的印象，但總覺得一告訴他這件事，他很可能會說「機會難得，那就試試看吧」。

「難怪西翠這麼中意你。」

「是嗎？」

「那傢伙喜歡步調不受他影響的人嘛。」

利瑟爾曾經用「節奏獨特的自說自話型」形容西翠，這句話準確掌握了西翠的本質。被他這種個性耍得團團轉的人確實不少，他本人也不打算改變天生的性格迎合周遭，因此能夠好好跟他來往的人非常有限。

利瑟爾我行我素，步調從不受別人干擾，但又具有配合對方步調的社交能力。再加上年紀相近，西翠想跟他深交也是很自然的事情。

「副隊長先生，你不是也和西翠很要好嗎？」

「算是跟西翠要好嗎，我是因為欠了他們隊伍一份恩情，在我纏著他們說要報恩的時候，慢慢就跟西翠搭上話而已。」

在早晨澄澈的空氣當中，納赫斯懷念地說道。

他的手掌憐愛地撫摸著自己的搭檔。他說的恩情，恐怕與現在承載著他們兩人的這隻魔鳥有關吧，利瑟爾也低頭看著牠色澤艷麗的羽毛。

「他們一直拒絕我的謝禮，說一切只是偶然，他們這麼做不是為了獲得回報。」

所以在王都，西翠來找他商量的時候他很驚訝。納赫斯笑著說下去：

「他跟我說，想報恩的話就載你們到阿斯塔尼亞。所以這件事對我來說也是求之不得，我就高興地答應了。」

「聽你這麼說我也很高興。」

「怎麼啦，你還在跟我們客氣嗎？只要是我個人辦得到的事你儘管說，西翠交代我要把你們當成客人鄭重款待。」

利瑟爾一直納悶納赫斯為什麼叫他們客人，原來是這個緣故。

他心領神會地點點頭，接著又露出苦笑。納赫斯可是魔鳥騎兵團的副隊長，西翠難得對他有恩，把恩情用在這種地方真的好嗎？

「（下次見面得好好跟他道謝才行。）」

畢竟西翠也為他們費了不少心思，利瑟爾想道。

但他並不知道，對於西翠來說，這份恩情沒有比這更好的運用方式了。再也沒有什麼運用恩情的方式比做人情給利瑟爾還更有益處，他發自內心這麼想。

「西翠先生喜歡什麼東西呀？」

要不要送他一點禮物致謝呢，利瑟爾試著詢問納赫斯。

「嗯？這個嘛……我想跟他們報恩的時候，曾經拿一條新鮮現捕的旗魚想送他，結果他非常排斥。」

「那我就不送旗魚了。」

這消息乍聽之下好像有用，其實全無參考價值，利瑟爾給了個禮貌客氣不傷人的回應，接著扭動身子端正了自己的坐姿。他的腰腿耐力快到極限了，騎兵們有辦法在這上面坐一整天，訓練真不簡單。

「想下去了嗎？」

「麻煩你了。」

納赫斯注意到他的動作這麼問道，利瑟爾邊覺得有點可惜，邊點頭回答。

魔鳥劃著平緩的圓弧開始下降，從上方俯瞰野營地，可以看見大家到了這時候終於都已經整裝完畢，四處有人著手準備出發。

「啊，伊雷文也起床了。」

「聽說很多蛇族獸人都很能喝，騎兵們說那個獸人的酒量也不簡單哦。阿斯塔尼亞的男子漢拚酒竟然拚輸人，太丟臉了！」

伊雷文走出帳篷，睡眼惺忪地打著呵欠，劫爾叫了他一聲。只見他在劫爾敦促之下仰望天空，一看見利瑟爾就僵在原地，嘴巴大開，看得利瑟爾有趣地笑了。

伊雷文伸長手臂朝他揮手，利瑟爾也優雅地揮手回應。結果伊雷文用力招著手，好像在說他不是那個意思，原來他揮手是要利瑟爾趕緊下來。

「沒想到伊雷文還滿愛擔心的。」

「你還真有辦法把那種男人耍成這樣……」

即使是只跟他相處過幾天的納赫斯，也知道伊雷文的性格相當扭曲。

「降落的時候會搖晃嗎？」

「跟起飛的時候差不多。」

利瑟爾一聽，重新穩穩抓緊韁繩。魔鳥訓練師應該是他的天職吧，納赫斯見狀非常認真地這麼想道。

離開王都之後第四天，利瑟爾一行人悠然自得地享受著搭乘魔鳥車的空中之旅。

「伊雷文的老家位在森林裡對吧？」

正在讀書的利瑟爾忽然抬起頭這麼問。

隨著他們逐漸接近阿斯塔尼亞，氣候也越來越溫暖，現在窗戶已經隨時保持開放了。每一次強烈的日光照進車廂，利瑟爾都會稍微調整書本的位置。

「對喔！」

「地圖上除了河川以外就沒什麼地標了，你記得地點嗎？」

伊雷文把手肘撐在大腿上，正在跟劫爾打牌，聽利瑟爾這麼問，他尋思似地直起背脊。他們打牌的賭金，以玩玩來說賠率實在高得嚇人，不過金額的流動目前還是沒有偏向任何一方。他們兩人都一樣，既然要玩就不會客氣，也可以說是好勝吧。

「地點我忘了，不過到那附近我應該找得到啦。」

「有什麼記號嗎？」

「我家點著驅逐魔物的香，而且住在那邊的也就只有我們而已。」

那魔鳥能夠靠近嗎？利瑟爾懷著這個疑問，仍然恍然地點點頭。

他原以為那邊有蛇族獸人的聚落之類的，沒想到只有伊雷文他們家住在那裡，不曉得是為什麼？明明不遠處就有個國家，住在城裡應該比較方便吧。

從伊雷文的語調聽來，這對他來說並非不歡迎探問的事情，而且利瑟爾也有點好奇，他於是闔上書本。

「也有幾位和你同族的獸人住在阿斯塔尼亞吧？」

「我沒見過欸，不過大概有吧。」

蛇族獸人為數不多，既然納赫斯知道蛇族的特徵，應該就是這麼回事了。

「伊雷文，你們家沒有住在城裡嗎？」

「啊……這件事小時候我只聽爸媽提過一次，也記不太清楚了，好像是因為……」

伊雷文邊沉吟邊丟棄手牌，看起來對住在森林裡並沒有不滿。

這也不奇怪，在安全備受保障的城市當中，伊雷文的渴望無法獲得滿足。他對於刺激的渴求並非環境導致，而是天性使然。

「反正一直都住在那，也沒什麼不便，就沒必要搬了，大概是這種感覺。」

「真隨便。」劫爾說。

「比起背後有什麼沉重的原因好多啦。」

伊雷文把重新抽過的手牌攤在桌上，嘖了一聲。

看來手氣不太好。伊雷文目送自己的賭注被劫爾搶去，鬧彆扭似地靠到利瑟爾肩膀上，利瑟爾摸了摸他的紅髮以示安慰。

伊雷文剛才還嘟著的嘴唇立刻勾起笑弧，可見他的心情本來就沒有受到多大影響。

「不過我們也要去採買和避難之類的，所以也不是完全沒進過城裡啦。」

「避難？」

「我們那邊有的時期魔物會增加，有的時期魔力聚積地也會移動過來，持續幾天就會過去的那種。」

魔力聚積地，通稱「魔力點」，指的是魔力異常濃密，人類無法涉足的地方。

「現在沒問題吧？」劫爾問。

「沒到現場看看也不知道，但應該沒問題啦！」

伊雷文抓住利瑟爾剛移開的手，得意洋洋地邊說邊蹭了上去。

「那就麻煩你帶路囉。」

「包在我身上！」

感受到鱗片按在掌心的觸感，利瑟爾露出微笑，用單手重新翻開書本。

不過，驅逐魔物的焚香應該只有聊勝於無的效果才對，既然他們能在森林中安然生活，用的應該是很好的香。伊雷文說他能分辨那個味道，那有可能是自家調製的香料。

「（是不是也在擔任藥士、調香師這類工作呢？）」

叢林裡想必不缺這方面的材料，利瑟爾邊想邊垂下視線，看向書頁。

就在這時，忽然響起魔鳥警戒的叫聲。怎麼了？利瑟爾往開放的窗外一看，看見幾隻魔鳥往前方飛去。

「前方出現五隻魔物，已經注意到我們了！」

會在空中遭遇到的魔物就只有魔鳥了。

前四天的旅途非常順利，他們還沒有遭遇過任何襲擊，但事情總是不可能那麼順利。利瑟爾鎮定地從窗口探出頭，好像在看熱鬧一樣。

「即使魔鳥平常不會主動出擊，但是在空中迎面碰上還是會襲擊過來呢。」

「是說萬一掉下去怎麼辦啊，我們裡面只有大哥活得下來欸。」

「我也活不下來好嗎。」

對話如此悠哉，是因為他們確信不會掉下去。

他們在王都看過公開演練，當時騎兵團的動作非常洗練，除非遭遇飛龍，否則一定能夠打贏。

這次遇上的是五隻小型魔鳥，他們不可能陷入苦戰。

「客人，這樣太危險了，頭不要探出窗外！」

「我實在太想見識一下副隊長先生的魔鳥作戰的英姿了。」

「那就沒辦法了!!」

納赫斯的魔鳥在窗前和車廂並行，每一次牠拍動翅膀，風便從利瑟爾臉上撫過。

納赫斯的搭檔只有在第一天負責牽引魔鳥車，這種輪班制似乎是考量到魔鳥身體的負擔。這幾天不論換成誰負責拉車，飛行過程都十分安穩，技術令人佩服。

今天負責牽引魔鳥車的騎兵們朝這裡投來「咦……」的目光，不過利瑟爾毫不介意。

「第二小隊，我們上！」

納赫斯一聲令下，騎兵們架起背在背後的長槍。

整體騎兵團的速度稍微減緩，同時由納赫斯領頭的幾名騎兵一口氣加速衝刺。即使手持長槍，他們的飛行隊列依舊整齊劃一，一眼就看得出騎兵與魔鳥配合得多麼天衣無縫。

「喔，衝得好快喔！」

「那就是魔鳥的最快速度嗎？要是換作是我的話感覺會被甩飛呢。」
「光是起飛的時候你就差點掉下來了嘛。」
「真假?!」
魔鳥在空中自在飛翔，以合作無間的默契擊退魔物。
看來輪不到自己出場，確認過魔鳥作戰的姿態，原本稍微警戒的劫爾和伊雷文也解除了戒備。即使是在空中，他們還是有許多方法應戰。
「他果然很善於領導呢。」
「啊？」
「我是說納赫斯先生。」
「合理啊，他是副隊長嘛。」伊雷文說。
「他們隊長在幹嘛？」
「如果要負責指揮全體騎兵，隊長應該也不能輕易衝出去吧。」
三人一邊旁觀窗外的作戰場面，一邊各自說出想法。
在他們交談的期間，五隻敵對的魔鳥已經全數墜落地面。看來即使同為魔鳥，他們也不會手下留情，這是當然的。
「機動力當然無可挑剔，不過作為戰力也非常優秀呢。」
利瑟爾佩服地望著這一幕喃喃說道。
「只不過從零開始培養感覺很花時間，量產也有困難，但是……嗯……」
利瑟爾沉思道，他接下來想說什麼，劫爾他們不必聽也猜得出來。

意思是如果可能的話，他想知道背後的秘辛吧。這無疑是國家機密，但利瑟爾出馬說不定有辦法得知……會這麼想也沒有辦法。

他不要又在盤算什麼奇怪的事情就好了，劫爾暗自嘆了口氣。

「客人，你看見了嗎！」

這時，納赫斯忽然從窗外現身。

「我親愛的搭檔作戰的英姿真是令人著迷，對吧！這傢伙平常算是乖巧又謙虛的類型，跟牠上陣殺敵那種勇猛姿態的反差真是太有魅力了！啊，我的搭檔果然最棒了！」

納赫斯說得熱血沸騰。

利瑟爾微笑同意他的話。納赫斯所說的內容有八成他都不太明白，不過他們作戰的姿態確實非常英勇。

在那之後，納赫斯興奮地嚷著「對吧、對吧！」從一開始跟他講解戰鬥中魔鳥的魅力，不過這也在預料之中。反正親眼看見了騎兵團作戰的模樣，這點犧牲不算什麼，利瑟爾倚在窗邊，採取傾聽的態勢。

「沒錯，最重要的是牠勇猛的叫聲……！平常療癒我心靈的叫聲，在戰場上卻成為激起鬥志的號角，這種美妙你懂吧!!」

利瑟爾微笑點頭。

「還有牠銳利的眼神，簡直能貫穿我的心臟!!那雙眼睛平時就像澄澈夜空裡浮現的星光，作戰時卻散發出太陽般強烈的光芒，這種轉變的瞬間實在太美了！」

利瑟爾微笑點頭。

「還有牠倒豎的羽毛！平常像流水一樣溫順的羽毛，在警戒的同時刷地蓬起來，簡直就像激流!!其中蘊藏的熱情簡直像……」

「好了現在是隊長的讀書時間，掰掰。」

「為什麼要關窗！我才說到一半!!」

接納一切的微笑被窗戶隔絕，納赫斯發出悲痛的慘叫。

畢竟身邊從來沒有人願意好好聽他聊魔鳥，願意陪他聊的只有那些主張「不，我的搭檔比較可愛」的同類，還有願意聽所有人傾吐心聲的酒吧老闆而已。

聽見窗戶另一端納赫斯的聲音，利瑟爾露出苦笑，看向從他身邊探出身關窗的伊雷文。

「伊雷文。」

「沒差啦，反正那種人你讓他講多久都不夠。不要管他了，隊長，來。」

窗戶另一頭，一臉懊喪的納赫斯逐漸遠離車廂。聽著他搭檔振翅飛遠的聲音，利瑟爾也心想「應該沒關係吧」，接過伊雷文遞給他的紙牌。

距離目的地大約還有整整一天的路程，利瑟爾一行人優雅地享受這趟空中之旅。

71

第五天。與魔鳥騎兵團同行的天空之旅，也迎來了最後一個夜晚。

隔天早上很快就能抵達阿斯塔尼亞了。拚命趕路的話今天內就能到達目的地，但天候看起來不太樂觀，因此他們決定明天再繼續旅程。

這裡的氣溫明顯比王都更加溫暖，也感覺得出濕度更高。騎兵團的成員們碰上熟悉的氣候顯得相當愉快，不過利瑟爾和劫爾反而不太適應高溫潮濕的天氣，應該很快就能習慣吧。

「很有來到了阿斯塔尼亞的感覺呢。」

「客人，你們明天要在中途下車對吧？」

「因為要順便繞到我家。」

「你們下車之後都是徒步？」

「是呀，我們會徒步進城。」

「在森林裡徒步行走的危險也不少，路上小心哦。」

利瑟爾一行人和納赫斯一起圍在營火邊。野營地還是一樣熱鬧，他們閒談的聲音融入在四下傳來的笑聲之中。

他們坐在腐朽的圓木上，是因為利瑟爾正準備坐到地面的時候被伊雷文阻止了。利瑟爾說他不介意，但伊雷文堅持說他不想看到利瑟爾坐地板，最後劫爾邊嘆氣邊不知從哪裡搬了圓木過來。

「話說回來……」

身為阿斯塔尼亞的男人，納赫斯的酒量當然也很好。他一手拿著酒瓶，忽然轉向利瑟爾開口。

「客人，你們為什麼會跑去拜託西翠？」

「你是說這趟旅程的事情嗎？」

「是啊。我記得你們演練的時候和貴族待在一起吧，找貴族跟我們隊長提這件事，應該是比較確實的做法才對。」

這麼說來……伊雷文一手拿肉一手端酒，也跟著看向利瑟爾。

這一次雖然是魔鳥騎兵團與騎士的共同訓練，但雷伊身為憲兵統帥，不可能完全沒有騎兵團的人脈。既然如此，利瑟爾大可不必跟西翠交換條件，直接拜託雷伊，他就會二話不說幫忙牽線了。

面對納赫斯的問題，利瑟爾沒有回答，只是緩緩偏了偏頭。

「城牆上人這麼多，沒想到你竟然記得我們。」

「因為只有你們那邊氣氛不太一樣啊。」

周遭充滿好奇、興奮的氛圍，只有那五個人冷靜凝視著騎兵團，他們的身影非常鮮明地印在納赫斯腦海裡。不曉得是在評估騎兵團的戰力，還是在尋找敵對時的抗衡手段，或者是在計算他們的利用價值？

「是因為那個陰鬱中年美男超顯眼吧？」伊雷文說。

「伯爵那時候看起來很不情願。」

「誰叫他習慣繭居還跑出來露臉。」劫爾說。

現在回頭想來，納赫斯倒覺得他們只是很尋常地在享受那場演習而已。

「你跟那些貴族看起來滿要好的，也不像是護衛身分。」
「只是子爵好意邀請我們，說反正都要觀戰，不如到城牆上而已。」
「那拜託他牽線也不是什麼難事吧？」
「這個嘛……」
納赫斯這麼問並不是在刺探什麼，只是純粹的疑問。
該怎麼回答呢？利瑟爾別開視線。說他一次也沒想過拜託雷伊是騙人的，但這個念頭一浮現腦海就立刻被他否決了。把箇中緣由告訴納赫斯真的好嗎？
「這一次的事情，有點不方便拜託雷伊子爵。」
應該沒關係吧，利瑟爾乾脆地開了口。
畢竟伊雷文正吵著問「為什麼、為什麼」，一副很想知道答案的樣子，劫爾也催促他回答似地看了過來。利瑟爾基本上重視效率，這次卻多費工夫跟西翠交換條件，他們想知道背後的原因吧。
「不方便，是隊長不方便喔？」
「是不會對我造成什麼困擾。」
利瑟爾端起擺在身邊的玻璃杯，當然，杯中裝的只是清水。坐在火堆邊容易口渴。
「我只是想，還是小心一點，不要留給撒路思太多猜忌的空間比較好。」
「……嗯？隊長離題了？」
「沒有離題喲。」
這時候聽見這個國名實在太出乎意料，伊雷文皺起眉頭。利瑟爾移動到其他地方，跟撒路思有什麼關係？納赫斯好像也這麼想，詫異的表情都寫在臉上。
只有劫爾在稍事思考之後，使勁皺起臉來，大概想到了什麼原因。
「你那已經是職業病了吧。」
「我想也是。」
利瑟爾苦笑道，劫爾放棄似地喝乾了手中的酒。
只不過是冒險者換個據點而已——話雖如此，利瑟爾顧慮的事情已經超越一介冒險者的層級了。但這種顧慮是完全多餘的嗎？倒也不能這麼說。
「咦，什麼啊？我完全聽不懂欸！」
「我也完全不懂。」
看見他們二人心照不宣地交談，伊雷文和納赫斯出聲說道。
「副隊長先生聽不懂是正常的，但伊雷文應該知道才對喲。」
利瑟爾有趣地瞇起眼朝著他們倆笑了，又敦促伊雷文：「來，你仔細想想看。」
即使隊長你這麼說……伊雷文仍然皺著眉頭，咬著玻璃杯的杯緣。利瑟爾究竟有什麼必要顧慮撒路思？雖說是顧慮，利瑟爾也並未特別小心注意，只是「順便」考量一下的程度而已。
「嗯……」
過了數十秒，伊雷文還是用牙齒喀啦喀啦咬著玻璃杯邊緣，一邊嗯嗯啊啊地沉思，看他差不多到了極限，利瑟爾開口。
「提示一……」

伊雷文一聽，整張臉都亮了起來。

「我們在魔物大侵襲的時候非常活躍。」

「嗯？啊，聽說你們那邊發生了大侵襲哦。為什麼你們會活躍……對哦，你們是冒險者。」

不曉得納赫斯本來把他們當成什麼了。

「提示二，大侵襲的幕後黑手是撒路思的要人。」

下一秒，納赫斯感覺到自己渾身冒出冷汗。

緊接著他不寒而慄。為什麼？因為現在利瑟爾說出口的無疑是國家機密，知道了很可能危及自己的小命。這件事一旦傳到阿斯塔尼亞的高層耳中，甚至能撼動國家之間的邦交，他卻說得這麼輕易、這麼乾脆。

納赫斯把酒一飲而盡，試圖叫自己冷靜。但他怎麼可能喝醉，他現在連酒的味道也嘗不出來，甚至連剛才累積的醉意都不曉得去了哪裡。

「提示三……」

不要告訴我！納赫斯這麼想卻發不出聲音，利瑟爾也沒有住嘴。

「阿斯塔尼亞是與帕魯特達爾友好的國家，距離又遙遠，是絕佳的藏身之處。」

「嗯……」伊雷文一派輕鬆地思考起來，納赫斯則正好相反，頭腦全速運轉。

大侵襲的幕後黑手是撒路思的要人，利瑟爾他們在這次事件當中非常活躍，也就代表他們與那個主謀有過不小的瓜葛。上一次建國慶典，撒路思也派遣了表示友好的使者前往，可見大侵襲的事並非撒路思的本意。

換言之，雖然還不至於敵對，但兩國之間的邦交關係現在變得非常複雜。
「你為什麼要把這件事告訴我!!」
「因為你問了呀。」
「你隨便跟我說是秘密也好，我就不會再問啦！」
納赫斯無暇注意到酒瓶不知何時已經滾落地面，他抱著頭苦惱不已。
聽見他的吶喊，附近的騎兵們跑來觀望這邊發生了什麼事，納赫斯憑著勉強殘存的理性把他們趕回去了。可不能讓他們聽到這種情報，他自己也不想聽。
「啊——原來是這樣喔？」
伊雷文也恍然大悟似地眨眨眼睛說。
「是說平常會有人想這麼多喔？我們只是冒險者而已欸。」
「儘管沒有確切證據，還是會考慮到這個可能性吧。而且到處都有這種人呀，即使是一點小事也要扭曲成對方刻意針對自己。」
「是被害妄想的意思？」
「差不多。什麼都沒做，這種人也會自己激動起來，根本跟不上他們的想法。」
利瑟爾說得非常寫實，是親身體驗嗎？劫爾和伊雷文定睛看向他。
如果是利瑟爾的話，一定可以妥善應付這種人吧。不過，假如哪個國家的統治階層真的有這種人，那利瑟爾對撒路思的顧慮確實也不是杞人憂天。
「怎麼說咧，大哥說這是職業病實在太貼切啦。」
「對吧。」

在他們三人隨口開玩笑的這段期間，納赫斯的腦袋已經推論出了他不想要的答案。

建國慶典時撒路思搶在第一個派遣使者，表示他們承認了自己國家的過失，也就代表他們正確掌握了事件經過。換言之，必定也掌握了與幕後黑手扯上關係的冒險者的相關情報。

利瑟爾他們無疑正受到撒路思矚目，或許也有人對他們沒什麼好感。如果他們三人在貴族的幫助之下，與魔鳥騎兵團一同移動到阿斯塔尼亞……

「誰想得到會扯到這麼嚴重的事情……」

難保撒路思不會認為是國家有意庇護牽涉這次事件的冒險者，讓他們到阿斯塔尼亞避難——也就是說，對方可能會認為帕魯特達爾將打擊了撒路思要人的冒險者當作立下功勞的英雄看待。

「不過，應該是我想太多了。」

「這一點也不像冒險者該顧慮的事情啊！」

看見利瑟爾露出溫煦的笑容，納赫斯無法理解地吶喊。

「為什麼要站在國家的角度思考事情！還說是職業病，該不會你真的是貴族還是王族吧!!」

「都說不是了，我只是普通的冒險者呀。」

「是冒險者就不要思考國政!!」

「啊，這是冒險者歧視。」

「呃，是我失言了，抱歉。」

他已經情緒不穩定了。

「總覺得我好像莫名其妙被罵。」

「也不算莫名其妙吧。」

「是說啊，如果是那個子爵大爺的話，感覺就算知道這件事還是會幫隊長牽線欸。」

聽著利瑟爾他們的交談聲，納赫斯自暴自棄地拿起酒瓶。

只能忘掉這一切了，否則自己的內心無法恢復安寧，待會就裹在可愛搭檔的羽毛裡睡吧。納赫斯邊祈禱邊把酒灌下喉嚨。

酒精流過喉嚨的燒灼感，是他現在唯一的希望。

「喔，這傢伙喝得好豪邁喔，我也來喝！」

「伊雷文，你最近喝太多囉。你一喝醉就會在睡覺的時候脫衣服，還會不知不覺貼上來，很熱耶。」

「你昨天晚上把他推到我這了吧。」

「因為劫爾一被他貼上去就會把他踢開呀。」

「咦……我早上醒來確實是半裸的啦，但會貼到別人身上還是第一次聽到欸，真的假的？」

感情真好，不錯啊。納赫斯遲鈍的腦袋只浮現了這個想法，便失去了意識。

隔天，天氣幸運放晴，利瑟爾他們迎接了非常神清氣爽的早晨。

「整片都是綠意呢。」

「我也沒從上面看下去過，感覺好新鮮喔。」

魔鳥車有如在空中滑行般移動，利瑟爾從車窗俯瞰底下的風景，不禁發出讚嘆的嘆息。樹木填滿了整片大地，毫無空隙，比起森林更像熱帶叢林。濃密的樹叢只有在縱橫流過大地的河川水面才會中斷，但是也絕不讓人窺見叢林內部的情景。

偶爾看見樹木搖晃，利瑟爾和伊雷文總會興高采烈地討論那到底只是風吹草動，還是巨大的魔物。劫爾坐在一旁心想，在森林裡徒步行走真是太麻煩了。他一點也不浪漫。

「啊，副隊長先生。」

魔鳥振翅的聲音夾雜在風聲裡靠近。

利瑟爾朝那裡一看，納赫斯面色如土，一臉身體狀況差到極點的樣子，手一直不停撫摸自家魔鳥的頭。但他摸得有點太頻繁了，魔鳥覺得很煩似地甩了甩頭。

「我什麼也不記得!!」

「你宿醉了嗎？」

「啊！」

納赫斯一開口就發出迫切的吶喊，聽見利瑟爾的聲音才恢復正常。

「他那樣絕對有事吧？」

「罪魁禍首倒是完全不在意。」

「哎呀，隊長的作風嘛。」

利瑟爾昨晚只是回答了對方的問題，沒什麼好介意。

「隊長這種不是厚臉皮，而是根本不覺得自己有錯的地方我真的超喜歡的啦。」

「這傢伙做事真的從來不留下自己的把柄……不過他想必早就知道結果了，這也是當然。」

二人暢所欲言，利瑟爾毫不介意地裝作沒聽見，望向與魔鳥車並排飛行的納赫斯。

一看就知道他宿醉，這種狀況下騎乘魔鳥沒問題嗎？不過想起他對魔鳥的愛，坐在魔鳥背上的搖晃應該也像搖籃一樣能夠安定心神吧。

「這沒什麼，阿斯塔尼亞的男子漢可不能被宿醉打敗。不說這個了，你們的目的地是哪裡？應該在這附近吧。」

「伊雷文？」

「啊……大概快到了。」

伊雷文從利瑟爾身邊探頭看向窗外，含混答道。

他自己也不太肯定，畢竟他已經離家十年以上，期間一次也沒有回家，總不可能從高空一看直接指出準確的位置。

「那我們先稍微減緩速度。我會和負責牽引魔鳥車的騎兵一起送你們到目的地，其他成員就繼續前進吧。」

「這樣好嗎？」

「嗯，阿斯塔尼亞就在前面而已，來到這一帶就不用擔心了。」

無限延展的森林彼端，朝遠處凝神望去，可以看見反射陽光的海面。

阿斯塔尼亞就位於這片叢林與海洋的交界，現在還看不見城市本身，不過以魔鳥的飛行速度，不消一小時就能抵達。

「那就麻煩你們了。」

「嗯，你們稍等一下。」

接著，納赫斯一口氣駕著魔鳥攀升，往隊列前頭飛去。

是去向隊長報告吧。他辦事機靈又能幹，實在很適合當副官，利瑟爾邊想邊縮回探到窗邊的頭。

「話說回來，我們要怎麼降落呀？看起來好像沒有足以讓整輛魔鳥車降落的空地……」

「用繩索吊下去吧？」伊雷文說。

「哪可能。」

劫爾立刻否決道，利瑟爾則在一旁認真思考繩索垂吊的可行性。

騎兵團的技術精湛，為他們把整輛魔鳥車降到了地面。

利瑟爾一行人正沙沙走在林間獸徑上。獸徑只勉強保持著道路的樣貌，地面凹凸不平，並不好走，再加上時不時有魔物出沒，他們前進的步調緩慢。

「驅逐魔物的香，對魔鳥果然也有效呢。」

「要不是這樣就能直接在家門口降落了說。」

不愧是能讓他們在這種地方安居的焚香，伊雷文老家的焚香功效非常顯著。在伊雷文嗅到些微香氣的同時，魔鳥也不願繼續靠近。

因此，他們降落的地點距離伊雷文家還有一小段距離。「那就回頭見啦。」納赫斯等人和他們簡單道別後就飛走了。

「這不是平常的獸徑。」劫爾說。

「咦？」

「是人開拓出來的吧。」

聽見劫爾這麼說，利瑟爾也不經意看向地面……但他不可能分辨得出來。

確實，途中他們沒有必要撥開草木前進，而且總覺得腳下的地面被踏得很扎實。不過如果有大型魔物經過，也不難形成這種獸徑吧。

利瑟爾完全無從比較，因此看不出端倪。自己果然還差得遠，他兀自點頭。

「這條路大概是我爸在走。」

「我記得教你打獵的就是令尊吧，伊雷文。」

伊雷文追蹤著唯人無法察覺的氣味，伸手往小徑旁邊一指。

「你們看，那邊有陷阱，應該是我爸沒錯。」

「哦，是狩獵用的陷阱嗎？」

經過旁邊的時候，利瑟爾和劫爾探頭看向伊雷文所指的林木空隙。

那是個大得超乎想像的地洞陷阱，凹陷的洞穴當中伸出一隻不曉得什麼生物的前肢，長著巨大的利爪，正喀啦喀啦挖著洞穴邊緣。這景象相當震撼。

「收穫豐富呢。」

「太扯了……」

原來如此，利瑟爾一副心領神會的模樣；劫爾則正好相反，面無表情地看著那裡。這畫面實在太過詭異，他無法感到佩服。

「伊雷文也很會運用陷阱，不曉得是不是比較像爸爸？」

「性格那麼惡劣的人竟然還有兩個，糟透了。」

「大哥好過分！」

伊雷文輕佻地笑道，一邊跨過地面突起的樹根。

「不，我想他們父子的性格應該……」

「不像喲！」

「我也是這麼想的。」

劫爾已經把他父親的模樣徹底想像成年紀增長的另一個伊雷文，但利瑟爾則覺得這不太可能。假如兩個人都是伊雷文這種個性，肯定非常不對頭，但一眼就看得出伊雷文還滿尊敬父親的。

「早知道要跟伊雷文的父母親見面，我就會準備伴手禮了。」

忽然有什麼東西落到利瑟爾手上，是水滴嗎？他一邊仰望照進葉隙間的陽光，一邊往前進。

「我爸媽不會在意那種事情啦！」

「喂，注意腳邊。」

「啊，謝謝你。那你父母是什麼樣的人呀？」

「什麼樣喔……就很普通啊？」

劫爾毫不掩飾地投以「誰會相信」的目光，實在太失禮了。利瑟爾一瞬間煞住腳步，打算利用身後劫爾前進的慣性撞他。但劫爾立刻看穿他的伎倆，不僅跟著停下來，還反過來啪地搧了他後腦杓的頭髮一下。失敗了，利瑟爾笑著再度邁開步伐。

「啊，不過我爸可能不在家。」
「到阿斯塔尼亞去了嗎？」
「不是，因為他是超嚴重的路癡。從以前開始，他一整年大概只有一半的時間在家吧。」
叢林裡視野不佳，又整片都是相似的景色，路癡在這種地方不是很致命嗎？但據伊雷文所說，他父親放著不管不知為何就會自己跑回來了。
父親迷路之後常常帶著途中狩獵到的陌生獵物回家，母親也不覺得這有什麼問題，伊雷文說。好有特色的家庭。
「蛇這種動物應該沒有歸巢本能才對呀。」
「不重要吧，反正人會自己回去就好了。」
劫爾有點不想管了。
「以前我跟著老爸去打獵啊，有時候我們一連好幾天都不回家，本來以為很正常，後來發現應該是因為他一直迷路。」
無論是野營、在叢林中行走，還是狩獵陌生的動物，這些伊雷文都樂在其中，對他來說也是一種娛樂吧，因此他說得很輕鬆。
從小就習慣了，也難怪他不覺得哪裡困擾。利瑟爾想著，忽然聞到某種香氣，不同於樹木潮濕的氣味，是帶有清涼感的柑橘類香味。但是環顧四周，也找不到任何不尋常的東西。
「這個香味是……」
「啊，隊長你也聞到囉？快到我家了喲。」

正如伊雷文所說，他們走沒多久，眼前的景色就變了。

叢林中密集生長的樹木只有在這一帶不見蹤影，人為整頓出一座小型廣場大的空間，空地中央佇立著一間原木打造的小木屋。

屋前掛著藤蔓編成的圓形籠子，焚香的煙霧從籠中裊裊升起。

「真是個好地方呢，雖然庭院比房子本身還要引人注目。」

「都是獵物吧。」

循著利瑟爾的視線看去，狩獵的成果吊掛在院子裡排成一排。

巨大的熊（口中露出巨大獠牙）、巨大的魚（頭上有角）、巨大的鳥（嘴裡長著牙齒），還有其他各式各樣的獵物。

「你的劍術是自學的吧。你父親應該不會打鬥？」劫爾問。

「對啊，他打獵只靠陷阱。」

用陷阱就能獵到這麼多動物真是太厲害了。

如果伊雷文完整承襲了父親的技術，那也難怪他的陷阱有時候這麼殘忍惡毒……簡單說，他把能夠捕捉魔物的陷阱用在人類身上了。

「這就是英才教育吧。」

「是啊，但方向錯了。」

利瑟爾一邊佩服，一邊爬上通往玄關的階梯。伊雷文走在他前方搶先到了門口，毫不猶豫打開大門。

「我回來了——」

若無其事的態度，一點也不像十年左右沒回家的人。

想必是聽見了他的聲音，從屋內深處啪搭啪搭傳來一陣腳步聲。為了避免打擾伊雷文和家人重聚，利瑟爾和劫爾站在他身後幾步之處，他們看見門另一端有個栗色頭髮的人朝這裡走來，隨著距離逐漸接近，對方也逐漸放緩速度。

出現在他們眼前的是一位額頭上長著鱗片的女性，年紀看起來跟伊雷文差不多。是他的姊姊嗎？二人悠然望著這一幕。

「老媽，妳長相為什麼永遠都不會變啊？」

「你……」

聽見令人震驚的事實，利瑟爾和劫爾忍不住面面相覷。

竟然是母親，看起來一點也不像。這該不會是蛇族獸人的特徵吧。

「伊雷文果然是像父親呢。」

「你想說的只有這個？」

眼見利瑟爾乾脆地接受了一切，面露微笑，劫爾不禁吐槽。

「……你為什麼跑回來！」

下一秒響起悲痛的聲音。

伊雷文的母親不敢置信地扭曲了表情，利瑟爾見狀眨眨眼睛。聽伊雷文的說法，他和家人的關係應該不錯才對……伊雷文也不會把這種狀態稱作是一般的親子關係吧。

最重要的是，利瑟爾知道伊雷文不會做出造成他不愉快的事情，不可能只為了讓他看見感情不好的雙親，特地更動他們前往阿斯塔尼亞的行程。

這也就表示……利瑟爾探頭往伊雷文的前方一看，他的母親正露出憤怒的表情，但神色看不出半點憎惡。

「要回來你要提前講一下啊，真是的！你從小食量就那麼大，這樣怎麼來得及準備！好了，你想吃什麼？有沒有好好吃飯呀？實在是喔，還是一樣這麼瘦……外面那些食材不曉得夠不夠……」

「我今天帶了客人來喔。」

「不夠!!」

毫無疑問是個被臨時回鄉的兒子耍得團團轉的母親。

「你要讓客人在玄關等到什麼時候，快請人家進來！」

「好喔——」

「鞋子擺整齊!!」

他的母親外表年輕，因此擺出這種魄力十足的媽媽架式看起來很不搭調。

她訓斥了踢下鞋子就走進家門的伊雷文，把鞋子排好，然後露出燦爛的笑容，抬起頭準備歡迎兒子的客人。

下一秒，她帶著笑容在原地僵住了幾秒，刷地回頭看向伊雷文。

「喂兒子啊，你怎麼會跟長相這麼兇惡的人來往！他真的是好人嗎?!」

「沒問題啦，他兇惡的只有外表，人超好的啦。」

「那就好，哎呀，不好意思。」

利瑟爾把手遮在嘴邊，不著痕跡地別開臉。

劫爾當然不可能沒注意到，看見利瑟爾憋笑憋得這麼露骨，他咋舌一聲，抓住利瑟爾的頭，彷彿在叫他收斂一點。

劫爾強制把他別開的臉轉回前方，這下換成利瑟爾對上了伊雷文母親的視線。利瑟爾立刻斂起偷笑的嘴角，換上沉穩親切的笑容。這時劫爾才終於鬆開手。

「初次見面，您好。一直以來受到令郎關照了。」

「哎呀，哎呀哎呀哎呀兒子啊，你怎麼會跟這麼高貴的人來往！媽媽還以為你一定會跑去當冒險者，原來沒有呀。」

「沒啊，我現在是冒險者啊。」

「那你是在哪裡遇到這種人呀？還把人家帶到這種地方來，表示他很照顧你吧？」

伊雷文站在母親身後露出狡黠的笑容，劫爾報復似地哼笑一聲，利瑟爾則露出苦笑，抱歉地開口：

「不好意思，是冒險者沒錯。」

「早就猜到我家兒子會跑去當冒險者了，你不用道歉呀。他從小沒什麼專長，只有力氣還滿大的，所以我也不擔心就是了。」

「我也是呀。」

「咦？」

「我也是冒險者。我跟那邊的伊雷文隸屬於同一個隊伍，我是隊長。」

母親眨了幾次眼睛，來回看著自家兒子和眼前的利瑟爾。

看了幾次之後，她猛地回頭，看向已經擅自拿起堆放的水果吃起來的伊雷文。

「涅魯弗！你叫做伊雷文到底是怎麼回事！」
「喔，算是到公會登記時的一點玩心吧？」
果然是假名。利瑟爾他們豈止是隱約察覺，早就露骨地這麼想了，於是毫不意外地接受了事實。伊雷文見狀無趣地嘟起嘴唇。
這個時間吃午餐還太早了。
不過看見伊雷文回到家鄉，母親也許判斷必須餵食他吧。充滿野趣的料理擺了滿桌，大部分都接連進了伊雷文的胃袋。
「話說回來，我真是太驚訝了，雖然很少見到冒險者，但沒想到也有像你這樣的人呢。」
「不是啦，沒有像隊長這樣的人。再來一碗。」
「你這孩子，連儲備糧食都全部被你吃光了！真是的，之後得去巡爸爸的陷阱回收獵物了。」
家鄉的味道果然特別開胃嗎？不，這只是他正常發揮。
伊雷文一直吃個不停，一旁的利瑟爾已經先用餐到一個段落，正靜靜品著茶。這種茶帶有苦味，味道與紅茶大異其趣，聽說在阿斯塔尼亞是主流的茶飲，也非常好喝。
「不好意思，還讓您準備我們的餐點。」
「哎呀，別這麼說，兒子一直受到你們照顧，這點小事沒什麼的。別客氣，多吃點啊。」

「我已經吃得很飽足了。話說回來，伊雷文的父親不在家嗎？」

「啊，他今天早上還在，但剛才跑去打獵……今天應該不會回來了。」

利瑟爾打量了一下伊雷文的臉色，他看起來並不特別惋惜，只應了句「是喔」。這反應也不奇怪，畢竟他已經離家十年以上，也沒有任何感傷。

這並不是因為伊雷文特別冷漠無情，而是獸人共通的觀念。獨立離家之後大多數的獸人不會想家，雖然能夠見到親人還是很高興，不過並不會特別執著。當然，獸人當中也有例外。

「話說回來，你為什麼把假名取作伊雷文呀？」利瑟爾問。

「喔，加入公會的時候不是要填個超簡單的文件嗎？寫名字和……年齡、出身地？是吧？」

「是呀。不過當時我無法填寫出身地，也無法證明身分，所以是請劫爾當我的推薦人。」

「一刀當你的推薦人欸，超豪華待遇！」

這麼一說確實如此，利瑟爾聽了也點點頭。

加入公會時，利瑟爾還不太清楚劫爾的知名度如何。從周遭的反應可以看出這個人實力高強，應該相當有名，不過當時他並不覺得豪華。

「原來我是因為這樣才會引人注目呀。」

「那跟我無關。」

最近，利瑟爾終於開始理解一刀的知名度為什麼這麼高了。不過劫爾已經成了他心目中冒險者的標準，因此未來利瑟爾恐怕也不會用特殊的眼光看他吧。

「然後啊，那時候我填錯格了。」

「啊？」

伊雷文咯咯笑著繼續說下去。

「我把年齡寫在名字那一欄了，當時就想，『啊寫錯格了，不過沒差啦』。一方面也是我那時候正好很熱中地下賭場，就想說用假名也是滿方便的。」

「你這孩子，動不動就跑去那種危險的地方！」

雖然生氣，但絕不會制止他，這就是伊雷文母親的作風。

當然，這不代表她不愛兒子，這甚至是她表達深厚母愛的一種方式。正因如此，儘管伊雷文小時候跟魔物打得渾身是血，還是能夠持續摸索劍術。

「還真隨便。」

「因為啊，那時候坐櫃檯那傢伙用那種『連字都還認不得的小鬼不要來登記』的眼神看我嘛。結果我把那張表就這樣交出去，他還確認老半天，笑死我啦。」

順帶一提，伊雷文公會卡上的名字並不是寫成「11」；由於被他貶得一文不值的那位職員拿出了僅有的一點點良心，上面寫的是「Eleven」。

「十一歲成為冒險者算早嗎？」

「很早吧，真虧你有辦法登記。」

「那時候剛好有不知道哪來的冒險者來找我碴，被我打到站不起來，結果公會就讓我登記啦。」

不過……伊雷文拿起剛擺在桌上的現烤麵包，立刻啃了起來，邊吃邊看向利瑟爾。

「我用的是假名，大哥也是劫爾貝魯特……」

「吵死了。」

「隊長，你的名字是本名嗎？」

「不是假名喲。」

模稜兩可的說法。

不是假名，但也沒有肯定地說是本名。若非必要，利瑟爾幾乎不會說謊，剛才說的應該也是真話……但這種含混的說法怎麼解讀都可以。

利瑟爾粲然一笑，看來不打算透露更多情報。二人二話不說放棄追究，面對有意隱瞞什麼的利瑟爾，他們完全沒有信心問出想要的情報。

「貴族的名字長得要命，反正一定是簡稱之類的吧。」劫爾說。

「差不多。」

「明明沒有說好，結果我們隊伍裡所有人用的都是假名欸，感覺好像會被人懷疑做了什麼壞事。」

伊雷文愉快地這麼說。他本人確實做了壞事沒錯，利瑟爾和劫爾心想。不過他那些內情和假名完全無關，只是出於單純的玩心，所以應該無所謂吧。在盜賊時代，伊雷文也光明正大用現在的名字進行冒險者活動。

「來，這個是你愛吃的，媽媽煮了很多，你吃的時候要仔細嚼喔。」

「喔，是炸雞塊！」

兒子睽違許久返鄉，媽媽的食物配給停不下來。不難理解她希望餵飽兒子的心情，但不可否認好像煮太多了……反正伊雷文會負責吃得一乾二淨，所以也沒什麼問題就是了。

「話說回來，你們今天怎麼打算呀？如果要住在這邊我可以趕緊去幫你們準備，不過你們還要去阿斯塔尼亞吧？」

「我想把今天的行程交給伊雷文安排……」

「我？為啥？」

畢竟他還沒有見到父親，而且才剛來拜訪馬上就說再見未免太冷淡了。利瑟爾是這麼想的，不過看伊雷文發自內心納悶的反應，他似乎不這麼覺得。

伊雷文的母親告訴他們，現在出發的話在天色轉暗之前就能抵達阿斯塔尼亞。大約得在森林裡徒步半天的時間，不過他們先前有魔鳥車代步，整段旅途相當輕鬆，所以現在也不覺得疲憊。

「那還是今天進到阿斯塔尼亞好了，明天好像會下雨欸。」

伊雷文仰望著天花板思考，嘴裡叼著一支叉子晃來晃去。

「啊，明天天氣不好呀？」

「是啊。你們要在這裡待幾天都歡迎，但是讓客人費心不太好……而且想到要讓你在雨天走這麼久，總覺得非常不好意思呢。」

母親瞄了利瑟爾一眼，心神不寧地這麼說。只是被雨淋濕、稍微弄髒身體，自己並不會介意呀，利瑟爾露出苦笑，喝光最後一口茶。

「才剛接受您款待就馬上離開，我也會不好意思的。」

「真是的，不用在意這種事情呀。你看，這孩子畢竟是這種個性嘛，只要知道他還活著就夠了。當然，我也完全不覺得他會有什麼三長兩短。」

伊雷文的媽媽這麼說道，臉上的表情如此溫柔，不論外表看起來再怎麼年輕，她果然還是一位母親。看見她慈愛的眼神，利瑟爾也露出柔和的微笑。

然後到了現在，名為母愛的大量伴手禮正不斷塞進伊雷文的腰包裡。

「來，這個也拿去吧，裝滿了你喜歡的小菜哦。媽媽還沒有看過這種東西，不過空間魔法還真方便呢……對了，那個放到哪裡去啦？一直想讓你帶走的……」

「為什麼這麼多人喜歡擅自往我的腰包裡塞東西啊？」

伊雷文承受著伴手禮硬塞到包包裡的反作用力，嘴上一邊碎碎念。

他沒有拒絕，大概是因為拒絕也沒用吧。還是因為他很清楚，要是他強硬拒絕，利瑟爾他們一定會語帶揶揄地說他「害羞了、害羞了」？恐怕兩個原因都有。

「那傢伙在母親面前還挺乖的嘛。」

「伊雷文碰上位階高於自己的人和低於自己的人會嘲諷挑釁，除此之外的對象他還滿老實的。跟母親之間沒有什麼位階高低之分吧。」

原來如此，劫爾恍然點頭。

接著，母親鋪天蓋地的土產攻勢終於結束，伊雷文神態自若地說了句「那我走了」，就這麼走下玄關前的階梯。他母親的態度也一樣，這情景在唯人看來難免懷疑：這樣真的好嗎？

「態度好平淡哦。」

「你也不會想看他們哭著道別吧。」

「是沒錯……」

利瑟爾正準備跟著伊雷文走下階梯，這時伊雷文的母親忽然叫住他。

劫爾和伊雷文已經事不關己地走下了只有短短幾階的樓梯，利瑟爾朝他們舉起手，示意他們稍等一下。二人順應他的要求，站在階梯下開始閒聊起來。

「有什麼事嗎？」

利瑟爾轉向伊雷文的母親，她年輕的臉龐筆直朝他望過來。

「也沒有什麼事，不過畢竟兒子這麼受你照顧，最後還是想好好跟你打個招呼吧？」

她這麼說道，臉上的笑容帶點無畏的氣勢。伊雷文和母親不太相像，總覺得從她這道笑容裡終於找到了他們兩人的相似之處，不過當然，她的笑容裡感受不到伊雷文那種劣根性。

只見她瞥了一眼下方不遠處的那頭紅髮，無奈地聳了聳肩。

「那孩子有點乖僻，又不主動跟人建立對等的關係，所以我本來滿擔心的。不過今天看到你們就放心了。」

「您這麼想我們也很高興。」

「是啊，尤其是你。」

母親雙手扠腰笑了開來，彷彿在訴說她發自內心的喜悅。

接著，也許是不想讓伊雷文聽見，她惡作劇似地將手擺在嘴邊悄聲說：

「看他那個表情，他珍惜你珍惜得不得了哦。請你跟他好好相處吧。」

利瑟爾聽了眨眨眼睛，接著高興地笑了。

伊雷文親近利瑟爾是眾所周知的事實。當然，伊雷文言行露骨，而且他一向對別人冷嘲熱諷，對利瑟爾卻從來不會，任誰都看得出他的好意。只不過，他母親指的並不是這方面吧。

睽違多年見上一面，母親便看透了伊雷文深藏在心裡，那份無限逼近真實的感情。不愧是媽媽，利瑟爾不禁這麼想。

「我才該這麼說，為了不被他拋棄，我總是很拚命呢。」

「畢竟那孩子沒什麼定性嘛，與人相處確實也是馬上就膩了。」

「我才不會膩咧！」

階梯下傳來一道嗓音打斷他們，二人相視而笑。

簡單道別之後，利瑟爾緩步走下階梯。不遠處，一臉無奈的劫爾正和伊雷文聊著什麼，伊雷文看起來有點激動，不知道怎麼了？利瑟爾這麼想道，不過他沒有多問，與二人會合之後便啟程前往阿斯塔尼亞。

母親站在原地目送他們離去，直到那幾道背影完全消失在樹影之間。

沒問題的，她內心平靜地想道。那個把刺激看得比生命更重要的孩子已經不見蹤影，既然現在有了更加看重的事物，為了陪在那個人身邊，他一定會想盡辦法活下去吧。

她對那個人致上由衷的感謝，接著走向擺在庭院裡的那些獵物。儲備糧食已經空空如也，得想點辦法才行。

72

阿斯塔尼亞坐落於海洋與森林環繞的土地。

與他國之間的貿易主要透過海路進行，因此這裡的港口整備得相當完善，其他國家都望其項背。陸路當然也不馬虎，這裡唯一鋪設的貿易道路在叢林當中雖然狹窄，不過到了國門不遠處便相當寬敞。

堅固厚實的城門，在那裡迎接走陸路來到此地的商人們進城。他們結束了漫長的旅途得以稍作歇息，一旁則是冒險者和當地的獵人陸續出城，意氣風發地進入森林。往來的人群朝氣蓬勃，證明這裡是個豐饒的國度。

「天還沒黑就到了。」劫爾說。

「比想像中還快呢。」

利瑟爾一行人就站在這道城門的正前方。

他們三人走的路徑和其他來自外國的人們都不一樣，完全是橫越獸徑而來，但任誰看見他們一定都不會察覺。不用說，他們舉止看不出半點疲態，而且由於實力和裝備性能使然，渾身上下也沒有任何髒汙。

「抄了一堆捷徑，根本花不上半天啦。」

「但也覺得這種捷徑用了不太好呢。」

利瑟爾回想一路上走過的根本沒有道路的野徑。

劇烈起伏的道路，襲來的魔物，跳過河川，穿過魔物巢穴，跳下懸崖，在陡峭的斜坡上一下攀登一下滑下。伊雷文回想起小時候的記憶，說這是他「從小使用的捷徑」，確實是最短路徑沒錯。

但常人絕對走不來，走得來就不得了了。劫爾和伊雷文就這麼悠哉游哉地走完了這整段路。

「我大概有一半的路程都是被抱著走完的呢。」

「有大哥在超棒的，有夠輕鬆，能抱著我跟隊長兩個人滑下懸崖根本不是人。」

「連你自己都走不了的路就不要帶我們走啊。」

「哎唷，以前就只差那個地方我一直想要想辦法克服嘛。」

即使身上沒有髒汙，還是沾染了叢林裡的濕氣和泥土味，三人一邊說著想快點沖澡、肚子餓了，一邊走向城門。

由於地處偏遠的關係，來自國外的訪客一天也沒有幾組，因此利瑟爾他們不必等候就來到了城門口，那裡理所當然站著兩位守衛。服裝設計與納赫斯他們魔鳥騎兵團的服裝類似，不過顏色不同。

「嗯？」

守衛不經意看見利瑟爾一行人，不禁瞠大雙眼，下一秒恍然大悟似地點點頭。這是怎麼回事？三人邊納悶邊走近守衛，出示公會卡證明自己的身分。

「是冒險者吧，可以通過囉。」

劫爾和伊雷文神情凝重地看向利瑟爾。

「你什麼時候先打過照應的？」

「隊長，你竟然有這麼討厭被別人多看一眼喔？」

「這是誤會，你們太失禮了。」

至今為止，守衛第一次看見利瑟爾是什麼反應？也不限於守衛，人們得知利瑟爾是冒險者的時候都是什麼反應？

那種反應劫爾他們從以前一直看到現在，這一次守衛的反應對他們來說相當難以置信。利瑟爾沒有被人多看一眼，對方沒有僵在原地，而且他說自己是冒險者的時候對方竟然還接受了，天底下根本不可能有這種事。利瑟爾表示，這麼說實在太失禮了。

「如果我真的這麼有冒險者的樣子，那當然很值得高興，不過……」

利瑟爾苦笑道，將公會卡收進腰包。

「是副隊長先生跟各位說了什麼嗎？」

「副……？喔，你是說納赫斯啊。」

沒錯，守衛點點頭。在利瑟爾提問之下，謎底立刻揭曉了。

「果然是這樣。」「我想也是。」劫爾他們相視點頭，利瑟爾目不轉睛地盯著他們看。

在他們身後，守衛仔細打量著他們三人，再一次點頭。

「本來我們還會另外對冒險者做一些說明，不過納赫斯說他跟你們講過了，所以你們就直接通行吧。」

「說明，是進入叢林的注意事項嗎？」

「是啊。」

正如伊雷文先前所說，某些時期叢林當中的環境會劇烈改變，例如魔物大量出現，以及魔力聚積地的移動等等。由於委託需要，冒險者必須頻繁出城，因此按照慣例，守衛會特別提醒冒險者注意這方面。

利瑟爾在旅途中已經從納赫斯口中聽過相關說明，納赫斯應該是體貼他們避免多聽一次的麻煩，因此事先跟守衛提過了吧。一行人原本就想早點決定旅店，納赫斯的體貼真是太令人感激了。

「但是啊，這樣真的好嗎？」

伊雷文忽然開口說道，他那束紅色的頭髮像蛇一樣在身後擺動。不同於對待利瑟爾和自己人的態度，嗓音中透露些微諷意，這是他的標準態度。

「假如那個納赫斯說的不是我們怎麼辦啊？」

確實如此，從剛才開始，守衛就確信納赫斯所說的人物絕對是利瑟爾他們沒錯。但如果不是，守衛等於直接放了可疑人士進城。

「不，那是不可能的。」

守衛斬釘截鐵地斷言，眼神充滿自信。

難道納赫斯交代得這麼清楚？他到底是怎麼說的？三人還來不及感到疑惑，守衛已經繼續開口說了下去。

「因為他說，如果看到非常超凡脫俗的三人組過來就是你們了，一個人特別有貴族氣質，一個人穿得特別黑，一個人看起來特別乖僻。」

難以釋懷。

「氣氛跟王都不一樣呢。」
「該怎麼說啊，兩邊都一樣很有朝氣，但這邊氣氛很活潑喔。」
利瑟爾原本的世界也有類似的國家，他也曾經造訪過。
因此他並不覺得特別驚訝，但這仍然是陌生的國度，建築、服裝，就連吸入鼻腔的空氣都與熟悉的環境不同，利瑟爾興味盎然地環顧周遭。
不同於王都主流的石砌建築，木頭打造的房舍充滿了開放感，平緩的下坡道盡頭可以望見大海，行人新奇的輕裝打扮也令人心情雀躍。
不只利瑟爾這麼想，走在他身邊的伊雷文也一樣。他從小生活在叢林當中，阿斯塔尼亞對他而言只是個偶爾造訪的國家，而且那也是兒時回憶了，因此他懷著觀光的心情四處張望。
「果然很熱。」
一行人走在人來人往的街道上，劫爾忽然喃喃這麼說。
最上級裝備穿起來非常舒適，但無法降溫消暑，他拉開領口，煩躁地吁了一口氣。
「並不潮濕，我是覺得沒有那麼不舒服……」
「你不熱？」
「只覺得滿暖和的而已。」
利瑟爾神態自若，劫爾狐疑地看著他。
在叢林裡，利瑟爾還是熱得揮手搧風，但搧歸搧，他的臉色還是一點也沒變。不可能完全感覺不到熱吧，如果說這是貴族的技能，那也不必做得這麼徹底啊？

面對劫爾詫異的視線，利瑟爾露出惡作劇般的笑容。

「我先前就發現了，劫爾怕熱對吧？」

「啥？大哥竟然還有害怕的東西喔？」

伊雷文奸巧地笑著打量劫爾，一副準備好大肆嘲笑他的樣子，下一秒一記鐵爪直接抓住他的臉，伊雷文發出慘叫。

「很不舒服嗎？」

「還好。過一下子就習慣了吧。」

利瑟爾關心地問道，劫爾聽了伸手擋住他的視線，用手背啪地拍了他額頭一下。聲音響亮，但還是一樣一點也不痛，看來沒有問題，利瑟爾微微一笑。如果劫爾真的受不了，他有自信能夠察覺。

順帶一提，利瑟爾第一次注意到劫爾怕熱，是在他們造訪王都的迷宮「礦石火山」的時候。當時的劫爾看起來比平常還要兇惡好幾倍。

「是說啊大哥，你泡澡的時候也沒嫌熱啊？」

「泡澡不一樣吧。」

伊雷文終於成功把劫爾的手掌從臉上剝下來，然後這麼問道，劫爾則答得理所當然。

是這麼回事嗎？利瑟爾一臉不可思議，伊雷文則毫不掩飾地說了句「好像大叔」，換來第二記鐵爪攻擊，不過這次他拿出真本事躲過了。

「不過，話說回來……」

利瑟爾悠然望著這一幕，邊走邊再次環顧周遭。

「幸好先跟副隊長先生打聽了推薦的旅店，我們今天找到旅店就直接休息了吧。」

「你連這種事都問好了？」

「畢竟打算在這裡待一段時間，還是找間像樣的旅店比較好。」

大多數冒險者都是掂著自己的荷包，隨著經濟狀況在各個旅店之間輾轉搬遷。利瑟爾自然而然就在王都住進了固定的旅店，他並不知道普遍情況，但劫爾和伊雷文也不介意。

利瑟爾只要能舒舒服服地看書就好，劫爾只要沒有人露骨地對他表現出恐懼就好；至於伊雷文，他只要床鋪舒服、餐點好吃、房間乾淨，其他客人不吵，裝潢不廉價，旅店主人又不會一副瞧不起人的態度就好。

換句話說，大致上遵照伊雷文的條件就沒問題了……不過他這些要求聽得納赫斯嘴角抽搐。

「我說希望最好可以找到單人房，結果他聽了苦惱好久。」

「為啥？稍微好一點的旅店都有單人房吧。」

「好像是他們民族性的關係，喜歡大家住在一起吵吵鬧鬧的人滿多的。」

利瑟爾他們到商業國馬凱德、魔礦國卡瓦納的時候，也都是整個隊伍一起住在同個房間。但那是因為當時只是觀光，如果要長期安頓下來，還是自己住一間比較放鬆。跟多人房比起來住宿費用比較昂貴也是個問題，不過目前他們三人都不缺錢。

「嗯……穿過城門之後，往擺滿水果攤的那條街道直走……」

來到一個十字路口，利瑟爾看見一間店門口掛著毛皮的店鋪，於是放緩腳步。

「看到毛皮店右轉……是這裡嗎？」

「那是肉舖。」

搞錯了。店家也沒放招牌，還真虧劫爾一眼就看得出來。利瑟爾佩服地想道，正要停下的腳步又繼續前進。

正如納赫斯所說，這條街道上的商店和攤販，販售的大多是從豐饒的森林當中採集而來的特產。也有在王都完全沒見過的水果，利瑟爾由書本獲得的知識已經追不上了。

這裡殺價的習慣看起來也不一樣，利瑟爾獨自點頭。劫爾無奈地低頭看著他心想，這傢伙又在想些奇怪的事了。

「我們現在是要去旅店喔？」

「是的，聽說是距離公會不遠，又離鬧區稍微有段距離的地方。」

「騎兵團那些傢伙怎麼會聽說過冒險者住宿的旅店啊……」劫爾說。

「那間旅店的老闆好像是納赫斯先生的朋友，聽說是稍微偏貴，但不錯的旅店。」

冒險者總是缺錢，但聽納赫斯推薦這種旅店，就知道他壓根不覺得利瑟爾他們會沒錢花用。位階稍高一點的隊伍，整個隊伍一起住一個房間仍然是理所當然的事情，所以也可以說納赫斯根本沒把他們當成還算不上高階隊伍的B階。

「那傢伙的朋友……我只有不好的預感。」

劫爾一邊回想納赫斯瘋狂疼愛魔鳥的模樣一邊發牢騷。

「這麼說太失禮了。他辦事這麼貼心，一定會為我們介紹像樣的旅店的。」

「不是吧，這很難說喔，說不定那間旅店到處擺滿了黃金魔鳥像咧。」

「真的是那樣的話再說囉，到時就另外找旅店吧。」

利瑟爾微笑道。也是，劫爾他們點點頭。

這種時候不會說「難得人家熱心介紹的」，這就是利瑟爾的個性，對另外二人來說也樂得輕鬆。

「啊，隊長，毛皮店！」

「原來如此，這裡掛的毛皮比剛才那家店更漂亮呢。」

「那只是在曬乾剝下來的毛皮吧，不是拿來賣的。」

富有光澤的毛皮攤開在店門口，老闆則在店裡鞣著不知什麼動物的皮。利瑟爾一行人望著這一幕，按照納赫斯的指引轉進右手邊的街道。

他們邊閒聊邊走了一會兒。果然還是感受到不少視線，人們或許以為他們是觀光客吧，利瑟爾說著，忽然停下腳步。

這時經過的是一棟與周遭房舍截然不同的建築物，利瑟爾伸手朝那邊示意。

「原來公會就在這裡。」

「還滿大間的嘛。」

史塔德坐鎮的王都冒險者公會，比起商業國、魔礦國這些大都市的公會更加氣派。阿斯塔尼亞的冒險者公會看起來好像比王都小，不過已經很有壓迫感了。

這表示這個國家的冒險者活動足夠活躍，一部分也是因為叢林當中有豐富的物產和魔物吧。迷宮感覺也不少，看來不會無聊了，劫爾比平時慵懶的眼神稍微恢復了幾分銳氣。

「恢復正常狀態之後，感覺你會展開迷宮征服之旅暫時不會回來呢。」

「哪需要花那麼久。」
「大哥，我可以跟去嗎？」
「不要妨礙到我就好。」
劫爾沒有否認他會去征服迷宮，可見他相當期待。
三人再度邁開腳步的瞬間，「一刀」的名號忽然傳入他們耳中，利瑟爾聽了綻開嘴角。
「你好有名哦。」
魔鳥騎兵團在各國之間往來飛行，騎兵們聽過劫爾並不意外；不過劫爾本人根本沒到過阿斯塔尼亞，沒想到一刀的名號已經傳到這裡來了。
利瑟爾揶揄似地抬頭望向他，劫爾哼笑一聲閃躲道：
「看來『神似貴族的冒險者』的傳聞還沒傳到這裡來啊。」
「因為我只是普通的冒險者呀。」
三人沒有在公會多加停留，就這麼直接前往旅店。
在天空開始染上茜色的時分，一行人抵達了目的地。這是間普通的旅店，並不特別寬敞，也不特別狹小。
這裡沒有黃金魔鳥像，也沒有展示魔鳥的羽毛。太好了，三人暗自鬆了口氣，踏入旅店。清風從敞開的大門吹進來，經過旅店內部，再從某扇窗子吹出去。通風感令人心曠神怡，但整體印象並不會太過開放，待起來相當自在。第一時間映入眼簾的，是位於正前方的幾扇房門，在一樓與二樓分別呈L字形排列。

玄關採用挑空設計，因此儘管旅店本身並不大，視覺效果卻十分寬闊。

「感覺伊雷文不用走樓梯就可以直接跳下樓呢。」

「喔，不錯啊，這樣很省事欸。」

一行人仰望著設立於二樓房間前方的扶手，走向玄關一隅的小櫃檯。

櫃檯上擺的好像是住房登記簿，伊雷文正打算擅自翻閱，為了顧及其他房客的隱私，利瑟爾阻止了他，然後搖響放在桌面上的鈴鐺。

過一會兒，櫃檯旁那扇門板後方傳來一陣優閒的腳步聲。

「來了來了——成為抖S是我的目標，所有人都給我跪下，你們好……怎麼回事這明顯是讓人跪下那一方的人啊，各種不同類型而且還來了三個啊，是我太囂張了抱歉。」

那名男子一現身就說出意義不明的話，還自顧自低頭道歉，三人望著他的神情反而淨是恍然。該怎麼說呢，不愧是納赫斯的朋友。

「哎呀該怎麼說，我是開玩笑的啦，只是剛才突然覺得男人還是有點S氣質比較好……」

「你就是這間旅店的主人嗎？」

「哎喲喂呀被無視了怎麼回事我好興奮啊。」

「你根本是抖M吧。」

伊雷文吐槽道。「哪有哪有，你這樣講我太不好意思啦。」旅店主人不知為何自豪地搖搖頭。

一反他古怪的言行舉止，旅店主人俐落地幫他們辦好了住宿手續。人們第一次見到劫爾往往感到畏懼，不過這位旅店主人並不怕他；到目前為止，這男人嘴上雖然嘮叨，但也沒有過度干預他們。

旅店每個角落都打理得一塵不染，確實符合利瑟爾他們，或者該說是伊雷文提出的條件。

「納赫斯說要三間單人房的客人，就是你們沒錯吧？」

「他怎麼跟你說的呢？」

「會有超凡脫俗的三人組過來，一個人特別有貴族氣質，一個人穿得特別黑，一個人看起來特別乖僻。聽得我莫名其妙，但現在超懂的啦，二樓的那間那間跟那間給你們——」

難以釋懷。

房間就像一般的單人房一樣狹小。

話雖如此，也不到放張床就已經擠滿整個房間的程度，跟利瑟爾在王都住的房間幾乎沒什麼差別，看來不必擔心住得不自在。

利瑟爾扶著窗框向外眺望，從建築物屋頂的縫隙之間，可以看見一小片海洋，是片融入了茜色夕照的海洋。他試著深吸一口氣，可惜不曉得是不是風向的關係，聞不到海潮的香氣。

比海洋更靠近這裡的地方，坐落著白色外牆的美麗王宮，可以看見幾隻魔鳥彷彿被吸入王宮般朝那個方向降落。納赫斯特地幫他們跟守衛和旅店打過照應，得向他道謝才行，利瑟爾悠然想道。

「（伊雷文大概馬上就會來找我們吃晚餐了。）」

利瑟爾瞥了遠方的海面一眼，退開窗邊。

他從近處的小桌旁拉來椅子，擺在窗戶旁坐下，靠在窗框旁茫然俯視著街道上來往的人群。

「（或許我也有點累了。）」

對利瑟爾而言，再怎麼說這都是不習慣的氣候，而且還在陌生的環境徒步了近半天才抵達這裡。他本來還沒什麼感覺，但現在總覺得連站起身都有點懶。

話雖如此，只是出去吃頓飯還是沒問題的。如果伊雷文說想外出用餐，利瑟爾會欣然同行，他對這個國家的料理也很感興趣。

「（劫爾大概也會去吧。）」

燠熱的氣候確實令劫爾不快，不過看起來還不到受不了的地步，他應該願意一起來吧，利瑟爾這麼想道。就在這時——

鈴……

熟悉的聲音掠過耳畔，利瑟爾霍然抬起頭。是響到一半的鈴鐺聲。

「……陛下？」

利瑟爾喃喃問道，沒有人回答。

利瑟爾靜靜伏下眼瞼，將意識深深、深深地獻給那道與自己的王相繫的聲音，不錯過任何細微聲響，同時又專注得足以阻絕窗外的喧囂。

鈴鈴。

鈴響的間隔比從前更短，或許是連接世界一次之後掌握了什麼訣竅也不一定。

陛下的親哥哥一定相當努力吧。愛徒的那位兄長捨棄了王位，努力鑽研他感興趣的魔術研究，充分發揮自己的才華，這次為了讓利瑟爾歸國領導研究的人應該也是他。

「（真是太令人惶恐了。）」

利瑟爾嘴邊浮起淺淺的笑意。單就時間上來說，利瑟爾與第一親王認識得比他敬愛的君王更久，如果那人是自願為了他率領研究，他會非常高興的。

才剛這麼想，其中一邊耳環忽然開始發熱。這一次可不能再失去意識了，但無論如何，他絕不會抵抗待會即將流入的魔力。

啪喀。

「……！」

利瑟爾從他原本憑靠的窗框邊滑落，但他使勁將身體靠在牆上忍住了衝擊。

在耳邊急速增幅的魔力，就像憑空創造出魔力聚積地一樣，對於緊鄰的利瑟爾不可能沒有任何影響。

意識上的混濁猛然襲來，一陣濃縮了魔力中毒症狀般的劇痛，利瑟爾屏住呼吸，將這一切和吐息一併抑制在體內。或許是這次有餘力做好心理準備的關係，他勉強撐過去了。

「呼……」

利瑟爾呼出屏住的氣息，放鬆了肩膀。

如果能像上次那樣暈過去肯定輕鬆多了，他當然也不喜歡疼痛感；但敬愛的王所給予的一切，無論是什麼他都應該接受。

這不過是利瑟爾的自我滿足而已。那位國王要是知道了，一定會不高興地叫他別做這種多餘的事情吧。本來陛下看到了利瑟爾這種行為，也會自豪地說「這是當然的」，但是……

「（陛下不喜歡次要的事情對整體狀況造成影響。）」

利瑟爾比愛徒本人更清楚他真正的想法，他緩緩吐氣，露出微笑。正因如此，只有陛下不在場的時候他才會這麼做，而且身邊沒有任何人，所以他也沒有完全藏起痛楚。

「……？」

利瑟爾抬起低垂的目光，忽然不可思議地看著房間的正中央。

他原以為空間會像上次那樣，打開一扇玻璃裂開般的窗口；但這次眼前只有一道小小的裂縫，小窗口像一面霧濛濛的鏡子，只能勉強看出另一端的顏色而已。

難道是魔術連結失敗了嗎，應該不太可能吧？利瑟爾想道，正準備將手伸向那扇小窗，這時——

哐啷——！

震耳欲聾的破壞聲響起，音量大得大概整間旅店都聽見了。

銳利的爆音，令人分不清究竟是聲音撼動耳膜，還是實際發生了什麼衝擊。一回神，利瑟爾前方出現了一道漆黑的牆，他不曉得自己是什麼時候站起身的，前不久坐著的那張椅子已經隔絕在那道漆黑背影的另一側。

「隊長，怎麼了？」

有人抓住他的一隻手臂，往那邊一看，是剛才拉著利瑟爾後退的伊雷文。他低聲這麼問道，神情裡透露幾分戒備。

伊雷文只表現出些微戒備，劫爾垂下劍尖從利瑟爾身前退開，恐怕都是因為他們立刻掌握了現在的狀況。既然他們二人曾經見證那個場面，不可能不知道發生了什麼事。

「害你們擔心了。」

利瑟爾露出抱歉的苦笑。

但他的目光一刻也沒有離開半空中扭曲的縫隙。在他們三人視線的另一端，剛才以把窗口破成兩半的氣勢砸進來的手指頭，正從縫隙裡探出來。

沒錯，如假包換的手指頭。手指飄浮在房間中央，如此奇異的光景就在他們眼前上演。至於那是誰的手指，利瑟爾不必想也知道。

『等一下，誰叫你用手刀把空間破開了！』

『還不是你在那邊發脾氣，說什麼還差一點怎樣都連不上，老子是好心幫你好嗎。』

『你有辦法辦到這種事才有問題，既然理論上找不到可以承受必要魔力收縮的魔石，那只能找替代的……』

『閉嘴啦臭人妖，只要有可能打得開當然只能試試看啊。』

利瑟爾只看得見他的指頭，對方則只有自己的指頭看不見。

他走向那一小塊混沌的空間，伸手觸碰那平整勻稱的指尖。

『是說這裂縫真的有通到利茲……』

利瑟爾柔柔握住指尖，窗口另一端的對話隨之靜止。那隻手掌原本停在最寬闊的地方，這下使勁繃緊力道，修長的手指在半空中徬徨，追尋利瑟爾的指尖。

利瑟爾把自己的手交出去，便被那人緊緊捉住。

『利茲。』

「在。」

二人握住彼此的指尖，不約而同輕輕鬆開，又深深交纏。

「居然連實體都能通過了，真不簡單。」

『這點程度根本沒臉炫耀好嗎……該死，伸到這裡就過不去了。』

『太深入你的手指會不見喲。』

那就傷腦筋了。利瑟爾一瞬間握緊那人的指頭，然後便放開了。對方的手指似欲追隨般輕顫一下，不過另一端傳來一道惡狠狠的咋舌聲，指尖隨之抽了回去。

扭曲的裂縫發出啪喀啪喀的聲音，一點一點逐漸收縮。

『沒時間了。聽好了，你一定知道這東西怎麼用，拿去用吧！』

『那個過得去嗎？』

『反正硬塞進去就對了，你閉嘴看著吧臭人妖。』

這是在說什麼？利瑟爾他們的視線另一頭，有什麼東西叩地按到窗口上。

似乎是比裂縫稍微大一點的物體，既然縫隙正在一點一點收縮，怎麼想都不可能通過吧。劫爾他們這麼想道，利瑟爾卻微微一笑。陛下還是沒變，他開口說道：

「劫爾，請你想辦法接住它吧。是國寶。」

「啊？」

「伊雷文也是，不可以把它打到地上哦。」

「啥？」

下一秒，第二聲破壞音再度響徹整間旅店。

『吃我一踢！』

鞋底「鏗」的一聲踹上裂縫，被他塞進來的某種東西硬是跨越了空間。

那東西以利瑟爾眼睛追不上的速度飛來，劫爾伸出手掌接住。

「……」

手有點麻，劫爾蹙起眉頭。低頭一看，他接住的東西是個小信盒，裝飾不怎麼華貴，看起來不太像國寶。不過受到那種威力的踢擊還毫髮無傷，恐怕是迷宮品吧。

『利茲。』

或許是剛才勉強撬開空間的反彈使然，裂縫開始急速縮小。

即使如此，此刻兩個世界仍然相連，那人的聲音從另一端傳來。利瑟爾悠然瞇起眼笑了，幸福地凝視著理應站在裂縫另一邊的人。

『你知道該怎麼做吧。』

「凡是和您相關的事，我都知道。」

都說上話了，他真想看看那雙強勢的琥珀色眼瞳，但這次似乎無法如願。

利瑟爾伸出手，指尖輕輕撫過逐漸消失的縫隙。

「請來接我回去吧，陛下。」

『你等著。』

嗓音裡帶著笑意，儘管看不見對方，利瑟爾還是能輕易想像他此刻霸氣的笑容。緊接著，另一個世界的痕跡就此消失，在這個空間中蕩然無存。但不久之前那個人確實存在於此，利瑟爾將手放上胸口，朝著敬愛的君王宣示忠誠。

最後，他們三人還是沒有到外面吃飯，而是在旅店用餐。

「真好吃。」

「說起來也挺意外的。」劫爾說。

「賣相看起來也不錯啊。」伊雷文說。

旅店主人也負責為這裡的房客烹調料理。利瑟爾一行人對此原本有點不安，不過晚餐正常又美味，沒有什麼異狀。旅店主人端出的餐點不太像一般的家庭料理，比較接近餐廳料理的口味。

劫爾和伊雷文本來還懷疑，納赫斯是不是聽到國家機密懷恨在心，所以介紹他們住進奇怪的旅店以示報復；不過到了這時候，他們也明白納赫斯是出於純粹的善意介紹他們到這裡投宿了。

「來來來，想抓住一個人的心就要先抓住他的胃，我的絕品料理怎麼樣啊？追加的菜來啦。」

至於他多餘的碎念，放著別管就好。

「對了隊長，那個陛下給你的是什麼東西啊？」

「你說這個嗎？」

利瑟爾將手中的叉子擺到桌上，拿出剛才那個小信盒。

它的大小約略可以放入一個信封，幾乎沒有厚度，外觀看起來也有點像一本薄薄的小書。

「是獨一無二的迷宮品。」

「哇，那不是很貴重嗎？你好像說是國寶喔。」
「雖然東西本身非常珍貴，但考量實用性倒是感覺賣不到那麼高的價格。」
如果賈吉在這裡，就能知道它精確的價格了，利瑟爾邊想邊將手放上信盒盒蓋。
揭開纖薄的蓋子，裡面沒裝任何東西，金屬製的信盒多少有些裝飾，不過看起來就是個隨處可見的普通信盒。
「這是兩個信盒成對的迷宮品，把信放進其中一個信盒，就會傳送到另一個信盒裡。」
「只要裝得進去，放什麼都行？」
「不，只能傳送信件。」
這種有點不知變通的地方很有迷宮品的風格。看來不論在哪個世界都差不多，劫爾嚼著肉想道，無奈地望著那個小盒子。
利瑟爾見狀微微一笑，雖然嫌熱，不過劫爾的食欲似乎沒有受到影響。
「那不是很實用嗎，這樣還賣不到高價喔？」
「因為把信放進去之後，什麼時候傳送到另一邊並不一定。」
「不一定？」
「最糟的狀況，可能會在原處擺一個月。」
「啊……」伊雷文心領神會地點點頭。
確實如此，乍看之下很實用，但關鍵時刻又派不上用場。不過這東西功能上確實堪稱國寶，又是獨一無二的迷宮品，感覺價值不斐。依據使用方式，也可能遭惡意人士濫用。
「這種東西隨便拿出來沒問題？」

「因為他是國王陛下呀。」
「最高掌權者太猛啦——」
只要國王陛下說沒問題就沒問題，這是利瑟爾一貫的主張。話雖如此，他確實是擅自拿出來用的，或許會招致某國策顧問老爺爺的抱怨吧。
「不過，竟然有辦法手刀劈開空間喔，真不愧是隊長的王欸。」
「最後用蠻力解決問題這點跟你很像吧，你到底怎麼教育他的？」
「陛下本來就是這種個性呀。剛才我本來還想，如果是陛下的話應該可以直接把空間破開，不過看來還是沒辦法。」
抵達阿斯塔尼亞第一天的夜晚。
這一晚他們都沒想到，自己會聊另一個世界的一位國王的話題聊得這麼熱絡。

73

打從利瑟爾他們抵達阿斯塔尼亞以來，很快過了三天，他們三人至今都還沒有進過冒險者公會。

畢竟三人幾乎都是第一次造訪這個國家，他們觀光之餘順道在附近逛逛，看看納赫斯推薦的名勝，或是隨著各自的喜好四處閒逛，其實還滿認真玩樂的。

因此阿斯塔尼亞的人們儘管屢次見到利瑟爾一行人，卻做夢也沒想過他們居然是冒險者，只覺得他們是有點奇特的觀光客。

「還滿擁擠的呢。」

「畢竟這時段人本來就多。」

「好久沒當冒險者了喔！」

或許是因為這個緣故，第四天早上，當人們親眼看見利瑟爾一行人邊這麼說邊踏進公會，不論冒險者還是一般人都忍不住多看了一眼。

氣質近似本國備受尊敬的王族，帶著一股高貴氣質的男子，和他所帶領的另外兩人——直到這時群眾才終於注意到，最近廣受議論的這三位觀光客居然是冒險者。

「好像很久沒碰上這種情況了。」

利瑟爾有趣地笑著說。

穿過冒險者公會的大門，迎向他的是「喔，是委託人啊」的目光。常有人看見利瑟爾感到驚訝，不過這種反應倒是只有他第一次造訪王都公會的時候才遇過。

「我不是比較有冒險者的樣子了嗎？」

「是啊，跟一開始比起來。」

「現在這個樣子欸？」

「啊，好過分。」

聽見劫爾半放棄的回答，伊雷文面無表情地回問。

確實，利瑟爾的思考邏輯和知識多少比較接近冒險者了；但他的舉手投足一點也不馬虎，若不是刻意為之，說話的語氣也一向溫文有禮，實在很難說他變得多有冒險者的樣子，周遭這種反應也是合情合理。

順帶一提，王都那些見過利瑟爾初期模樣的冒險者，偶爾會有那麼一瞬間感慨地想「他也慢慢成為有模有樣的冒險者了啊……」劫爾心想，你們是他老爸嗎？

「隊長，委託告示板在那邊！」

「難得到了異國，希望可以看到這個國家特有的委託。」

一行人熟門熟路地穿過公會，周遭掀起一陣不小的騷動。

是一刀，是冒險者啊，那那個人是怎麼回事？眾人的視線紛紛匯聚過來。不過利瑟爾一行人對此早就習以為常，他們並沒有放在心上，逕自站到委託告示板前面，打算像往常一樣從F階的委託開始看起。

按照階級分類的委託單貼滿了整面牆壁，委託單本身並沒有什麼特別，但是……

「看得出這個國家的個性欸。」

「是職員的個性吧。」

「這點很有阿斯塔尼亞的風格，我覺得很好呀。」

有時傾斜，有時重疊，排列方式雜亂無章，簡直連委託內容都要被擋住了。帕魯特達爾的委託單總是貼得整整齊齊，相較之下這裡的風格截然不同。

不曉得是委託數量太多，還是陳舊的委託單一直沒有整理。這樣確實不方便挑選，不過在利瑟爾看來相當新鮮，這種貼法很有阿斯塔尼亞的風格，充滿異國浪漫。

「像王都的告示板都貼得超整齊又密密麻麻的，那是那根冰棒的喜好喔？」

「感覺史塔德確實不會喜歡這種風格。」

他一看到這張告示板，肯定會立刻醞釀出一股極度厭惡的氣息吧，利瑟爾想起那張面無表情的臉笑了。

「嗯？這面黑板是……」

這時，陌生的木製黑板偶然映入眼簾。

黑板擺在委託告示板的旁邊，表面像石板一樣光滑，上頭刻著阿斯塔尼亞國內到周邊森林一帶大致的地理位置圖，圖上部分地區以各種顏色標了斜線。

黑板上方有塊牌子寫著「禁止進入及警告區域」。原來如此，利瑟爾看了點點頭。

「這裡公告的就是伊雷文之前說的，魔力點出現和魔物異常增加的區域吧？」

「黃色表示……魔物？」

地圖上標記的東方邊緣，畫著黃色的斜線，從牌子上的說明可以看出各種顏色分別表示不同種類的異常。

不過今天標示斜線的只有那塊黃色區域，而且距離相當遙遠，跟利瑟爾他們沒有關係。畢竟這是他們在阿斯塔尼亞展開冒險者活動的第一天，他們打算在附近解決。

「公會是怎麼掌握這類訊息的呀？」

「誰知道。」

三人再度回到委託告示板前方。

和王都一樣，看E階、F階委託的人很少，他們可以悠哉瀏覽。

「低階有很多有趣的委託呢。」

「到了高階也只有討伐和採集而已。」劫爾同意。

三人散發出明顯的強者氣場，卻悠悠哉哉看著F階委託，周遭的冒險者已經跟不上狀況了。吐槽點鋪天蓋地湧來卻不能吐槽的現狀搞得他們臉頰抽搐。

「挑揀水果、叢林生態調查看起來都很有趣……啊，也有幫忙捕魚的委託哦。」

「不要。」

「我比較想接迷宮那種正常的委託欸——」

二人立刻否決，他們絕對不想去捕魚，而且也不想看到利瑟爾做那種事。

「說到迷宮……」

他們從F階走到E階、D階，一邊尋找附近的迷宮，這時利瑟爾忽然想到一件事。

迷宮鮮少帶有地區特色，極寒地區也會有沙漠迷宮，反之火山地區也會有天寒地凍的迷宮。每座迷宮都擁有它獨特的世界觀，利瑟爾一向對它們很感興趣，不過……

「不能用魔法陣不太方便呢。」

「你就是這點不像冒險者。」
「但我也不是不懂隊長的意思啦。」
「咦？」
為什麼？利瑟爾回頭望向另外兩人。
在王都，劫爾幾乎攻略了所有迷宮，因此對於利瑟爾來說，有魔法陣可以使用是理所當然的事情，但對於大多數冒險者來說正好相反。
歸根究柢，除了探索新迷宮、爭取通關報酬的時候以外，冒險者進入迷宮都是為了達成委託。他們以每一次委託的階層、魔物為目標，逐漸推進攻略進度，一次委託能夠抵達下一個魔法陣就已經很不錯了。
「唉唷，都是大哥的錯啦──」
「你沒資格說我。」
利瑟爾身邊最熟悉的冒險者，是個不接委託照樣潛入迷宮，挑戰頭目測試自己實力的人物，利瑟爾這方面的認知產生落差也是沒辦法的事。
「是說隊長，你是想成平常那種行程吧，解委託然後順便打頭目。」
「是呀，不然對你們來說太無聊了吧？」
利瑟爾之所以說不能用魔法陣不方便，也不只是因為委託而已。
三人接取迷宮委託的時候，大都會在完成委託條件之後直接去挑戰頭目。反正都進到迷宮裡了，劫爾和伊雷文總希望挑戰一下。
正因如此，利瑟爾才會覺得沒有魔法陣必須一路潛入最深層，感覺非常辛苦，所以才說不方便。

「不過，說得也是。我們先前從來不會把迷宮攻略到一半先擺著，不過不用一口氣進到最深層也沒關係哦。」

「我是覺得很不痛快。」

「啊──我也是欸，那邊的頭目最近也打膩了，有點想跟不一樣的傢伙廝殺看看！」

其實周遭的人們聽著這段對話，都很想一笑置之說「哈哈你們是在開玩笑吧」。

但他們沒有辦法一笑置之，那三人講得實在太像日常對話了，根本笑不出來。不像打腫臉充胖子，也不打算刻意說給旁人聽，態度尋常得不得了，眾人內心因此捲起疾風怒濤般的吐槽。

「你們有什麼想去的迷宮嗎？」

「沒。」

「是說我根本不知道有哪些迷宮欸。」

「那就由我決定囉。」

三名當事人在這種狀況當中若無其事地挑選著委託。即使周遭的騷動傳入耳中，只要不在意，就跟沒有聽見一樣。

「聽說附近有座規模比較小，又有點特別的迷宮哦。」

說不定在一天之內就能攻略完畢了。利瑟爾這麼說著，朝著貼在C階區域的一張委託單伸出手。那張委託單貼在邊邊，已經超出告示板上緣，在利瑟爾完全伸長手臂之前，劫爾先幫他撕下了那張單子。

「喏。」

「謝謝你。」

利瑟爾接過委託單。上面寫著【請取得紳士傀儡的領巾】，提出委託的是服飾店，在魔物素材採集類的委託當中並不算少見。

「是哪裡、是哪裡？」

「『限制玩具箱』，有很多傀儡娃娃系魔物出沒的迷宮。」

「哪裡特別？」

「到那邊就知道囉，敬請期待。」

看見利瑟爾愉快的笑容，劫爾嘆了口氣，好像有不祥的預感。

順帶一提，利瑟爾怎麼會知道阿斯塔尼亞有什麼迷宮？不用說，當然是因為他這幾天已經大肆搜購了能夠取得的所有書籍，而且已經從最實用的那幾本開始閱讀了。他還是老樣子，相當熱中於吸收新知。

「先前那座『最惡質迷宮』後來還是沒有娃娃系的魔物出現嘛，好久沒看到了喔。」

「傀儡娃娃系的魔物衣服都十分講究，讓人看得很開心呢。」

「雖然除了素材部位以外，連半塊布都帶不回來。」

看來沒有反對意見，利瑟爾於是走向櫃檯。

每個櫃檯窗口都有幾組冒險者排隊等候，利瑟爾一排到隊伍後方，站在他前面的冒險者一回頭，肩膀就用力抖了一下。輪到他的時候，職員的肩膀也用力抖了一下，語無倫次地開始幫他辦理手續。

「接委託的手續要由隊長……」

「啊，我就是隊長。」

一聽他這麼說，周遭人群的肩膀也用力抖了一下，所有人不約而同看向利瑟爾。這種反應就連利瑟爾都沒來由地感到一陣哀傷。

看著這一連串反應，劫爾發自內心感到愉快似地撇嘴一笑，伊雷文則是不發一語地爆笑。

出了阿斯塔尼亞之後不進入叢林，沿著海岸徒步三十分鐘左右，就能抵達目的地那座迷宮。

也有冒險者用的馬車可供搭乘，不過這裡的馬車和帕魯特達爾不同，並不會從一座迷宮門口駛到下一座迷宮門口。森林中馬車能行駛的道路有限，因此它只是從馬車能走的路徑繞一圈而已。

當然，這樣已經很值得感激了，冒險者們會在想去的迷宮附近各自停下馬車。

現在利瑟爾一行人要去的迷宮，徒步比搭馬車前往還要快。三人望著早晨的海面，從容抵達了那座迷宮。

「完全沒人欸。」

「是呀，好像也有些人覺得這座迷宮不容易攻略。」

「哦？」

雖然想叫他別選這種地方，但想必利瑟爾也是判斷過沒有問題，才決定到這裡來的。既然如此他也沒什麼意見，劫爾隨便點了個頭。

換了個國家，迷宮入口還是一樣長得像城門。門扉的設計以迷宮內部為準，因此大門雖然是石頭打造，卻沒有沉重感。不愧是「玩具箱」，三人邊想邊穿過門扉。

景色忽然一變，各處點綴著玩具裝飾的通道在他們眼前擴展開來，色調比想像中還要沉穩。

「感覺是稍微華麗一點的迷宮。」

「要是風格非常玩具箱感覺也會很有趣啊，大哥站在裡面一定超好笑的啦。」

「吵死了。」

最先來到的是設有魔法陣的房間。

不過，他們腳邊的魔法陣並沒有亮起來。畢竟是第一次造訪這座迷宮，這是當然的，但利瑟爾果然還是感到很新鮮。

「沒有魔物呢。」

「第一層都不太會有魔物喔。」

「跟深層比起來。」

「如果有娃娃系的魔物出沒，那就真的是玩具箱了。」

三人沿著通道筆直前進。

走著走著，他們馬上來到一個小房間。房裡有一扇通往前方的門扉，門上排列著三個玩具轉盤。門扉前方同樣擺著三個臺座，上頭嵌著不知什麼東西的按鈕。

「這個是迷宮的貼心安排喔？」

「應該是哦。」

機關數量想必是配合冒險者人數準備的，迷宮總是很積極地見機行事。

「那就是一人一個了。」

「照常來說這應該是轉盤的按鈕吧，轉到一樣的才能前進喔？」

「啊，門上有說明。」

門板上貼了一張老舊的紙，利瑟爾湊過去一探究竟。

【限制一：稱呼】

●進入這扇門以後禁止使用名字或與姓名相當的稱呼。

●彼此的稱呼由轉盤決定。

●本限制僅適用於此階層。

●若使用規定以外的方式稱呼，所有人將重新回到這個房間。

「就是取綽號喔？」

「真麻煩。」

「啊，不過伊雷文稱呼我們兩個的方式應該安全哦。」

說起來這限制還真殘忍，利瑟爾苦笑。

基本上，人們呼喊彼此的時候很少刻意意識到稱呼，有時候也會自然喊錯名字。更別說這裡還是迷宮，緊急需要呼喚隊友的機會多得是。

每一次犯錯都得回到這個房間，一開始還能一笑置之，但重複幾次之後隊伍內部的壓力必然會逐漸攀升，因此利瑟爾才覺得殘忍。
通常為了平衡難易度，這種機關比較複雜的迷宮，魔物本身都沒那麼棘手。只有這點值得慶幸了，利瑟爾邊想邊站到其中一個臺座前方。
「反正都要按了，那就三個人同時按吧？」
「萬一來個完全不相干的綽號，感覺很難叫欸。」
「這裡是迷宮，不可能吧。」劫爾說。
劫爾和伊雷文也各自站到臺座前方。
「準備囉，三、二、一……」
隨著利瑟爾的口令，三人一起按下眼前的按鈕。
同時，門扉上方的輪盤也開始旋轉，看來每個人眼前的輪盤會分別轉出那個人的稱呼。
輪盤發出喀啦喀啦的聲音不斷轉動，利瑟爾望著它佩服地想，迷宮還真是講究。
終於，輪盤喀答一聲停了下來。結果如何呢，利瑟爾他們分別仰望正前方的轉盤。
『冒牌冒險者』
「啊，好過分。」
『漆黑的黑騎士』
「喂，黑字用了兩次。」
『椅子（笑）』
「只有我的綽號後面加了怪怪的東西！」
迷宮精準地往每個人心裡捅了一刀，教人忍不住想，為這座迷宮命名的時候該特別提及的真的只有「限制」而已嗎？這種狠毒程度近年罕見，上次那座「懷古洋館」也好，甚至令人懷疑迷宮界該不會正在流行這種風格吧。

三人確認過自己的綽號之後，也不慌不忙確認了其他兩個人的暱稱，一看忍不住噴笑。

「伊雷文的『椅子』是怎麼來的呀？」

「隊長，你不用知道這個啦。」

「你不用在意，只要知道這綽號太貼切了就好。」

雖然好奇，不過利瑟爾還是放棄追問了，他們兩人看起來完全不想說。

既然不想告訴他，表示這件事跟利瑟爾並非完全無關。正因為他沒有任何印象，因此大概猜得到是什麼時候發生的事。自己到底做了什麼？利瑟爾這麼想著，不過他心想算了，沒有繼續追究。

「那我們繼續前進吧，漆黑的黑騎士、椅子（笑）。」

「囉嗦，冒牌冒險者。走了，椅子（笑）。」

「那是怎樣念出來的啊?!」

門鎖喀嚓一聲打開，利瑟爾他們邊笑邊穿過門扉。

這限制看似簡單，其實難度相當高，不過對他們三人來說不成問題。畢竟平常認真用名字稱呼對方的只有利瑟爾一個人，臨危不亂的他不可能一時不小心叫出名字。

利瑟爾就這麼每一次規規矩矩地喊出規定的綽號，順利突破了第一層。

除了有所限制以外，「限制玩具箱」可說是相當普通的迷宮。

但正是那些限制提高了迷宮的難度。他們在阿斯塔尼亞值得紀念的第一座迷宮實在很有特色，留下了不愧為第一座迷宮的深刻印象。

利瑟爾走在連前方一公尺的景色也看不見的黑暗當中，溫煦地笑著想道。

「不只左右不分，我開始連上下都搞不清楚了呢。」

「沒有魔物啊。」

「這樣還有魔物跑出來就變成世界級難關了啦。」

雖然跟我無關，伊雷文從容地轉著手中的短劍。

攻略了幾層之後，迎接他們的是視覺限制，不過這種程度的黑暗還不足以遮蔽伊雷文的視野。以前他曾說自己的優點是晚上看得很清楚，只要有照亮身邊幾公分遠的光線，伊雷文就能輕易看清周遭。

因此，他看得見利瑟爾一邊說著「是這邊嗎？」一邊往牆壁走，也看得見劫爾嘴上說著「完全看不到」卻以毫不遲疑的腳步往前走去。後者到底是怎麼回事？

「大哥，你看得見喔？」

「剛才不就說看不見了？」

「那你也表現得更像看不見的人一點吧……隊長，隊長那邊是牆壁！」

「咦，我以為伊雷文的聲音是從這邊傳來的……」

一般來說，攻略這種關卡必須自備光源，在伸手不見五指的黑暗中硬闖簡直是自殺行為。但他們隊伍中有兩個能夠在黑暗中行動的人，因此像個正常人一樣被黑暗耍得團團轉的利瑟爾莫名變成了少數。

「來，是這邊啦。」
「謝謝你。」
伊雷文抓著手臂為他領路，這樣走起來真輕鬆，利瑟爾微微一笑。為什麼他沒有準備光源？他能輕易以魔法照亮周遭，卻沒有這麼做，這是有原因的。
「一照亮四周就有傀儡娃娃從天花板掉下來，真的很嚇人呢。」
「不點燈就不必應付那些東西的話，一片黑反而比較省事。」
當然，一抵達這個階層，利瑟爾便立刻以魔法照亮周圍。
那一瞬間，他們看見的是在黑暗中被照得陰森駭人的傀儡娃娃系魔物。牠們從天花板倒吊下來，一邊高聲尖叫一邊發動攻擊，模樣實在非常震撼人心。
簡而言之，很恐怖。他們三人都不算特別膽小，但出現方式和外型都恐怖的東西還是很恐怖，每一次娃娃突然現身他們都會被嚇到一次。這種狀況一直持續到熄掉光源為止，他們選擇在黑暗中行走也很合情合理。
「大哥，那裡有陷阱。」
「哪裡啦。」
原來有陷阱呀，利瑟爾邊想邊阻止伊雷文拐向右邊。
儘管看不見周遭，利瑟爾仍然掌握了他們走過的路徑。將腦內描繪的地圖和現在的位置互相對照，即使是迷宮般錯綜複雜的通道，某種程度也能夠判斷前方的路線。
「這裡有往左的路嗎？」
「嗯，這邊？」
「右邊應該是死路。」

「好喔！」

伸手不見五指的環境，弄個不好對精神也是種折磨，三人卻一如往常一邊閒聊一邊前進。

寬敞房間的正中央，利瑟爾他們坐在彷彿為洋娃娃打造的椅子上。正好這裡有桌子，他們也餓了，因此三人現在正在吃午餐。

「差不多快到最深層了呢。」

「一路上上下下的我是搞不太清楚啦。」

「總共十五層對吧，通過下一層就是頭目了。」劫爾說。

一群巨大木偶正高舉著棍棒、斧頭，包圍著利瑟爾一行人。

儘管動作看起來好像立刻就要揮下武器，牠們卻停在原地一動也不動。但操縱木偶的絲線沒有纏在一起，也沒有斷掉——正因為牠們一切正常，所以才會卡在原地，連一根指頭都動不了。

「在魔物環繞當中享用午餐，非常寶貴的體驗。」

「趕快把牠們解決再來吃飯不就好了？」

「反正只要我們沒有動作，牠們就會一直停在原位，機會難得呀。」

沒錯，這個階層數量眾多的木偶只有一個共通點，那就是唯有在冒險者走動的時候，牠們才會行動。利瑟爾一行人坐在椅子上優閒地享用午餐，牠們是不會有所反應的。

不過在利瑟爾他們抵達桌邊之前，木偶還是一口氣襲擊過來，因此才會維持現在的動作停止不動。只要利瑟爾他們從椅子上站起來，踏出一步，那些武器就會一齊揮下。

「興趣真惡劣。」

呢。」

「我不否認。」

別享受這種狀況啊。劫爾嘆了口氣，利瑟爾也有趣地笑了。

「是說這個便當真不得了欸。」

「旅店主人說可以幫忙做便當，所以我就拜託他了，但這該怎麼說呢……他手真巧

三人重新看向桌上打開的便當。

反正所有人一起吃，因此三人份的料理全部裝在一起，這些菜色的外觀只能以華麗形容。運用了各式各樣的食材，色彩多樣繽紛，看了食欲不僅不會衰減，反而刺激食欲令人食指大動，早已超出了一般人能夠坦率稱讚「這便當真漂亮」的範圍。

宛如用食材創作繪畫一樣的精緻雕工，紅蘿蔔雕刻的蝴蝶，雞胸肉排列而成的薔薇……這已經是藝術了。

『好的早安，我認真摸索該怎麼做出配得上各位客人的便當結果迷失了方向，不過不知怎地還滿有成就感的讓我一大早就神清氣爽。這是你們的便當。』

印象中旅店主人把便當交給他的時候是這麼說的，沒想到便當是這個路線。

吃掉好像也有點可惜，利瑟爾看著便當，他身旁的劫爾和伊雷文則是一點也不介意，已經毫不客氣地開動了。他們只要好吃就無所謂，外觀不要慘烈到減損食欲就好。

「我還是跟旅店主人說一聲好了，告訴他下一次便當可以做得隨便一點。」

「嗯，跟他講一下吧。」

回想起旅店主人眼睛底下的黑眼圈，利瑟爾將美麗的便當欣賞過一遍，接著順從食欲開

動了。非常美味。

「重點該說是隨便嗎，首先做的是便當就已經……」

「別說了。」

伊雷文喃喃自語，劫爾彷彿叫他放棄似地回道。

王都的旅店女主人連湯都裝到容器裡幫他們帶好，這裡的旅店主人準備了豪華絢爛的便當，為什麼他們都覺得冒險者有辦法在迷宮裡悠悠哉哉用餐？呃，雖然他們確實是這樣用餐沒錯。

「啊，這個煮得很入味，很好吃哦。」

誤會的原因只有一個。看著利瑟爾面帶微笑將胡蘿蔔雕成的美麗蝴蝶含進嘴裡，劫爾他們只覺得這也不奇怪。

說到底，他們對於美味的餐點、悠哉的午餐時光都沒有意見。明明獨自潛入迷宮的時候兩人都不吃正餐，他們卻理所當然地這麼想著，各自把愛吃的東西放入口中。

午餐過後，利瑟爾他們沒有離開座位便打倒了那些木偶，來到了迷宮最深層之前的最後一層。

越進入迷宮深處，限制也越發嚴格，全都是難以達成的要求。因此每進入新的一層都會看到迷宮親切的說明，萬一限制太過困難，冒險者還有撤退或是研討對策的機會。

在設有說明的房間當中，利瑟爾他們再次望著一個轉盤。

「這完全是看運氣了吧。」利瑟爾說。

「迷宮沒刻意作怪的話。」

輪盤上寫著身體各部位的名稱。

在這一層，轉到的部位好像會受到限制。規則相當簡單，但難度也高得顯而易見，萬一腿部遭到限制，也有可能無法正常行走。

「眼睛、耳朵、鼻子是可以想像啦，但頭部是啥意思啊？」

「頭部的限制……指的是難以思考之類的嗎？」

也有些不太清楚會發生什麼事的部位，希望盡可能不要抽到那些地方。

利瑟爾他們站在輪盤的啟動按鈕前面，認真討論該由誰來按。換言之，誰的運氣最好？最後他們用猜拳決定，真搞不懂這三人到底是認真還是隨便。

「嘿！喔，是大哥欸。」

「呃……」

「麻煩你囉。」

劫爾從猜拳大賽當中漂亮勝出，卻一臉苦澀。他一點也不想按，但還是沒再抱怨，認命將手掌壓到按鈕上直接按了下去，輪盤於是喀啦喀啦開始轉動。

「以劫爾給人的印象，感覺運氣並不是特別好耶。」

「咦──大哥給我的印象是那種不管中間發生什麼事，最後還是佔到便宜的類型欸。」

二人說得毫無顧忌，劫爾無奈地盯著速度逐漸放慢的輪盤。

不知道轉到什麼才算運氣好，總之不要轉出一個他們囉哩囉嗦抱怨的就好了，他心想。

就在這時……

喀答。

輪盤發出聲音停止轉動，下一秒，劫爾和伊雷文動了起來。

利瑟爾手邊出現了某種看似黑布的東西。不可能有人及時反應，他們兩人卻以同樣的速度伸手捉住布條，又撈過虛空。他們明明握住了那條不是布也不是皮革，漆黑的某種東西，但它還是繞一圈綁住了利瑟爾的兩隻手腕。

一切發生在一瞬間，遲了幾瞬，劫爾和伊雷文的雙手也被綁住了。常人的眼睛跟不上這陣攻防，在利瑟爾看來，只覺得三人同時遭到綑綁。

「唉唷，該死……迷宮真的是莫名其妙欸——」

伊雷文維持著手腕被綁住的姿勢，雙手將瀏海往上撥，劫爾則皺著一張臉。沒有人能夠違抗迷宮的規則呀，利瑟爾見狀露出苦笑。雖然眼睛跟不上他們的動作，但不難想像那兩人為自己採取了什麼行動。

但是在現在的狀況下向他們道謝，對他們來說也只是不必要的安慰，反而只會讓他們感到不快而已。利瑟爾像什麼事也沒發生一樣，仰望完全靜止的輪盤。

「轉到的是手呀……對冒險者來說是滿致命的限制呢。」

對於雙手劍士和魔法師的影響不大，並非完全不可能攻略。

總比雙腳受限好，不過大多數的隊伍還是會選擇先離開迷宮吧。不愧是頭目之前的最後一層，難度相當高。

「大哥沒辦法掙脫這個喔？」

「劫爾被綁住可是難得一見的情景呢。」

「你們到底把我當作什麼了……」

就算是劫爾，也沒辦法規避迷宮的遊戲規則。即使使盡渾身的力氣，纏在他手腕上的束縛也只是微微發出吱嘎聲，完全沒有斷開的跡象。

「隊長被綁住也是罕見畫面欸，該說不適合你嗎，跟你形象反差超大的啦。」

「有一次我也曾經遭到綁架被人綁起來，應該沒有那麼不適合吧。」

「你在意的點不對吧。」

利瑟爾輕描淡寫說出這項事實。不愧是貴族，不可能完全與綁架無緣。

「伊雷文看起來，該怎麼說……終於淪落到這一步了的感覺。」

「什麼嘛隊長，你這樣講是什麼意思啊。」

「某種意義上你這副樣子比誰都適合。」劫爾說。

「那是誇獎嗎？完全不是吧！」

三人就這麼往前走，毫不考慮是否要掉頭折返。他們的雙手仍然被綑著，但沒有人感到擔憂。

為什麼？因為他們當中有個人即使雙手無法使用，還是完全不影響戰鬥。他們一邊說著好難走、好難走，一邊走向通道前方出現的傀儡娃娃。利瑟爾輕晃一下指尖，浮現半空的魔銃對準前方，他瞇起眼睛瞄準目標。

緊接著幾聲槍響，紳士型傀儡娃娃倒落地面，利瑟爾伸手抽下了牠胸口的領巾。

「到了深層，魔物只開一槍也打不倒呢。」

「但還是你動手比較快，交給你了。」

「是說隊長，那東西你還要收集喔？委託的數量已經夠了吧？」

「委託也有追加報酬呀，我想說不收白不收。」

委託所需的「紳士傀儡的領巾」已經湊齊了必要數量，畢竟他們打算從頭到尾攻略這座迷宮，一路上打倒遇見的紳士傀儡，素材自然就夠了。

不曉得追加報酬上限多少，反正利瑟爾大概打算繳交到數量上限吧。他這麼做只是純粹出於善意，但劫爾忍不住想，這傢伙怎麼初來乍到就做出這種引人注目的事情啊。

「（……對了，忘了跟他們說這邊也有一座迷宮我已經通關了……）」

如果選擇那座迷宮，就有傳送魔法陣可以用了。事到如今劫爾這麼想道，沒發現自己已經做出了足以惹人議論的事情。

「沒想到頭目戰的限制竟然是武器呢。」

「竟然要我們空手跟頭目互毆……雖然隊長是用了魔法啦。」

冒險者公會的櫃檯旁邊設有幾張桌子。

冒險者們會在這裡討論要接哪一個委託，也會在這裡與委託人交涉、交換情報，用途各式各樣。至於他們三人為什麼坐在這桌子旁邊，是因為他們繳交的委託品超過了規定數量，必須等待職員確認。

「在王都即使繳交數量超出規定，也從來不需要等待呀……」

「那是因為負責幫你辦手續的是那傢伙。」

利瑟爾的委託手續，幾乎都是由史塔德負責辦理。

無論他們用什麼方法達成委託都在史塔德預料之中，以異常的速度達成委託也在預料之中，史塔德總是當機立斷，以完美的流程幫他們辦好手續。習慣了史塔德的作風，反而覺得這一次公會的應對方式很新鮮。

不過，與其說是利瑟爾習慣了史塔德，不如說是史塔德習慣了利瑟爾的行事風格比較正確。

「我倒是沒看過那根冰棒跑去確認欸。」

「不需要吧。」劫爾說。

「為啥？」

「史塔德在公會當中的地位還滿高的呀。」

由於戰鬥能力的關係，史塔德常常坐櫃檯，不過他其實是足以被提名為下一屆公會長候補人選的人才。再加上公會長本人對公會營運的態度放任，因此史塔德擁有一定程度的權限。

不曉得他過得好不好。利瑟爾微笑這麼想道，不過轉念一想，還沒跟史塔德分別多久，這麼想也很奇怪吧。這時忽然有人喊利瑟爾他們，看來是職員確認完畢了。

「今天晚餐就在外面吃如何？」

「喔，不錯欸。」

三人邊聊邊拉開椅子，站起身來。

「你們想吃什麼？」

「肉。」

「酒。」

太好了，簡明易懂，利瑟爾笑著跨出步伐。他回想著先前跟旅店主人打聽的那些可以嘗到美食美酒的餐廳，一邊想著吃哪一家才好，一邊往櫃檯走去。

74

在阿斯塔尼亞，即使是深夜或清晨，氣溫也不太會驟然降低。

雖然不冷，利瑟爾還是將薄得像床單的被子蓋到肩膀的位置，不這麼蓋他不太自在。陽光從窗隙照進來，他微微睜開眼睛。

「（天亮了……？）」

他睡得迷糊的腦袋這麼想道，慵懶地抬起頭，往窗戶的方向瞥了一眼。

這個國家的窗戶形同虛設，平時敞開是理所當然，窗板只有在阻擋大風大雨的時候才會派上用場。薄薄的窗子無法完全遮擋陽光，看見透進來的光線，利瑟爾判斷時間還早。

「（繼續睡吧。）」

他這麼決定，閉上眼睛，打算趁著完全清醒之前回到睡夢之中。

昨天他看書看到很晚，那個時間或許不該說是晚上很晚，說是早上很早才更為貼切。為了保持最佳讀書狀態，利瑟爾會做好最低限度的健康管理，他有必要保有睡眠時間，而且最重要的是他還很睏。

「……、……」

他輕輕呼出一口氣放鬆身體，頭部逐漸陷進枕頭，他順從這種感覺放開了意識。

凝神細聽，外頭隱約傳來人群的喧囂，旅店主人曬著衣服哼著越來越慷慨激昂的小調，手推車車輪喀答喀答轉動的聲音，還有魔鳥飛過城市上空的拍翅聲。這些聲響聽在他耳中沒有成為噪音，反而更有睡回籠覺的氣氛，在在催人入眠。
枕套的布料觸感輕柔滑順，他輕輕將臉頰挨到枕頭上。
「聽說海上有魔物出沒！」
「騎兵和船兵好像都出動了！」
這麼說來，還沒有走到近處看過大海呢，沉入夢鄉之際他這麼想道。

「啊，早安。」
「沒那麼早了。」
等到利瑟爾回籠覺完全睡醒，走出房間，正好看見樓下劫爾的身影，不曉得他剛從哪裡回來。
也沒那麼晚吧。聽見劫爾揶揄似地瞇起眼睛這麼說，利瑟爾也微微一笑，反手關上自己房間的門，走近扶手朝下看著劫爾。他穿的不是冒險者裝備，而是輕裝打扮，應該是到附近抽了根菸吧。
「劫爾。」
「啊？」
靴底叩叩踏著地板，劫爾直接穿過玄關，在他離開視野之前，利瑟爾扶著欄杆探頭看他。劫爾也注意到了，停下腳步抬頭回望利瑟爾。
「可以跟你一起吃早餐嗎？」
「嗯。」

時間不早了，但也還沒有超過早餐時間。

利瑟爾沒有特別加快腳步，悠然走下階梯。劫爾停下腳步等他下樓，利瑟爾走近他，將落在頰邊的頭髮撥到耳後。

「對了，早上外面是不是有什麼騷動？」

「你起床了？」

「那時候剛好醒過來。」

劫爾毫不掩飾地表現出「真難得」的態度，利瑟爾面露苦笑。

他那時確實睡傻了，也想過可能是自己聽錯，不過從劫爾的回答聽來，外頭確實發生過騷動。不曉得發生了什麼事？利瑟爾邊想邊與劫爾並肩邁開腳步。

餐廳位在一樓，看來現在的房客除了利瑟爾他們之外，只有一對老夫妻而已。旅店主人也沒那麼忙，應該可以立刻為他們準備早餐吧。

二人這麼聊著，正準備打開通往餐廳的門，這時……

「欸，我怎麼不知道早上的事啊──」

才想著聲音好像從頭頂上傳來，便聽到輕巧的「咚」一聲，伊雷文從樓上跳了下來。

聲音缺乏霸氣，再加上他毫不遮掩地打著呵欠，看得出伊雷文也剛起床。但他抵銷落地衝擊的姿態沒有半點遲緩，只見他悠然伸展彎曲的膝蓋，動作輕盈靈巧。

認真起來他也能夠無聲著地吧。伊雷文隨手把自己的頭髮往上撥，又打了個呵欠，好像什麼事也沒發生似地跟他們一起穿過通往餐廳的門。

「旅店老闆不是叫你別那樣跳？」

「反正又沒被他看到，沒差啦。看起來很像小鬼在耍帥，好笑吧！」

伊雷文毫不心虛地哈哈笑著說道，利瑟爾佩服地仰頭望向二樓。

或許是第一天利瑟爾曾經說過「感覺可以從上面跳下來」的關係，伊雷文就天真的抱著試試看的心態從二樓跳了下來。旅店主人看見這一幕嚇傻了，利瑟爾還記得他當時瞠目結舌的表情。

就像平常一樣，旅店主人激動地念了一大串，重點好像是想跟他抗議地板會受傷，不要這樣跳。當時畢竟是利瑟爾慫恿的，因此他也好好道了歉。

「小心地板，還有注意不要嚇到其他房客哦。」

「好喔——」

這次是伊雷文自己想跳，既然如此利瑟爾也放任他去跳。

全天下唯有利瑟爾只說句話就能阻止伊雷文，他卻只做了最低限度的警告就放任伊雷文為所欲為，真是太寵他了。這傢伙還是老樣子，劫爾嘆了口氣，隨便找了張椅子坐下。

餐廳裡空無一人，愛坐哪個位子隨他們高興，利瑟爾和伊雷文也跟著坐了下來。

「話說騷動是怎樣啊，我睡得超熟。」

「那時我九成也算還在睡……不過好像聽到有人說，港口有魔物出沒。」

「沒聽錯。」

「哇，水中戰喔？感覺有點意思欸。」

餐廳一角設有半開放的廚房。

旅店主人哼著利瑟爾他們完全沒聽過的歌曲，正在廚房裡洗碗。這時他注意到他們三人，拿毛巾邊擦著手邊走了出來。
「好的早安，一大早看見三個這麼有氣場的人實在太衝擊了老實說不管過幾天我還是無法習慣好感慨啊。」
「早安，方便幫我們準備早餐嗎？」
「今天的菜色是鏘鏘，海味滿滿奶油香煎檸檬魚排和山珍滿滿獵人鍋二選一，但我不想看到各位客人吃獵人鍋的樣子所以自動變成奶油嫩煎魚排了，麻煩稍等一下。」
獵人鍋真令人好奇——就在這麼想的利瑟爾面前，旅店主人迅速走回廚房去了。兩道菜一定都很美味，不過既然可以選擇，希望老闆讓他選。
利瑟爾目送旅店主人走遠，也許是從那副模樣感受到他的哀愁，伊雷文端起剛才送來的玻璃水杯，遮住憋笑憋到抽搐的嘴角。
「……隊長，你想吃獵人鍋喔？」
「我從來沒有吃過，所以很想試試看。你們一定吃過吧？」
「算是吧，你看我爸是做什麼的就知道啦。」
「如果你是說獵物隨便丟下去煮的火鍋，我吃過。」
利瑟爾在原本的世界吃過的東西，都是所謂「完美的料理」。
烹調和調味全都經過安排，所以「隨便丟下去煮」這一點對他來說充滿魅力。他沒有吃過充滿野趣的料理，不過不難想像它的美味，因此更想嘗嘗看了。
「麻煩收起你露骨的視線。」
「下次我煮給你吃啦，隊長。」

利瑟爾毫不掩飾地以目光表達他的羨慕，看來清楚讓他們感覺到了。

「謝謝你，我會期待的。」

利瑟爾微微一笑，端起表面結了薄薄一層水滴的玻璃杯。

他啜飲一口水，潤了潤乾渴的喉嚨。不論在王都還是阿斯塔尼亞，水的味道嘗起來都一樣。

關於早餐，仔細想想王都雖然有河魚，但沒見過海產，嘗嘗海味也不錯吧。利瑟爾這麼想著，斬斷自己對獵人鍋的留戀。

「剛說海上出沒的那個是怎樣的魔物啊？很大嗎？」

「誰知道，我沒去看。你應該見過吧？」

「海上的我應該沒看過，只看過森林裡那種出現在河裡的。」

魚類的魔物比較少見，水中戰相當棘手……利瑟爾豎起耳朵聽著他們兩人的對話，心想學到了好多新知。

利瑟爾沒有在水中作戰的經驗。在無法自由活動身體的環境下，遭到狀態絕佳的魔物襲擊，任何人肯定都會感到恐懼的。但阿斯塔尼亞的人們還是積極出海，求取大海帶來的恩賜。

這證明了國家的騎兵團、船兵團深受人民信賴，正因為出事的時候有他們負責擊退魔物，人們才能安心出海捕魚，不必擔驚受怕。

「（從這裡坐船出發，到距離最近的島國需要航行兩週……距離遙遠，但有辦法壟斷貿易，再加上這裡是到其他國家的中繼地點，能獲取十足的利益。騎兵果然是關鍵嗎……）」

能夠輕鬆挺過長途航海的操舵技術當然令人讚賞，但能在海上守護毫無防備的船身，與魔物交鋒又能坐擁優勢的，唯有魔鳥騎兵團而已。

「（可以的話也想觀摩一下造船技術，不過大概跟原本那一邊差不了多少吧。）」

利瑟爾想著這種很可能惹納赫斯生氣的事情。不過他並沒有什麼特別的目的，只是出於單純的求知欲，覺得瞭解一下也沒什麼損失而已。

「好的讓您久等了——」

正當利瑟爾優閒沉溺於思緒當中的時候，旅店主人把他們的早餐端來了。

奶油香煎檸檬魚排，圓麵包，湯品，沙拉……以一間旅舍來說，菜色實在太講究了。利瑟爾不經意仰頭看向旅店主人，他帶著一副完成一件好事的笑容，作勢抹過自己根本沒流汗的額頭。可以強烈感受到他的成就感。

這樣好嗎？利瑟爾拿起和餐點擺在一起的刀叉，露出苦笑。

「我只覺得看起來很美味，所以無所謂……但你做這麼費工的料理真的沒關係嗎？」

「客人啊，你們真的不用客氣啦。對客人的款待是我唯一的特色嘛，這份把我個人特色發揮得淋漓盡致的早餐再怎麼說都……」

「再來一碗——」

「早知道不這麼用心做了該死！給我好好品嘗啊個性派帥哥去死啦！」

伊雷文馬上把東西吃個精光，一邊動著嘴巴咀嚼一邊遞出自己的空盤，旅店主人發出悲痛的哀嚎衝進廚房。

「他叫客人去死啊。」

「說話很直率呢。」

劫爾一臉傻眼，坐在他對面的利瑟爾也準備嘗一口看看，於是切下一塊魚排放入口中。表面酥脆，魚肉鮮嫩多汁，非常美味。

順帶一提，伊雷文雖然一瞬間就把東西全吃個精光，但他其實是好好嘗過味道的。如果料理難吃，他手上那個盤子會往旅店主人臉上砸。

「話說回來，隊長你們今天有啥打算啊？」

伊雷文把麵包、湯品、沙拉都接連吞下肚，吃完自己的又伸手往利瑟爾的盤子裡拿麵包。看他應該還遠遠吃不飽，利瑟爾也把盤子往他那邊推。

「我想到港口那邊逛逛。」

「……你別亂來啊。」

劫爾蹙著眉頭給了他一句忠告，因為王宮就位於那個方向。

阿斯塔尼亞面朝大海，海岸線中央有座白色外牆的王宮。粗獷宏偉的港口由王宮朝大海延伸，這裡主要是供船兵團使用的軍港。軍港的兩側設有貿易船隻絡繹不絕的大型商港，再往外側則是人們捕魚的熱鬧漁港。再更外側，就是供民眾休憩使用的沙灘了。

「我才不會。那邊好像也有大規模的市場，我去參觀一下。」

換言之，劫爾的意思是叫他不要隨便靠近王宮，免得被人盯上。利瑟爾目前也沒有那方面的打算，因此乾脆地點了頭。

「大哥一定是去迷宮喔。」

「沒什麼不好吧。」

周遭全是新的迷宮，劫爾應該也相當樂在其中吧。

攻略迷宮已經可以說是他的興趣了。劫爾老說利瑟爾是書痴，利瑟爾倒是常常覺得他沒有資格說別人。

「那……嗯……」

伊雷文一邊沉吟，一邊喀喀咬著玻璃杯，然後目光飄向利瑟爾，窺探他的臉色。

「我可以跟隊長一起去嗎？」

「我很樂意哦。」

或許是很滿意這個答案，伊雷文聽了瞇起他那雙朱鷺色的眼瞳。

這時，旅店主人終於把伊雷文追加的餐點端到他面前。和剛才的第一份比起來明顯盛得更滿，看得出旅店主人有點放棄擺盤了。

堆成小山的麵包擺在魚排旁邊，這是叫他少吃點費工的料理，拿麵包填飽肚子的意思。

「我這麼努力值得受到讚美！好啦早餐也告一個段落啦可以來收拾食材……」

「再來一份。」

「長得這麼兇狠個性卻很可靠根本囊括了男人所有的優點嘛我要把你埋了！」

果然劫爾也吃不夠嗎，利瑟爾目送旅店主人再度衝進廚房，一邊品嘗著附湯。

明明不是清晨旭日初升的時間，通往港口的街道還是十分熱鬧。

揹著貨物的壯碩男人，出門採買的主婦，攤位上大聲叫賣的小販，所有人都擁有飽經日曬的褐色肌膚，而且衣著都相當輕便，毫不保留地展露他們小麥色的皮膚。還不習慣的時候，這幅情景充滿了濃濃異國感。

利瑟爾和伊雷文穿的都不是裝備，因此也是輕裝打扮。但他們的衣服是王都的設計，不可能融入周遭的人群當中，使得他們更加引人注目。

「光是看看街景也很有趣呢。」

「該怎麼說，顏色很豐富？」

伊雷文紮成一束的紅髮，隨著他輕盈的步伐輕快地搖晃。

氣候舒適，身邊有利瑟爾相伴，行走過程中他不時從映入眼簾的攤位隨手買來吃食，調味偏重也符合他的喜好。看來他心情相當好，利瑟爾的眼神也跟著泛起幾分笑意。

「伊雷文，那個攤子賣的是？」

「糖漬花瓣。可以當下酒菜啊，拿來配隊長喝的那個算不上酒的雞尾酒。」

利瑟爾受到一個排列著五顏六色瓶子的攤子吸引，於是停下腳步。他走近攤子，湊過去細看。

「我只看過糖漬薔薇花瓣，哇……不知道不同花瓣味道嘗起來會不會不一樣？」

各個瓶子的價格標籤上，寫著各式各樣的花名。

利瑟爾雖然有花卉相關的知識，但沒有機會品嘗花瓣的味道。他唯一見過的只有糖漬薔薇，但那也只是在原本世界時，某次獲邀參加午茶聚會時看過而已。

薔薇花瓣盛在玻璃器皿當中，擺盤相當優美，但以當時的狀況他無法動手享用，因此味道對他來說完全是未知。

「小哥，你們是從別的國家來的吧？」

「妳看得出來？」

「那當然呀！」

怎麼可能看不出來？擺攤的女子說著，發出輕快的笑聲。

兩個大男人到這個攤位上探頭探腦顯得有點格格不入，但老闆和路上來往的行人都不覺得奇怪，這正是因為利瑟爾他們看起來就是來自外國的人，所有人都覺得他們應該是沒見過砂糖漬物才會在此逗留。

「如果是用糖水醃漬的東西，我倒是見過……」

「我們也有那種糖水漬法，也會加進葡萄酒或果實水哦。不過我們家賣的砂糖漬物，用的是撒上砂糖讓花瓣乾燥的醃漬方法。」

原來如此，這是為了拉長保存期限吧，利瑟爾點點頭。

「要不要吃吃看？」老闆說著遞來漬物，利瑟爾捏起花瓣放入口中。剛入口的滋味很甜，帶著些許苦味，接著花瓣的香氣忽地竄上鼻腔。

「我媽也做過這種東西，不知道該怎麼形容的味道。」

「呵呵，糖漬花瓣是拿來享受色彩和香氣的呀！也可以搭配其他料理。」

利瑟爾對於料理並不精通，無法想像花瓣該如何使用。

在他身邊同樣吃著花瓣的伊雷文毫不保留地皺著臉，看來他雖然不討厭甜食，但這花瓣不合他胃口。老闆見狀笑了，看起來一點也不介意，想必打從一開始就明白男生難以理解這種東西的美好了。

「哎，我說小哥呀。」

女子忽然看向利瑟爾，露出別有深意的笑容，探出身子壓低聲音說。她深邃的乳溝隨著動作露了出來，伊雷文光明正大盯著猛瞧，被利瑟爾不著痕跡地扯著他的頭髮制止了。

「你是不是哪裡來的王子啊？」

「怎麼可能呢。我看起來像嗎？」

「像呀，就像從故事裡頭跑出來的王子一樣！比起我們那個年紀老大不小還是一樣淘氣的親王殿下還要像太多了。」

看見利瑟爾有趣的笑容，她想必察覺他真的不是王子。真可惜，女子聳聳肩縮回上半身。雖然她這麼形容王族，但有點不客氣的態度是親暱的證明。女子的語調中聽得出確切無疑的敬意，看來這個國家的王族相當受人民愛戴。利瑟爾邊想邊問她：

「淘氣指的是？」

「我們的王族人數很多，其中有位親王殿下特別有行動力，有時候還會到市場這種地方露臉呢！」

女子興高采烈地這麼說，利瑟爾聽了忽然想起一個人。

建國慶典的時候，站在高臺上開心揮著手，就這麼抱著對利瑟爾的嚴重誤會離開了的那位阿斯塔尼亞王族。他的年紀看起來大約二十五歲上下，散發出來的氣質也相當豪放，不拘泥成規。

但聽說阿斯塔尼亞王族兄弟人數眾多，女子說的也很可能是不同人，因此利瑟爾沒再多想。

「是喔，說不定我們走一走就會遇到那傢伙喔？」
「不知道耶，我記得他現在好像不在國內……」
「她說遇不到欸，隊長，你是不是覺得很可惜？」
「不會，現在還好。」
利瑟爾露出不以為意的微笑這麼說，看起來沒有興趣，伊雷文凝神盯著他瞧。「現在」這個詞令人在意，不過假如有必要知道，利瑟爾會告訴他；既然利瑟爾沒說，就代表他不知道也沒關係。
也可能利瑟爾沒有任何特別的意思，畢竟他總是透過話語引出周遭的反應，藉此看透旁人真正的想法。這不過是劫爾口中的職業病而已，在意這些也沒意義。
「嗯，好喔！」
伊雷文撥開晃動的馬尾，從老闆請他們試吃的小碟子上捏起糖漬花瓣，一片兩片接連拋進口中。
「說起阿斯塔尼亞的王族，現在一共有十八個人，沒錯吧？」
「嗯，這個嘛……前任國王、現任國王，加上國王陛下的十一個兄弟，再加上那些兄弟們的五個孩子，應該沒錯？」
換言之，前任國王膝下總共有十二個孩子和五個孫子。
不過，聽說前任國王現在並不在國內。阿斯塔尼亞的民族性自由奔放，王族也大多如此，前任國王移交王位後，沒多久就跑到遠方氣候宜人的島嶼上，開始享受悠然自得的隱居生活了。

「現在的國王陛下是所有兄弟當中排行最大的，年紀應該是三十五歲。」
「王位不是以排行決定的吧？」
「沒有錯。」
女子毫不保留地點頭，看來國王是相當優秀的人物。
實際上，背地裡也有繪聲繪影的傳聞，說那位國王是「獨自負責為自由奔放的兄弟們善後的辛苦人」。
「有那麼多兄弟，不會處不好喔？國王應該讓我當才對，之類的。」
「不會耶，聽說兄弟們一致推舉現在的陛下登基呢。」
這是把所有苦差事都丟給他的意思嗎？傳聞的真實性增加了。
不過，既然國王能力優秀，那應該沒關係吧。看來那位國王擁有阿斯塔尼亞罕見的特質……利瑟爾他們這麼聊著，老闆將手肘撐在攤子上托著腮幫子，望著這一幕，眼神看起來非常愉快。
「大概是因為這樣，我覺得小哥你看起來特別有王子氣質呢。」
「妳說是『故事裡』的王子，聽了心情有點複雜。」
「哎呀，這是稱讚的意思啦。在這個國家沒什麼機會看到像你氣質這麼高雅的人，年輕女孩子說不定會用憧憬的眼神看你呢！」
嘴這麼甜，不愧是生意人，利瑟爾面露苦笑。
她都說成這樣了，還告訴他們情報，總不能什麼都不買就這麼離開。利瑟爾指向攤子上最小的瓶子，女子便笑吟吟地報上價錢。

真會做生意，利瑟爾佩服地給了她一枚銀幣，道謝之後再度往港口邁開腳步。

「隊長，那瓶花瓣你要怎麼辦啊，要吃嗎？」

「不知道耶。」

味道完全可以接受，吃掉也很好。利瑟爾將手上的瓶子收進腰包。

二人就這麼逛著攤位，往港口走了一會兒，海潮的香氣越來越濃了。

來到港口一看，今天的漁獲成排擺在攤子上，四處可聽見豪邁的喊聲，是座嘈雜又熱鬧的市場，擁有不同於商業國的另一種活力。

「不久前有魔物出沒，這裡還是很熱鬧呢。」

「因為雖然說是魔物，也只是能吃和不能吃的差別而已嘛。」

喏，伊雷文指向市場中央。

那裡吊著一條巨大的魚類魔物，長相兇猛猙獰，渾身的尖角和棘刺散發著強烈的存在感，跟主婦在家烹調的那種魚完全不同。能把這種魔物當作食材處置，早上究竟還有什麼必要驚慌？

利瑟爾由衷感到不可思議地望著那條大魚。不過實際上，要抓到一條這種魚類魔物必須靠數十人合力才能辦到。設下陷阱之後，花費數天的時間也不一定能捕到一隻，相當看運氣。再加上味道嘗起來也一級棒，這種魚的價格因此居高不下。

「我們先前在迷宮看過那種魔物吧？」

「喔，你說那個像浮島的迷宮喔？對啊。」

「假如把牠抓來賣，說不定可以賣個好價錢呢。」

利瑟爾他們這段話把打倒魔物說成了理所當然的前提。看見魚類魔物，當務之急應該是避免戰鬥才對，但沒有人能吐槽他們。

畢竟劫爾和伊雷文真的泡在高度及腰的水中把魚類魔物打倒了，不僅沒避開戰鬥，反而還在魔物無人能敵的水中戰中打贏牠。利瑟爾雖然沒下水，不過也曾經在地面上用魔銃打倒魚類魔物。

「牠們游來游去很難擊中，的確是棘手的強敵。」

「牠不攻過來我們就沒辦法主動出擊，說起來也是很麻煩啦。」

對話內容微妙地偏離了常人認知，不過二人毫不介意地往前走。

市場上偶爾也看得見冒險者的身影，應該是接受了漁夫和船員的委託吧。冒險者出現在這裡明明不稀奇，但每一次有人跟利瑟爾他們擦肩而過都會多看一眼，肯定是沒有人把他們當作冒險者的關係。

這和有沒有穿戴裝備無關，而是因為他們兩人都帶有異於常人的氣場，眾人的目光因此不由自主被吸引過去。

「你們就是一刀的隊友喔？」

正因如此，難免引來麻煩人物。

那是五個年輕冒險者的隊伍，他們擋在利瑟爾和伊雷文面前，秤斤論兩似地打量著他們兩人。

「啊，隊長，你看那個，跳得好用力喔。」

「真的耶，一直跳。」

但是被搭話的二人顧著看吊在那裡的大魚用力搖尾巴，沒有注意到那些冒險者。那尾大魚的頭部被吊著固定，只有尾巴左右用力搖擺，模樣看起來非常適合啪搭啪搭的效果音。真是看見好東西了，二人兀自點頭。

「劫爾也該來看看這個才對。」

「大哥缺席的時機真的有點不湊巧欸。」

利瑟爾他們仍然沒注意到發生了什麼事，準備就這麼走過去。事態發展出乎意料，那群冒險者僵在原地，直到這時才忽然回過神來。其中一名冒險者額角浮現青筋，伸手想拉住利瑟爾。

「呃啊……！」

但那隻粗暴的手在即將抓住利瑟爾手臂的瞬間停了下來。

「啊……果然沒有大哥那種力氣就捏不碎啊。」

彷彿聽得見骨頭被掐緊的吱嘎聲。

冒險者使勁抽回自己眼看就要被折斷的手腕，伊雷文在他用力之前忽地放開手，害得冒險者踉蹌了好幾步。他踩了幾下才站穩，惡狠狠瞪向眼前一頭紅髮的傢伙。

「雜魚。」

伊雷文習以為常地露出訕笑，嗜虐的笑容使得朝氣蓬勃的空間一口氣籠罩一股難以捉摸的氛圍。一陣戰慄竄過周遭人們的背脊，眾人察覺異狀紛紛看了過來。

冒險者們在這種狀況下神情有點動搖，利瑟爾沒把他們放在心上，逕自露出微笑。

「做得太過火我們會很難在這裡待下去的。」

「這樣已經很溫柔了啦。你看，他的手還連在手臂上欸。」

伊雷文擺擺手這麼說。確實如此，以他的標準來說算是手下留情了。

這時候，利瑟爾才首度看向那群冒險者。他們剛才提起一刀的名號，又是年輕男子，成為冒險者應該還沒過幾年。在他們跨入這一行的時候，「最強冒險者」的傳聞已經廣為流傳。

現在，一刀來到了阿斯塔尼亞，他們親眼見到他本人，瞭解到一刀那些為數眾多的傳說都是千真萬確。

「劫爾也真受歡迎。」

「嗯，大哥是名人嘛，在冒險者圈子裡。」

他們在王都也曾經因此遭人糾纏，在這裡也一樣。

動機大都是出於對一刀的嫉妒或憧憬，這次是後者吧。正因為崇拜獨來獨往的一刀，所以才對他身邊的兩人看不順眼。

看見利瑟爾和伊雷文悠哉交談，被擱在一旁的冒險者們不快地扭曲了表情。

「我勸你是不要帶著一刀到處炫耀啦，砸錢請了一刀就自以為當上冒險者了，難看。」

「嗯，因為我是『冒牌冒險者』嘛。」

「噗……」

聽見利瑟爾喃喃這麼說，伊雷文噴笑出聲。

但是……利瑟爾稍微鬧起彆扭來。那些冒險者心目中的一刀，一定就像故事中的英雄一樣高潔吧。真希望他們不要拿那點程度的人物來比喻劫爾。

該怎麼辦呢？利瑟爾保持一貫的沉穩態度，接著看向持續擋在他們面前的那些冒險者。

「我看起來就那麼有錢嗎？」

「——你耍我們啊，臭小子！」

利瑟爾知道這麼問會刺激對方，但他還是忍不住想問，沒辦法。

單論持有的金幣、銀幣數量，劫爾和伊雷文都比他有錢。這個話題沒有人提過，所以這只是利瑟爾的猜測，但大概不會錯。

儘管如此，最常被當作有錢人看待的卻是利瑟爾，在當事人看來實在不可思議。

「（這說不定是一種讚美？）」

利瑟爾這麼想道，伊雷文在一旁愉快地觀望，心想隊長大概又在想些偏離常識的事情了。

「敢瞧不起我們，你一定做好覺悟了吧！」

「這裡沒有一刀可以讓你靠啦！」

聽見冒險者高聲叫罵，人群逐漸往利瑟爾他們周遭聚集過來。

五個典型冒險者打扮的人，和兩個氣質不同於常人的人對峙，這光景勾起了許多人的興趣。阿斯塔尼亞的人們只要能炒熱氣氛，對什麼事情都興致勃勃，因此看了甚至開心地交頭接耳：「什麼，要打架了嗎？」

但這種對手打起來對伊雷文而言太過無趣，利瑟爾也想看那條奮力彈跳的大魚，那還是盡早解決好了。伊雷文想著，微微揚起下頷，以睥睨的眼光看著那些冒險者。

「你們腦袋也太簡單了吧，先去死一遍再來啦，雜魚。」

「哈，這條被錢收買的死狗不知道在吠什麼欸。」

聽見這句話，利瑟爾他們忽地對望一眼。

隔了幾秒，他們不約而同露出笑容，盯著那群冒險者瞧。

「那又怎樣？」

「啊？」

利瑟爾舉止沉穩，看起來一點也不像冒險者，此刻卻從他口中說出這種挑釁的話，冒險者們訝異地皺起眉頭。

「我在問你們，就算我砸錢讓劫爾聽命，那又有什麼不對？」

紫水晶般的眼瞳悠然瞇起，這副神情配上傲慢的話語使得那些男子啞口無言。

眼前的男子現在完全褪去了冒險者的外皮，成了如假包換的貴族。傲慢又蠻橫，高壓的態度，蔑視的眼神，認為全世界服從自己都是理所當然，神態依然沉穩，卻目中無人。

但由於那身高潔的氣質，利瑟爾看起來並不卑鄙，旁人看了甚至覺得他是理當擺出傲慢架子的人。

「你們連我的狗都打不過，還敢跟我提意見？」

利瑟爾緩緩抬手，指背滑過伊雷文的下顎。

伊雷文毫不抵抗地接受那隻手的撫觸，同時雙眼散發殺氣，彎成兩道月牙。他咧嘴一笑，露出毒牙，顫動喉頭「汪」了一聲，利瑟爾的指尖便褒獎似地掠過他頰邊，然後才抽手。

「終於露出本性了……這個只會用錢使喚人的傢伙！」

「財力也是一種實力呀？窮人的酸葡萄心態看起來真是滑稽。」

利瑟爾將手指輕握成拳抵在嘴邊，偏了偏頭露出微笑。

假如這裡是王都，周遭是王都公會的冒險者——不只是冒險者，凡是熟悉利瑟爾他們的居民，看見這一幕一定會心想「不會吧」，在心中大聲吶喊：

『他完全扮成貴族了……!!』

接著，他們會發自內心同情被利瑟爾玩弄的那一方，然後採取旁觀態勢。

但這裡不是王都，周遭人們也還沒有習慣利瑟爾他們的存在。每一次擦肩而過，居民都好奇地想「他們不知道是什麼人」，結果竟然是冒險者；而且這位冒險者還突然散發出上位者的氣場，沉穩的態度卻沒有改變。

捉摸不定的印象教人混亂，但同時也不禁感到亢奮。超脫日常的空間突然在面前展開，眾人難以移開目光，興奮地交頭接耳。看來觀眾們樂在其中，太好了，利瑟爾笑著想道。

「我沒有那個閒工夫聽你們抱怨。你們想說什麼？要我放劫爾自由？還是要我別再當冒險者？」

「這……」

「就姑且聽你們說說看吧。不過，在這之前我得先告訴你們……」

利瑟爾像要打斷對方的話似地，豎起一根手指觸碰嘴唇，緩緩加深笑意。

「我是絕對不會照做的。」

在這種奇恥大辱之下，冒險者們的理智「噗滋」一聲繃斷，他們伸手探向劍柄。

這時伊雷文已經將利瑟爾擋在身後，揚起嘲弄的笑容往前一躍。

十分鐘後。

「為什麼！你們就是不能安分一點！」

納赫斯雙手扠腰，站在利瑟爾和伊雷文面前對他們訓話。

兩人並排坐在附近攤位低矮的椅子上，乖乖聽納赫斯訓話……不，只是乖乖坐在那裡而已，他們沒什麼在反省。

「這次我們是遭人糾纏的一方……」

「那為什麼要跟他們起鬨！」

「我只是想說，好像很好玩。」

「你們就是這樣，都不會心虛的！不要一臉『我又沒錯』的表情！」

納赫斯為什麼會在這裡？只是單純的巧合而已。今天早上魔物在港口出沒的時候，由魔鳥騎兵團出動驅除，納赫斯只是到港口處理善後事宜，確認受害狀況，順便看看有沒有什麼令人不安的事情。

但他來到港口，卻看見伊雷文把那些被他打得鼻青臉腫的冒險者堆在一起大肆嘲笑，還有完全扮成黑心貴族的利瑟爾，看得納赫斯差點從魔鳥背上滑下去。

阿斯塔尼亞的冒險者公會獨立色彩濃厚，除非有重大理由，否則國家不會干預冒險者之間的糾紛。但納赫斯發自內心相信，忍不住衝過去處理的自己並沒有錯。

「啊，隊長你看，那條魚沒力了。」

「所以我才說沒有閒工夫呀。副隊長先生也是，如果你早點來就能看到了呢。」

「而且還完全沒在反省！雖然我早就料到了！」

那條大魚剛才還精神抖擻地擺著尾巴，現在已經靜靜吊在原地動也不動。

為什麼那麼在意那條魚？納赫斯看見利瑟爾他們惋惜的反應這麼想道，為了自己心靈的平靜，他朝著親愛的搭檔伸出手，魔鳥胸前柔軟的羽毛能安定他的心神。

「吃點甜的有助於安定情緒哦，這個送給你。」

「哦，是糖漬花啊，我就收下了，感謝。我的搭檔也愛吃這個，有時候……不對啊！但這個我會收下的！」

剛才還在旁觀這場騷動的人們，看著他們三人心想：真搞不懂發生了什麼事。

傲慢的貴族恢復成態度沉穩、氣質高雅的男子；用全身訴說著只親近唯一一人的獸人無趣地打著呵欠；國家引以為傲的魔鳥騎兵團副隊長，正在對他們兩人說教。

不過聽他們的對話也能略知一二，這只是沉穩男子那一方在鬧著玩而已。而且既然跟騎兵團的人認識，他們應該不是什麼壞人。

這些新來的人還真奇妙。圍觀的路人懷著一點還沒消散的亢奮各自散去，同時偏著頭納悶：剛才說他們是冒險者，這是真的嗎？

「本來你這樣擅自冒充貴族，弄個不好是會遭到嚴懲的啊！」

「真是的，我從來沒主動說過自己是貴族呀。」

「受害情形明顯是對方比較嚴重，要是被公會刁難你要怎麼辦！」

「所以我才聚集了周遭的人群作證，證明是對方先找我們麻煩的呀。」

為什麼他想得那麼周到，遭人糾纏的時候卻沒有辦法直接忽視？

當然是因為他們明明可以裝作沒看見，卻沒有這麼做啊。本人都毫不掩飾地說出「好像很好玩」這種話了，納赫斯決定全盤放棄。他發自內心擔憂，我國的冒險者公會真的有辦法應付眼前這兩人，還有那個目前不在現場的人嗎？

「……拜託你們，不要鬧出影響國家的重大問題啊。」

「欸隊長，那不是漁夫鍋嗎？」

「咦，哪個？」

「你們為什麼就這麼我行我素！聽到了要回答啊！」

事後，納赫斯雖然嘴上這麼說，還是帶他們逛了港口，還告訴他們早上魔物襲擊的狀況，非常照顧他們……就算那是為了監視，以免利瑟爾他們再引發什麼問題也一樣。

西翠真是介紹了一個不錯的人，利瑟爾這麼想道，帶著溫煦的微笑在港口觀光。

「啊，劫爾，你回來了。」

「嗯。港口怎麼樣？」

「有人幫我們做詳細導覽，非常清楚易懂哦。」

「那太好了。」

75

利瑟爾一行人接了C階委託【我想暢飲「酒湧樹木」的酒】。酒湧樹木只生長在森林中的部分地區，在叢林中漫步尋找一番之後他們順利完成委託，現在正走在阿斯塔尼亞的街道上。

酒湧樹木的樹汁可以當酒飲用，由於每一次只能採得一點點，因而被喻為稀有的名酒。劫爾和伊雷文也沒錯過這個機會，趁機留了自己要喝的份。今晚就來喝吧，聽見他們倆這麼聊著，利瑟爾也點點頭，如果他們滿足就太好了。

「這麼說來，最近大門的守衛也比較少對著我們點頭了呢。」

「他們之前老是一副原來如此的表情嘛。」伊雷文說。

剛來到阿斯塔尼亞的時候，納赫斯曾經把利瑟爾他們的特徵告訴守衛，這些描述又隨著守衛輪班的順序，由一個人傳給下一個人。

納赫斯這麼做只是出於純粹的好意，對利瑟爾他們來說也方便不少。但這段日子初次見面的士兵一看到他們，老是一副茅塞頓開的表情，令人看了心情相當複雜。

「我們到那裡逛逛。」

「好的。」

劫爾忽然拐進一間酒鋪，應該是只喝酒湧樹木的酒還不夠吧。

這也不奇怪，利瑟爾點點頭。劫爾一個人喝的時候能慢慢品嘗酒香，但伊雷文就連度數高的酒都會拿起來猛灌。既然跟伊雷文對飲，飲酒步調自然也會加快。
「大哥太內行啦——我要這個，還有這個和這個。」
「不要全都選這麼甜的。」
「又沒有你說的那麼甜，而且酒帶點甜味你也喝嘛。還有……」
二人接連拿起中意的酒，利瑟爾站在他們身後，獨自打量架上成排的酒瓶。
酒名、名稱由來，有些就連材料和釀製方法他都知道，就只有味道無從得知。在貴族社會當中，無法喝酒在各種場合相當辛苦，總不能每一次都動輒失憶，如果這件事可能成為弱點，也不能讓周遭得知。
「（跟那一邊的酒差不多呢。）」
有許多沒見過的陌生酒名，但酒本身和那一邊的世界應該是大同小異。
與王都相比，阿斯塔尼亞偏辛辣的酒是壓倒性的多，不過使用果實製造、甜味強烈的果實酒也不少。上述的酒類度數全都偏高，或許是這個國家的民族性使然。
「隊長久等了。怎麼啦，你想喝喔？」
「沒有，只是看看而已。」
什麼嘛，伊雷文一臉惋惜。站在他身後的劫爾嫌惡地皺起臉。
「我是很想喝，但那個宿醉症狀實在是……」
「也是喔，你宿醉很嚴重嘛。」
「還不是你害的。」劫爾說。
「嗯，是沒錯啦。」

他們抵達公會的時候，太陽已經快下山了。

靠著伊雷文的嗅覺，一行人尋找酒湧樹木的過程相當順利，但採集樹液耗費不少時間，所以才會拖到這個時候。利瑟爾他們平常總是早早完成委託，在公會開始出現人潮之前辦完委託結案手續，因此在早晨之外的時段看見擁擠的公會也有點新鮮。

「好多人哦。」

「現在是最擁擠的時候。」

「煩欸，感覺要等很久……」

大家都想在天色暗下來之前結束冒險者活動，這也沒辦法。

利瑟爾他們也走近冒險者熙來攘往的入口，在一個隊伍剛走出大門，門板還沒完全闔上的時候穿過門扉。就在這時……

「不接受委託是什麼意思啊，臭小子！」

聽見那個聲音，利瑟爾他們面面相覷。

「啊……」劫爾想了一下，恍然蹙起眉頭。伊雷文則是覺得有點耳熟又不太確定，但他也不在意。至於利瑟爾則佩服地想，他們真的會到各式各樣的國家巡迴演出呢。

三人視線的另一端站著一位頭髮蓬鬆，眼鏡尺寸不合臉的少女……不對，雖然身材嬌小，但她是與利瑟爾年紀相仿的女性。只見那位女子咄咄逼人地衝著一名公會職員說：

「你這根本是怠忽職守啊臭小子！從來沒有公會拒絕過我們的委託！」

「什麼怠忽職守，妳講得太難聽了吧，小姐。我這樣講也是為妳好啊。」

公會職員摸著下巴的鬍鬚這麼說。

「反正沒有人會接這種委託，妳沒必要白白浪費委託金啦。」

語氣不太客氣，但職員這麼說絕不是刻意找她麻煩。

道地的阿斯塔尼亞冒險者，凡事全憑力氣宣示的傾向相當強。他們願意當雜工搬運貨物，但到劇團幫忙打雜太遜了，大多數人都不想接。

至於從其他國家轉移據點來到阿斯塔尼亞的冒險者，他們擁有穿越廣闊叢林來到此地的實力，早就不需要靠著打雜賺取日薪了。

「還沒貼出去怎麼知道會不會浪費！你說的我也都知道，所以報酬才給得比較大方啊臭小子！」

「這個嘛……」

職員撫著下巴的鬍子，為難地仰望天花板。

委託人並不是什麼也沒想，反而是充分瞭解了冒險者的風氣，做好徵不到人的心理準備才來提出委託的。

那就把這個委託貼出去也不會怎樣，但是從公會職員的角度看來並非如此。受理了無人接取的委託屬於職員的失職，說得直白一點，薪水之類的會受到影響。

「那好吧，就姑且貼出去……」

這委託在其他國家應該有冒險者願意接，但在這裡實在沒什麼指望。不過既然這麼做可以讓委託人心服口服，那就受理吧。就在職員正要這麼告訴她的時候……

「喂、喂，小妞啊，沒有人會接那種娘娘腔的委託啦，妳放棄吧！」

「啊?!」

其中一個看熱鬧的冒險者忽然開口奚落她，女子立刻瞪向對方。

「不相干的人講什麼閒話啊臭小子！不接就給我閉嘴！」

在舞臺上鍛鍊出來的嗓門完全不輸給男人，她氣勢兇猛地回嘴，彷彿能撼動空氣，周圍的冒險者聽了也興奮地歡呼起鬨。

「妳什麼意思啊？老子這麼講是為妳好欸。」

聽見她剽悍的聲音，那名冒險者一瞬間睜大眼睛，接著馬上露出意有所指的猙獰笑容。

「接那種委託的都是沒救的窩囊廢，找那種傢伙去幫忙也沒屁用啦！」

女子並未掩飾自己的不快，扭曲的表情表露無遺。

那名冒險者大聲斷言「接了委託就是窩囊廢」，這麼一來，就更沒有人敢接這項委託了——冒險者一旦被人瞧不起就完蛋了。

竟然搞這種下賤的手段。女子在心裡啐道，不過仍然挺身接招：

「哈，窩囊廢也比你這種只會出一張嘴，什麼也不做的傢伙好多啦臭小子！」

「那真是太好了。」

下一秒傳來一道沉穩的嗓音，雙方一觸即發的氛圍隨之煙消雲散。

一隻手從她身後伸過來，溫柔地奪走了被她捏縐的委託單。女子睜大眼睛看著委託單被抽走，緊接著猛地回過頭。

「委託內容和先前一樣呢。啊，報酬真的變多了。」

「劇團『Phantasm』？我好像在哪聽過……啊，是那時候的劇團？之前好像沒看到長這樣的女生欸？」
「你最好道個歉吧。」劫爾說。
「為啥？」
利瑟爾看著委託單，伊雷文從旁邊探過頭去一起看，劫爾也無奈地低頭看著那張單子。整個公會的目光頓時集中到他們身上。
他們無疑是現在阿斯塔尼亞的冒險者當中最受討論的隊伍，周遭眾人看到他們登場紛紛僵在原地。眾目睽睽之下，女子抬頭望著利瑟爾，嘴巴一開一闔。
「團長小姐，好久不見了。」
「你……不對，我是知道你跑到這裡來了啦！昨天就看到了！」
「是嗎？妳可以叫我一聲呀。」
幻象劇團「Phantasm」的團長使勁抓著自己的頭髮，努力從驚愕當中恢復過來。
凡是幫忙搭建過舞臺的冒險者，她總會努力記在心裡，基本上不會忘記。但在所有冒險者當中，眼前這位沉穩男子她記得特別清楚。
他幫忙填充了鮮少有機會亮相的魔道具的魔力，又拯救了劇團沒有人拉小提琴的危機，還把整個舞臺包覆在黑暗當中，卻仍然沉著從容。要她忘掉這個不像冒險者的冒險者，反而還比較困難。
「怎麼可能叫你啊臭小子！怎麼能出聲打斷人家表演！」
「啊，讓專業演員看見了實在有點不好意思。我試著表現出典型黑心貴族的那種感覺了，演得如何呀？」

「有點演過頭了，而且說到底這角色根本不適合你啊臭小子。你看起來太有貴族架子了，黑心的印象反而顯得很不自然。」

「那真是太可惜了。」聽見她一針見血的評價，利瑟爾有趣地笑了。

接著，他一手拿著委託單，自然地邁開步伐走向公會櫃檯。看見他理所當然地把單子遞了過來，那位長相兇惡的職員不斷來回看著利瑟爾和那張單子。

利瑟爾毫不介意對方的反應，逕自回頭問團長：

「這次也像上次一樣，需要很多人手嗎？」

「啊？不用，這次有借到劇場，只要找到兩、三個人幫忙就很好了……所以才有辦法增加報酬啊。」

「那就沒問題了。」

利瑟爾微笑道，團長那對圓形鏡片下的眼睛眨了眨。

「這次我也得幫忙啊……」

「打雜也沒差，只要好玩就好了啦。」

在利瑟爾身後，一個人放棄似地嘆了口氣，另一個人則揚起狡黠的笑容這麼說。隊長握有委託的決定權，他們不可能有異議。

看來沒人反對，利瑟爾見狀也重新面向職員。

「請把這個登記成我們的指名委託，我們會馬上辦理接取手續。」

「呃，好……」

「啊，首先要先辦委託結案手續呢。」

「嗯，順便嘛……我來辦吧。」

利瑟爾他們也不過才到阿斯塔尼亞的公會接過幾次委託而已。職員平常習於應付火爆好鬥的冒險者，但是面對這些散發著壓倒性存在感的人物，他也只能僵硬地點點頭。

「團長小姐。」

確認職員開始辦理委託手續，利瑟爾招招手要團長過來。團長愣了一瞬間之後，噠噠噠踩著氣勢洶洶的腳步聲跑過他們之間短短幾步的距離。

「……你願意接我的委託嗎！」

「如果妳不嫌棄的話。」

「太好啦——！那就可以用那個魔道具啦，要計算一下劇場的大小！在這個國家下雪觀眾反應一定很好！」

她腦中大概只剩下舞臺演出的事情了，團長還是沒變。利瑟爾低頭看著那頭激烈彈跳的茶色頭髮這麼想道，和劫爾他們一起等待職員辦完手續。

「那一幕多加一點！那一幕刪減一點！」

「團長小姐，職員要妳繳交委託費用哦。」

「拿去吧臭小子！」

被她拍到桌上的銅幣發出金屬聲彈了幾下。

但團長的注意力一點也沒被吸引，集中力真是高超，利瑟爾佩服地想。這時，伊雷文忽然用手肘推了推他，利瑟爾於是順著他敦促的視線看去。

那是剛才找團長麻煩的冒險者，他現在還愣愣張嘴看著這裡。注意到利瑟爾的目光，那名冒險者才忽然回過神來，視線開始四處游移。
利瑟爾朝他悠然偏了偏頭。
「你可以說我是窩囊廢沒關係喲。」
在渾身散發強者氣場的一刀和獸人面前，他不可能說得出口。男子嘴角抽搐，搖了搖頭。等到利瑟爾他們離開之後，那名冒險者成了隊友們的眾矢之的：
「你這渾帳，不要把我們捲進去！」

隔天早上，太陽已經完全升起的時刻。
劫爾他們昨晚喝了那麼多酒，早晨卻完全看不出任何宿醉症狀，三人就這麼來到了靠近海邊的劇場。
這座劇場平時借給各式各樣的活動使用，不過現在是由幻象劇團在固定期間內包場，比起從頭搭建舞臺想必輕鬆不少。
「啊，好久不見——！」
「好久不見。」
劇團團員都是熟面孔，這位和他們打招呼的女性，也是上次委託的時候負責管理冒險者的團員。
她聽說過利瑟爾他們來幫忙的事情，因此立刻帶他們去找團長。
「這一次的劇目也是『幻想旅人』嗎？」
「是那齣戲的改編版。改得更輕鬆一點，再加強冒險色彩……大概會變成一齣完全不一樣的戲吧，公演開始之後你們一定要來看哦！」

催淚情節在阿斯塔尼亞不太賣座，華麗的演出才受觀眾歡迎，團員眉飛色舞地說道。看來劇團這點還是沒變，只要賣座什麼都好，利瑟爾點點頭。

他們明明是實力派劇團，對於吸客手段卻毫不猶豫，也許是團員以年輕人居多的緣故。

「團長——」

一行人穿過觀眾席，來到堆放著建材的舞臺上，女性團員探頭往木箱後面一看。

團長正坐在那裡，全神貫注地在劇本上寫著什麼。

「冒險者來了，那我要回去弄燈光囉！」

「魔道具先拿出來了沒！」

「拿出來了——」

他們目送女子踏著輕快的腳步啪答啪答跑遠，這時原本在振筆疾書的團長猛地抬起頭。

「那就馬上來……你們打扮好輕便啊臭小子！我看了好混亂啊！」

「咦，這樣不好嗎？」

他們今天沒有跟魔物作戰的計畫，也不打算到危險場所，沒有必要穿戴裝備，因此利瑟爾他們三個人穿的都是便服。

伊雷文穿著坦克背心，瀏海用髮夾夾起來露出額頭，看起來非常涼快。劫爾追求安全的穿搭方式，結果還是逃不過黑色，不過他穿的是在王都鮮少看見的短袖。

和他們倆比起來，利瑟爾露出的肌膚少了許多，不過頸部沒有布料遮掩，剪裁也相當寬鬆，以利瑟爾的標準來說已經算很努力了。而且確實很涼快。

「沒有啦，很好啊……話說回來……」
團長忽然站起身來，繞著他們三人走了一圈。
她目不轉睛盯著他們瞧，毫不客氣地觀察。一股不祥的預感，伊雷文臉頰抽搐，往利瑟爾那邊靠了一步。團長走到劫爾正前方，突然停下腳步。
「嗯……」她繃著一張臉，凝視著劫爾包裹在黑衣底下的身體。
「本來覺得你跟那些渾身肌肉的冒險者比起來很瘦，沒想到身材不錯啊。」
「確實，劫爾可能是穿衣顯瘦的類型呢。」
這句話應該是讚美的意思，不過劫爾本人卻全力露出嫌惡的表情。
另一方面，利瑟爾完全事不關己，反而還覺得有點有趣，劫爾怨恨的視線直往他刺來。
這時候，團長忽然鼓足氣勢似地挽起長長的袖子，握緊拳頭說：
「我可以揍他嗎！」
「咦？請便。」
為什麼是你負責核可啊？在當事人吐槽之前，團長的拳頭已經往劫爾腹部揍了上去，毫不客氣、全力的一拳。
「劫爾？」
「沒什麼感覺。」
但這傢伙到底想幹嘛？劫爾吃了一擊仍然屹立不搖，面不改色地低頭看著團長。女生未經鍛鍊的纖細手臂不管再怎麼用力，打起來還是一點都不痛。
「痛啊……！」

反而是團長一開一闔地握著吃痛的拳頭。

她霎時浮現出一抹閃閃發亮的兇猛笑容，霍地轉頭看向舞臺一角那名正在搬運戲服的男性團員，然後衝了過去。

「就是這個啦臭小子！喂你不是說下次公演之前要把肌肉練起來！練好了沒！」

「啊?!團長妳在說什……」

「喝!!」

「唔呃……！」

吃了團長一拳，男子不支倒地。

「你以為只有外表好看的肌肉有辦法營造出真實感嗎臭小子！你的腹肌有夠柔弱！快以那傢伙為目標！」

那位男性團員體格已算健壯，他忍著痛看向團長口中的「那傢伙」劫爾。

一看就知道劫爾重視的是實用性，精實的肌肉是透過實戰千錘百鍊而成。身為男人他當然也很嚮往，但人總是有極限的……呃，雖然他眼前這男人就是個突破極限的例外。

「絕對不可能……」

「哈啊?!」

大家同情地看著那名被痛楚擊沉的團員。

「她打的是心窩欸。」伊雷文說。

「打傷團員就不好了吧。」

「隊長，你也跟她差不多啦，讓人家打自己的隊友。」

反正不痛不癢，讓她打一拳也無妨，不過利瑟爾還是乖乖道了歉。輕易允許她這麼做，結果造成了那位劇團團員痛到昏死，總覺得有點過意不去。

「接下來就換那邊那個獸人啦臭小子！」

「請便。」

「呃！」

噠噠噠，團長氣勢洶洶地衝了過來。

利瑟爾再次毫不留情地把伊雷文交出去。他確實反省過了，不過這和那是兩回事；如果必須這麼做才能促成舞臺表演成功，利瑟爾也想盡可能幫她的忙。既然團長為此犧牲了自己的團員，利瑟爾也願意鐵了心出借自己的隊友。

最重要的是，感覺好像很有趣。劫爾彷彿看穿了這一點，朝他投來無奈至極的視線。

「好恐怖好恐怖好恐怖！」

「比對付魔物輕鬆吧？」

「她比較恐怖啦！」

團長在他眼前急速煞車，看得伊雷文面部抽搐。

不過既然利瑟爾已經允許，他就不能閃躲，也不能防守。伊雷文一瞬間做出和劫爾剛才同樣的結論，於是做好覺悟準備承受攻擊。團長揚起拳頭。

「喝哈！」

「這傢伙真的很恐怖欸！」

打進腹部的拳頭，果然被伊雷文使勁繃緊的堅硬腹肌擋住了。

拳頭傳來一陣麻痺感，團長加深了笑意，再次衝向另一位團員。也不曉得是幸還是不幸，遭受激動的團長突襲的那位團員完整目擊了剛剛那場悲劇，邊看邊感嘆那位受害者好可憐，因此他不顧一切轉頭就逃。

「給我等一下臭小子！你這次演的是動作輕盈的角色，早就交代你練肌肉了！快看那傢伙！身材偏瘦但看起來完全不瘦弱而且實際上也不弱啊！」

「拜託不要把我當成現役冒險者……咿，等下等下等下我都說了不可能啦！」

由於妨礙到準備工作，這齣全力逃亡的劇碼因為其他團員出賣了他而落幕。好幾個人合力鉗住他雙臂，團長的拳頭毫不留情揍了下去，不過這次他得以先做好心理準備，還是比剛才的團員好一點。

團長回到利瑟爾他們身邊，喘得上氣不接下氣，但看起來心滿意足。

「妳不揍我嗎？」

「說什麼蠢話，揍你不就只是委託人的權力騷擾而已嗎臭小子！」

那為什麼揍另外兩人就沒關係？劫爾和伊雷文忍不住看向團長，但她完全沒注意到他們的視線。

儘管一開始稍微引起了一點騷動，後來準備仍然順利進行。

「『幻想旅人』裡面有魔王之類的角色，這次也一樣嗎？」

「對啊，但預計會換個形象，這次的魔王是美少女！也有順便考慮能不能讓她跟主角發展成戀愛關係哦臭小子！」

利瑟爾坐在舞臺邊，正優閒地將魔力注入魔道具當中。

周圍所有人都在努力工作，但他在這種狀況下坐著並不覺得尷尬。對於利瑟爾來說，這本來是理所當然的事情，而且他現在做的事只有他能完成，這也沒辦法。

團長盤腿坐在他旁邊，仍舊在劇本上振筆疾書，寫到一半不時揪著自己的頭髮苦思。

「那種路線很受觀眾歡迎嗎？」

「情節充滿曲折的戲很受歡迎啊，但是塞太多東西進去又會變得不好理解。」

「難得這齣戲有個簡明易懂的世界觀嘛。」

利瑟爾一邊和偶爾發出怪叫的團長談笑，一邊環顧周遭。

劫爾人在舞臺上，他沒多久就完成了一般需要好幾個人合力的勞力工作，難得有一流的冒險者在場，團員們於是請他來監修武打場面，雖說是監修，實際上也只是指出動作不自然的部分而已。

他一臉嫌麻煩的表情，但還是告訴他們「那個動作不對」、「一般不會這樣打」，很符合他盡責完成委託的作風。

「把魔王改成少女，氣勢果然不太夠啊臭小子。」

「以各位的演技，少女魔王應該也很有氣勢吧。」

「如果只是想營造出氣勢，那保留男性魔王就可以了啊！要改就要改成那種……冰冷高貴的帶刺薔薇！足以吞噬觀眾的強大支配力！可惡，只能繼續推敲臺詞了嗎臭小子！」

距離公演已經沒有那麼多時間了，但團長還是一樣，非到最後絕不妥協。

陪她練習的團員一定很辛苦，不過也是因為她比誰都更為他們的戲著想，比誰都更努力，所以大家才願意跟從她吧。這個劇團的感情真好，利瑟爾想著，忽地仰頭往上看去。

一頭紅髮的伊雷文正在照明器具之間流暢地來去，他在高處也不需要綁安全索，正自由自在地四處牽起繩索。

他注意到利瑟爾的目光，對他露出燦爛的笑容揮了揮手，利瑟爾也揮手回應。應該快滿了吧，利瑟爾探頭看了看魔道具，好像還差一點，於是他再次開始灌注魔力。

「問答時間！部下攻下了一個國家！少女魔王會對他說什麼！要給他什麼報酬！」

團長仍舊盯著劇本高聲這麼問，利瑟爾眨眨眼睛。

「金錢！」

「地位！」

團員們習以為常地答道。原來如此，利瑟爾恍然露出微笑。

劇本似乎是由團長負責撰寫，但也不忘納入其他人的意見，這是為了盡可能減少團員的不滿吧。團長這麼感情用事，沒想到這方面如此冷靜，利瑟爾給了她這個精準無誤卻相當矛盾的評語，豎起耳朵傾聽大家接連說出口的提案。

正在組裝建材的男性團員說：

「給他一個國家！」

「收下一個國家光是維持國務運作就會花掉所有時間哦。」

「你講起來這麼有說服力是為什麼啊臭小子！下一個！」

正在幫木板上色的女性團員說：

「把我送．給．你！」

「把臉埋進顏料裡啦！下一個！」
正在揮劍練習打戲的男人說：
「踩他！」
「喂，你剛剛那種躲法會被砍頭。」劫爾說。
「你就被砍頭吧沒救的被虐狂！下一個！」
正把天花板垂下來的繩索拉緊的女子說：
「給他好東西！」
「就是在問要給什麼東西啊臭小子！下一個！」
勤快擦拭著座椅的男子說：
「從此當一個溫柔的領導者！」
「你對我有什麼意見是不是啊臭小子！下一個！」
在舞臺一角演奏小提琴的男人說：
「我想要新的樂器！」
「為什麼突然講到你想要的東西啊我是不會買的！下一個！」
倒掛在天花板骨架上的伊雷文說：
「啊完蛋，有東西從我腰帶掉下去啦。」
「哇啊啊！天上有小刀掉下來啦啊啊啊!!」
真熱鬧，不愧是劇團員，利瑟爾聽著露出溫煦的微笑。這時，身邊忽然有枝筆唰地朝他指來。

他往那個方向一看，對上團長瞪視般強烈的目光。自己也要回答嗎？「嗯……」利瑟爾尋思般沉吟道，一瞬間他認真考慮是否該順著對話走向講出什麼好笑的答案，最後還是算了。

先前看過的那場戲當中，部下對魔王宣誓了相當深厚的忠誠。既然身為君王，感覺只要說句「做得很好」就足夠了，但這想必不是團長想要的答案。

「還是普通一點的獎賞就可以了吧？」

「普通的話，應該就是金錢或權力了吧臭小子。」

「打下一整個國家這麼優秀的戰果，該給他更特別的……嗯，我想想，如果是我的話……」

團長挑起眉毛。

照利瑟爾的說法，取之不盡的金錢不夠，為所欲為的權力也不夠；但他又說「普通」的獎賞就好，答案多半不是什麼稀奇古怪的東西。

想像所及的各種獎賞一一浮現腦海，她邊猜邊等待利瑟爾的答案。

「只要王喊我的名字一聲就夠了。」

誰也沒料到他會給出這種答案。

他說得理所當然，語氣又彷彿以某種信念為傲，團員們聽了不由得停下手邊的工作。怎麼可能這樣就夠了？但沒有人說得出口。

因為站在舞臺上的劫爾筆直望著利瑟爾，贊同似地瞇細了雙眼；因為伊雷文側眼打量著利瑟爾，愉快至極地揚起唇角。

親眼看見這一幕，誰也不可能質疑利瑟爾的答案。

「啊，不過這種問題好像不該從部下的角度思考哦。」

這也就表示……團員們僵在原地，但是讓他們回神的仍然是利瑟爾的聲音。

看見利瑟爾打趣的態度，他們鬆了一口氣似地眨眨眼睛，又繼續展開工作。

「真是的，演員必須拿出氣勢震撼觀眾才對，怎麼可以被別人的氣勢壓過去呢臭小子。」

「啊，我有當演員的天分嗎？」

「就算有天分，你這個人也很難用啦！」

團長自暴自棄地喊道，開始振筆疾書，似乎找到了什麼靈感。

利瑟爾望著越塗越黑的劇本，心想這已經無法閱讀了吧？他邊想邊從魔道具上移開手，魔力差不多灌滿了。

「團長小姐，結束了。」

「你還是一樣活蹦亂跳的啊臭小子。來啦這是報酬，拿去！」

團長把三人分的報酬硬塞到他手中。

看來冒險者能夠幫忙的工作都順利結束了，伊雷文說著「我好了」從天花板降落到地面，劫爾也結束指導，二人一同回到利瑟爾身邊集合。

「順便給你這個！」

「謝謝妳，我會來看戲的。」

團長又塞給他三張戲票，是首日公演的入場券。態度雖然不客氣，但一聽利瑟爾這麼說，她還是露出了開心的笑容，和以前完全沒變。

團長一定會為他們保留視野最好的席次吧。看來這次不必提早從旅店出發了，利瑟爾微微一笑，從舞臺上站起身。

三人就這麼走出劇場，經過每一位團員的時候都獲得他們的感謝。

那是點著朦朧燈光的幽暗空間。

但氣氛並不陰森，反而能以莊嚴形容。小提琴深沉的樂聲悠然流淌，若不是身在其中的幾個人有所動作，這凝滯不動的空間甚至教人忘卻時間的流逝。

緊接著，樂聲戛然而止。一陣震耳欲聾的沉默，靜得彷彿連稍微轉身的聲響都聽得一清二楚，一名少女獨自坐在舞臺中央，吸引了在場所有人的目光。

一名男子垂首跪在她跟前，視線一刻也不曾從她身上移開。美麗的少女坐在奢華座椅上，纖細的肢體裹在一襲漆黑禮服當中，打扮成熟得有種不平衡的美感。

「嘻嘻。」

一片寂靜之中，少女的笑聲更加強烈地佔據了眾人的意識。

她會說什麼，會怎麼做？所有人都在等待，等待她向那名支配了某大國的部下開口的瞬間。是慰勞，是辱罵，還是下一道指令？

「————」

她口中道出那名部下的名字。所有人都好奇，魔王喊完名字之後接下來要說什麼？

但是，身為部下的男人霍然抬起頭，他瞠大眼睛顫抖著雙唇，表情寫滿了驚愕與狂喜，在在說明這正是無上的獎賞。察覺這一點，觀眾紛紛倒抽一口氣。

他不需要什麼尋常的獎勵，這才是至高無上的褒獎。

「我說你呀。」

人稱魔王的少女，嬌媚地將上半身依偎在扶手上。

她緩緩抬起一隻手，手背輕滑過自己的下顎，雙唇靠近手背撐著頭，流轉的眼波捕捉到部下的身影。

無可挑剔的兇猛，無人能及的美貌，所向披靡的支配者——她的笑容，宛如傲然綻放的薔薇。

「好好感念被我稱呼名字的榮耀吧。」

她白皙纖細的小腿悠悠一晃，在幽暗的空間當中格外醒目。

看著舞臺上的情景，伊雷文毫不掩飾他狐疑的表情，往坐在隔壁的利瑟爾挨近。利瑟爾注意到他的動作，也將臉朝那邊靠過去，伊雷文於是湊過嘴唇低語：

「那真的是到處用上腹重拳揍人的那個女的喔？」

「是團長小姐沒錯。實力非常優秀呢，她在臺上的存在感比平時強烈太多了。」

「連講話聲音都不一樣，我完全認不出來欸。」

不只是伊雷文，在場的所有觀眾就算看到平時的團長，也絕不會注意到她就是舞臺上的少女。即使到了不同的世界，女性認真起來還是令人嘆為觀止，利瑟爾對此總是相當佩服。

魔王一方的演出結束之後，舞臺燈光轉暗一瞬間，場景切換到主角那一方。緊接著立刻

展開武打場面，觀眾席頓時響起一片歡聲。

小提琴演奏著激烈的樂曲，一來一往流暢的劍擊明顯比先前更加洗練，看來劫爾的指導也沒有白費。

「我還是比較喜歡隊長的演奏欸。」

「太不敢當了。」

這麼說來，上一次伊雷文也在某處聽著他的演奏。被拿來和專業的演奏家相比實在教人難為情，利瑟爾露出苦笑。

在他身邊，劫爾默默望著舞臺，心裡發著牢騷：就跟他們說用那種方式閃躲會被砍頭了啊。

76

辦完委託結案手續，利瑟爾看著公會裡那面畫著地圖的警告黑板。

「啊，魔力點往這裡靠過來了。」

「真的欸。」

標示黃色的魔物異常增加區域已經緩緩往黑板外側移動，取而代之的是出現在黑板一角的紅色斜線區域。

阿斯塔尼亞受到海風保護，因此出現在叢林中的魔力聚積地並不會侵犯到這個國家。不過一旦它靠近仍然會造成不少影響，冒險者和獵人的活動範圍也會大幅受限。

「你如果不舒服要說。」

「喔，魔力中毒？隊長還好嗎？」

「現在完全沒有影響，謝謝你們。」

魔力量越多的人，越容易出現魔力中毒的症狀。

但利瑟爾的魔力量只是偏多，並不到龐大的程度，除非距離很近，否則多半沒什麼影響。

緊要關頭他們也還有之前的方巾可以使用，雖然設計上不太方便在城市裡使用。

「呃、喂！」

難得有這個機會，不如到魔力聚積地參觀一下好了？三人若無其事地討論著脫離常軌的話題，這時忽然有人叫住他們。

利瑟爾他們一回頭，看見一位面熟的冒險者環抱雙臂，叉開雙腿氣勢洶洶地站在那裡。是先前幻象劇團的團長來公會提出委託的時候，衝著她叫囂的那名男子。

這傢伙想找碴？伊雷文舔著嘴唇正準備往前站，利瑟爾卻抬手制止了他。那名冒險者叫住他們大概不是為了互瞪挑釁，利瑟爾邊猜測邊回答：

「有什麼事嗎？」

「……老子有事想問你們。」

男人仍然交叉著雙臂，視線四處游移。

看起來非常難以啟齒。但利瑟爾他們沒有義務陪他耗，也不在乎他想說什麼。眼見男人不發一語，他們不以為意地準備繼續閒聊的時候，那名冒險者慌忙開了口。

「既然你們接了那個劇團的委託！一定知道那個演魔王的女生是誰吧！」

他一鼓作氣說完，不過還是漲紅了臉。利瑟爾見狀帶著慈悲的笑容點點頭，劫爾憐憫地悄悄別開視線，伊雷文則是毫不客氣地全力爆笑。

他一定是看到團長遭到冒險者糾纏仍然毫不畏懼，一時興起想看看他們演的是什麼戲吧，結果一看到那個散發強烈存在感的少女，就拜倒在她的石榴裙下了。觀眾對魔王一角的讚賞，時不時也會傳入利瑟爾他們耳中。

「那些從劇場出來的人我怎麼找都找不到看起來像她的……不是啦，我沒有在等她喔?!只是對傳聞中演魔王的女生有點好奇而已?!」

「這樣呀。」

面對利瑟爾他們意料之外的反應，男人拚命為自己辯解。

伊雷文笑到狂咳，利瑟爾拍撫著他的背，稍微有點苦惱。這麼快就破壞他的美夢真的好嗎？

「嗯……」

「你要告訴他？」劫爾問。

「不，那也……」

最重要的是，「身分不明的神秘美少女」對於劇團來說相當有話題性，雖然不是刻意為之，但這個傳聞肯定對票房有所貢獻。

不方便直截了當地回答他，那改用聽得懂的人才聽得懂的說法如何？利瑟爾悠然偏了偏頭。

「我只能給你一點線索。」

「好、好！」

「她對於劇中的氣氛營造非常用心，所以不太喜歡對演員叫囂、破壞氣氛的那種人哦。」

利瑟爾粲然一笑，聽得男人整張臉都亮了起來。

在他身後，他的隊友們領會了一切，睜著死魚眼心想：「這下完了……」沉浸在戀愛中的男子完全沒有察覺事實的跡象，因此他的戀情進退想必就託付在隊友們手中了。

事情究竟會如何發展呢？利瑟爾他們也無從得知，就這麼在那位冒險者開朗的道謝聲中走出了公會。

回到旅店，三人大多各自洗去活動一整天的汗水。

由於旅店主人本身的偏好，這間旅店罕見地設有浴池，是這裡的一大賣點。不過阿斯塔尼亞人大都是沖澡了事，這方面的需求並不多。

單人用的淋浴間設有浴缸，大小不算寬敞，但已經足以供一個人入浴。

利瑟爾的老家也有浴池，因此每天都會悠哉泡個澡。劫爾視當天的心情而定，時常只是淋浴而已，至於伊雷文則是完全不泡。不習慣泡澡的人就是這樣了。

洗過澡之後三人自由行動，也時常分頭各自出門。

這種時候晚餐多半會在外面解決，如果他們偶然在外碰頭，也會一起吃晚餐。

三人都獨立活動，自由奔放，因此旅店主人老是覺得「搞不懂他們到底是感情好還是不好但應該是非常好啦」。要說為什麼，那就是因為不出門的時候，三人明明沒有特別約好，卻會在幾乎同一時間不約而同來到餐廳。

準備餐點和收拾都比較輕鬆，旅店主人覺得這樣不錯。三人無從得知旅店主人怎麼想，不過今天他們也一塊在餐廳用晚餐。

「唔咕……不好意思，在用餐中打噴嚏。」

「你的噴嚏聲還是一樣怪。」

「這我沒辦法控制嘛。」

利瑟爾苦笑道。伊雷文問他是不是感冒，利瑟爾搖搖頭。

身體沒有發冷，食慾也正常，現在才剛像平常一樣吃完一頓晚餐。冒險者的身體就是資本，利瑟爾也會注意做好最低限度的健康管理，因此剛剛那個應該只是普通的噴嚏吧。

但利瑟爾正要這麼說，就忍不住打了第二個噴嚏，剛到嘴邊的話沒能說出口。這裡氣候溫暖，但還是有可能在泡完澡的時候著涼，他邊想邊把玻璃杯中剩下的水喝完。

「保險起見，我今天還是提早休息好了。」

「去吧。」

「隊長，要幫你準備什麼嗎？」

「不用哦，只是以防萬一而已。」

利瑟爾說著站起身，摸了抬頭望過來的伊雷文一下要他放心。

劫爾他們不發一語，目送利瑟爾的背影走出餐廳。不愧是絕不輕忽事前準備的男人，不需要別人提醒就針對身體出狀況的前兆採取對策，背影看起來真是可靠。

「話說回來啊……」

等到完全看不見利瑟爾身影的時候，伊雷文喊了已經吃飽的劫爾一聲。順帶一提伊雷文自己還在吃，他已經追加了三次餐點。

「大哥，你等下有空嗎？」

「是沒什麼事。」

「那你陪我。」

伊雷文得意地笑著說道。劫爾深深靠上椅背，敦促般朝他揚起下顎，示意伊雷文想佔用他的時間就得拿出相應的東西。這才像話嘛，伊雷文拿出一支酒瓶擺在桌上，劫爾的目光掃過瓶身標籤。

「一個人這樣倒一小杯一小杯喝實在不合我的興趣啦。」

「那你就別買。」

「可是我想喝啊。」

劫爾沒有起身離開，伊雷文確信他答應了，於是三兩下把剩下的晚餐吞下肚。他愉快地站起身來，走向和餐廳相連的廚房。

往裡頭探頭一看，旅店主人還是哼著古怪的小調在洗碗。看見伊雷文露臉，旅店主人擺出戒備態勢，想說他是否又要追加第四次餐點了。

「給我兩個喝烈酒用的小酒杯和下酒菜——」

不是追加餐點，不過也差不了多少。

「不不，喝烈酒都不稀釋很容易醉啊，這邊也有大一點的威士忌杯。」

「那種酒的六十年份欸，你還要我稀釋？」

「咿……」

為了這一瓶酒得花上幾枚金幣啊，旅店主人聽得顏面抽搐，伊雷文拋下他直接回座位去了。反正不要管他，他很快就會恢復過來。

伊雷文一屁股坐到椅子上，卻沒發出半點吱嘎聲，他撥開長長的頭髮，看著坐在對面的劫爾。劫爾正拿著酒瓶端詳，那雙眼睛無奈地看向他。

「你在哪找到這種東西的？」

「嗯？不就是大哥想像的那種地方嗎。」

無論什麼樣的國家都存在不為人知的地下社會，對伊雷文來說，那是他最熟悉的一面。

有時候是過了半夜還悄悄營業的店舖或酒館，沒人介紹就不得其門而入，但伊雷文總是理所當然地踏進這些場所。

不曉得他是利用了什麼人脈，還是威脅了什麼人。劫爾沒興趣知道詳情，反正他樂在其中就隨他去玩，但是……

「別讓他們對那傢伙出手。」

「這用不著你特別講吧，大哥。」

那就好。眼見伊雷文加深了笑意，劫爾垂下視線。

「好的久等了這是你們的下酒菜拼盤請用——」

旅店主人為他們送來了酒杯和下酒菜。

確認過擺在桌上的酒瓶，旅店主人遠遠繞了它一大圈，把兩只玻璃杯和盛著下酒菜的盤子擺在桌上。盤子裡裝著煙燻乳酪和堅果，份量偏多，應該是顧慮到伊雷文的食量吧。

「這麼高級的酒我根本不知道配什麼下酒菜才好，不如說這酒看得我都惶恐啦。」

「喏。」

「嗯？」

旅店主人嘴裡念念有詞，正準備離開，伊雷文卻朝他伸出手。

幾枚銀幣落在他手中的托盤裡。以下酒菜的價格來說，這金額太多了，不過旅店主人仍然毫不客氣地收下，樂呵呵地回廚房去了。旅店主人本來沒打算額外跟他們收錢，但有人給他錢他當然不會拒絕，這是他的原則。

「有點新鮮欸。」

「是啊。」

假如換作王都旅店的女主人，她絕不會收，還會說「一點小事不要這樣計較啦，真是的！」相較之下，旅店主人的反應滿新奇的。二人沒看向他，只是隨口這麼說著，將酒倒進旅店主人準備的小玻璃杯裡。

劫爾喝了一口，再次瞥了酒瓶一眼。

「你說這是在哪間店買的？」

「你喜歡喔？通往港口的那條路啊，不是有酒館嗎？」

「那種地方到處都是酒館吧。」

「招牌上掛著大根獠牙的那間。」

劫爾手肘撐在桌上，嘴唇靠著杯緣，尋思似地別過視線。

由於常有漁夫和船員來往，阿斯塔尼亞港口附近的酒館特別多。造訪過一次的酒館倒還有可能記得，如果只是從門前經過就不太可能有印象了。

「嗯……」伊雷文把堅果一顆接一顆扔進嘴裡，無意間邊想邊晃動端著玻璃杯的手指。

「呃……啊，對了！大哥，你記不記得那間魚料理很好吃的店？我們跟隊長一起去的，酒蒸貝肉很好吃的那間。」

「嗯，那傢伙博取全場同情的那間嘛。」

「對、對！」

伊雷文哈哈笑著點頭。

或許是因為阿斯塔尼亞的居民酒量大多很好的緣故，看見利瑟爾為了品嘗美食走進店裡，卻一杯酒也不喝，周遭的反應要不是挖苦就是大笑。當時在場的客人都已經酒過三巡，因此熱情地起鬨叫他喝酒，騷動久久無法平息。

『我也很想喝呀。』

結束這場騷動的，該說不出所料嗎，還是有點落寞的利瑟爾本人。

『但我還是一直沒辦法喝酒，這種日子都不曉得過了幾年……』

『硬喝就對啦，多喝酒量就會練起來啦！』

『真的嗎？』

利瑟爾聽了立刻露出欣喜的微笑，接著說：

『前陣子我才喝了連小孩子都不會醉的薄酒，結果第一口就失去意識……』

『抱歉……！』

一聽之下誰也不忍繼續挖苦他了，還有人哀傷到眼眶含淚。

老闆還叫他打起精神，免費送了他一杯果實水。利瑟爾帶著樂在其中的笑容接過那杯飲品，看來應該只是在逗著那些人玩而已。劫爾和伊雷文都知道，利瑟爾是真的發自內心希望自己能喝酒，但也完全不介意自己沒有酒量的事。

「哎呀，隊長很愛玩嘛。」

「習慣把周遭玩弄於股掌之間了吧，職業病。」

「反正很有趣啊，我是沒差啦。就是那家店正對面，再往右一間。」

「……哦，在那裡啊。」

估計是掌握了位置，劫爾放下酒杯恍然說道。

「等到周圍的店鋪全部關門的時間，只有在門上的提燈點亮的時候才進得去。塞給門口的人一枚銀幣就可以進到地下，但是除了酒以外沒啥好貨。倒是有看到像是情報販子的人啦。」

「有什麼煩人的傢伙嗎？」

「目前沒吧。」

情報販子到處都是，只要你知道怎麼找到他們。其中當然也有人為了取得情報不擇手段。利瑟爾他們認識貴族雷伊，又參加過王宮舉辦的宴會，這些事蹟想必成了吸引情報販子的最佳誘餌。在王都也有類似的人物盯上他們三人，不過一旦遭到跟蹤，劫爾和伊雷文總會注意到；放著那些鼠輩不管，多半會在不知不覺間被伊雷文盜賊時代率領的那些精銳處理掉。

「不曉得隊長有沒有注意到……呃，他是一定沒注意到有人跟蹤啦。」

「就算沒注意到，也猜得到有人跟蹤吧。不過，反正他也沒什麼怕人刺探的情報。」

以利瑟爾的作風，確實很可能說聲「請便」置之不理。

即使去追查他和雷伊搭上線的過程，也只找得到幾隻泰迪熊；至於沙德，利瑟爾也不過是順著事態發展拗了他一頓晚餐罷了。

話雖如此，由於利瑟爾放任不管，精銳盜賊們推斷那些是處理掉也沒問題的人物，時不時會拿他們玩玩，因此這類情報販子也越來越少了。直覺敏銳的人總察覺得到與利瑟爾有關的情報屬於禁忌，時間久了想必也不會再去刺探。

「這麼說來，最近沒看到你的小弟啊。」

「喔，我交代他們要來就自己跟來，然後就丟著他們不管了，不知道欸。」

劫爾把手伸向迅速減少的下酒菜，拈起一塊骰子狀的煙燻乳酪拋進嘴裡。風味濃郁，和這種酒相當搭配。

「他們會來？」

「會吧，他們也沒其他事好做嘛。」

「哦？」

劫爾忽然微微瞇細雙眼，眼神帶了幾分揶揄。

看見他那副表情，伊雷文詫異地皺起眉頭。他自覺沒說什麼值得掛懷的話，那些腦袋不正常的「前盜賊」每天按著慣性過活是事實。

除了滿足自己的欲望以外，他們沒有任何目標，只想找個還算能滿足欲望，還算輕鬆，還算能蹂躪別人，還算不會死的方法過日子。他們之所以在伊雷文手下辦事，也只是因為這是滿足上述條件最省事的方法而已。

「所以你最近才老是黏著他？」

「啥？」

「那傢伙也不是需要人家成天看著的男人吧。」

劫爾哼笑道，拿出香菸。

雖然也不是不明白伊雷文的心情，但這句話他沒說出口。劫爾點了菸叼在嘴邊，沒再說話，取而代之呼出了一團煙氣。

伊雷文癟著嘴嫌他討厭，別開視線。看來他不能裝傻了，可以是可以，但被劫爾看穿心思，還讓他配合自己佯裝不知，這樣實在太難堪了。

「是沒錯啦……」

伊雷文撐在桌上那隻手胡亂撥亂自己的瀏海，定睛瞪著眼前那個男人。

「老是說我太寵他，你才是過度保護吧。」

「……不行喔？」

「沒。」

在王都的時候，隨時有一名精銳跟在利瑟爾身邊。

但現在精銳盜賊並不在阿斯塔尼亞，這也就表示利瑟爾假如獨自出外閒逛，出了什麼事沒人可以從旁幫他解圍。

利瑟爾從不會全面仰仗精銳盜賊的力量，但確實會考量他們的存在決定自己該如何行動。若非如此，他不會在接到黑函之後還出門散步，也不會一個人跑到地下商店去玩。

精銳盜賊不在也沒什麼關係，但有他們跟著比較輕鬆，僅此而已；但不可否認，精銳是否在場的確可能影響到利瑟爾的行動。

「只要有我在，隊長說不定就可以任意行動啊。」

伊雷文絕口不提「擔心他」這個最主要的理由，賭氣似地仰頭灌了一口酒。

這男人基本上不會為了任何人行動，竟願意為利瑟爾做到這樣，還真值得嘉獎。劫爾手掩在嘴邊扶著香菸，遮住自己因笑意勾起的嘴角。再說下去，劫爾自己就是五十步笑百步了。

「話說啊！」

伊雷文砰一聲把玻璃杯砸在桌上反咬道：

「我還沒加入隊伍的時候，大哥你還不是一樣老是黏著隊長！」
「……要是有人一直往你同伴的腦門射箭，正常都會這樣吧。」
「對欸。」
他乾脆地接受了。
伊雷文射出那些箭矢明明是以自己會出手擋下為前提，現在還說這什麼話？劫爾想著，眼神滿是無奈，但伊雷文毫不在乎他的視線，逕自往喝乾的玻璃杯裡倒入新酒。這酒相當美味，不負它高昂的價格，伊雷文看起來心滿意足。
「地下酒館的事啊，我可以告訴隊長嗎？」
「為什麼？」
「感覺隊長很喜歡這種東西啊，該怎麼說，很有氣氛？」
「也是……」
利瑟爾先前過的分明是人人稱羨的上流階級生活……不，該說正是因為他習慣了上流階級生活嗎，利瑟爾對於鮮少接觸的「有氣氛、有特色」的事物很感興趣。
剛獵捕到手，隨手處理過，簡單放在營火旁烤熟的肉；冒險者公會凌亂的委託告示板；還有殺價和俗語等等，隨口一說都列舉不完。
因此，伊雷文造訪的那間地下酒館絕對會正中利瑟爾的好球帶。隱密的酒館，進門得交出銀幣，情報販子之類的傢伙聚集在裡頭……利瑟爾一定非常喜歡。
「話說回來啊，先前隊長才超認真地在看人家怎麼把魚解體欸。」
「那傢伙為什麼老是對莫名其妙的東西感興趣……」

利瑟爾感興趣的事物，習慣之後還算容易預測，但他也常常對一些費解的東西產生興趣。到了現在，他們兩人也隨利瑟爾高興，有時旁觀，有時也會和他一起樂在其中，但他感興趣的對象應該感到相當混亂吧。

劫爾探出身子，伸手從隔壁桌拉過菸灰缸，把仍冒著煙霧的香菸擱在上頭，然後握住玻璃杯。

「反正也沒有那傢伙最喜歡的書，沒必要特地跑去讓人盯上。」

「嗯？喔，你說酒館喔。」

「要是他問了你就告訴他吧。」

換言之，在利瑟爾探問之前就別多嘴。

「喔。」伊雷文大致上也同意這個方針。他點點頭，把剩下的堅果全放進嘴裡，邊嚼邊用手指彈了空盤一下，接著往廚房喊了一聲，催促旅店主人再拿一盤來。

「也是啦，隊長跑去那也沒啥好處。」

「以我們的頭腦想不到。」

「哈哈，說得沒錯！」

劫爾他們想像所及的範圍，「利瑟爾造訪地下酒館的好處」絕不會大過同時間可能發生的麻煩事。但以利瑟爾的頭腦，他多得是讓獲益凌駕損失的手段。

「說是這麼說，但事情要是太麻煩，感覺他還是會果斷放棄。」

「隊長怕麻煩嘛。」

一方面也是因為他正在休假的關係吧。

劫爾他們所知的利瑟爾，是個不會主動牽扯麻煩事的男人。不過，假如解決那件麻煩事可以讓他獲得無論如何都想要的東西，利瑟爾也會像大侵襲時那樣刻意涉入其中，隨興行動。

伊雷文忽然愉悅地露齒一笑，那狀似愉快犯的表情宛如嘲諷著一切，卻又確切表達出他深深受到唯一一人吸引。

「對我來說啦，老是招惹麻煩事的傢伙我會很想殺掉，但滿足於日常生活那種無趣的傢伙也很討人厭。」

「你還真難搞。」

「大哥，你沒資格說我啦。」

他們雙方原本都沒有服從於任何人的特質，此刻待在一起也只是為了自己的利益著想。真是無可救藥。二人相視冷笑，接著又什麼事也沒發生似地繼續喝起酒來。

隔天早上，伊雷文按著昏昏沉沉的腦袋走出自己房間。

劫爾酒量極好，千杯不醉，伊雷文跟著他的步調狂喝猛灌，昨天那酒度數又高，結果當然就是引發宿醉。要是沒配下酒菜，那種喝法把胃弄壞也不奇怪，雖然他平常總是這樣喝。

總之他想先找點水解渴，於是出了房門。太陽已經完全升起，伊雷文在眩目的陽光中猛眨著眼睛來到走廊，正好看見利瑟爾剛從房間出來。伊雷文瞥了一眼確認利瑟爾的臉色，看來他身體沒出什麼狀況……倒不如說，自己現在的狀況絕對比利瑟爾更差。

「早啊隊長，你還好嗎？」

「還好，你看起來倒是很不舒服呢。」

利瑟爾無可奈何地笑著說，手掌覆上伊雷文的額頭，評估他的身體狀況。沉穩的嗓音、掌心微涼的觸感令人心曠神怡，今天就以自己不舒服為由，跟利瑟爾撒嬌一整天好了。伊雷文正動著歪腦筋，想到一半忽然眨了眨眼睛。利瑟爾剛才走出來的那扇門，並不是他自己的房門。

「隊長，你一大早就有事找大哥喔？」

「啊……」

對了，利瑟爾回望自己剛踏出的那扇房門，點了點頭。

「看來他弄壞身體了。」

「嗄？那你怎麼還站在這裡，快點回床上……」

「不是我。」

伊雷文抓著他的手臂準備強行把他帶走，利瑟爾苦笑著搖頭。

利瑟爾指了指剛才走出來的那扇劫爾的房門。伊雷文一臉「房門怎麼了」的表情，利瑟爾好言相勸般緩緩告訴他：

「是劫爾。」

「大哥？大哥怎了？」

「劫爾身體不舒服。」

「你說啥？」

「也燒得滿嚴重的，我有點擔心……」

「嗄？你說誰？」

「所以我說過了，是劫爾……伊雷文，我明白你的心情。」

伊雷文完全無法理解。

利瑟爾摸著臉頰上的鱗片安撫他，伊雷文下意識往那隻手掌蹭過去，一邊拚命驅動自己的腦袋思考。

利瑟爾剛才說了什麼？對，他說身體不舒服，得叫他去休息才行。不對，不舒服的不是利瑟爾，那是誰？剛才他聽到了名字，但完全無法與事實連結在一起，腦中一片混亂。

然後……

「…………」

「伊雷文？你還好嗎，你的臉色……」

「…………隊長我好想吐。」

伊雷文浸在酒精裡又剛睡醒的大腦到達了極限。

他握住覆在臉頰上的那隻手掌，把額頭靠在眼前利瑟爾的肩膀上。打從一醒來開始持續不斷的那種地面搖晃的感覺，好像一口氣惡化了。

溫暖的手撫著他的背，伊雷文順從那股暖意的誘惑緩緩閉上眼睛。

「啊，等一下，至少先到床上……」

利瑟爾呼喚他的聲音，也只是徒增睡意而已。

「因為劫爾的關係，害得伊雷文也躺平了。」

「……跟我沒關係。」

劫爾平時微啞的嗓音，現在聽得出明顯的嘶啞。

利瑟爾將椅子搬到枕邊坐下，拿起敷在劫爾額上的毛巾。才沒過多久，毛巾摸起來已經沒半點涼意，這也難怪，利瑟爾在心裡點頭。

身體出點狀況劫爾仍然能輕易行動，現在他卻病得這麼明顯，可見程度之嚴重。當然，真的要起身活動他還是辦得到，但利瑟爾不允許。

「有沒有稍微退燒了？」

「好了，你別碰。」

劫爾不悅地想用手背推開他，利瑟爾卻避開他的動作，毫不介意地伸出手。

他的指尖伸進瀏海底下，掌心覆上劫爾額頭。剛才他額頭上還擺著冰毛巾，現在卻已經熱得沁出汗水。

「都是因為你還不習慣這裡的氣候就開始攻略迷宮才會這樣。」

是他不擅長應付的炎熱天候，在不知不覺間形成了壓力吧。習慣之前明明該放慢步調才是，但劫爾面對這麼多新的迷宮有點躍躍欲試，因此立刻直奔迷宮攻略去了。

利瑟爾把摺好的毛巾夾在手掌之間，以魔法重新冷卻。

「接第一個委託的時候，我還問過你要不要過幾天再接呢。」

「那還真是抱歉。」

大概是嗓子啞了難以發聲，他的語調聽起來像在賭氣。

劫爾咋舌一聲，別開視線。利瑟爾見狀露出微笑，重新將毛巾放上他額頭。利瑟爾早上起床，從旅店主人口中聽說劫爾還沒起來時相當驚訝，畢竟劫爾平時總是比他早起。

保險起見，利瑟爾去敲了他的房門，結果門內傳來一句「別進來」。利瑟爾一聽察覺了一切，當然毫不介意地進了他房間。雖然不像伊雷文那麼誇張，但利瑟爾知道他身體出狀況的時候也倍感意外，儘管這麼說對劫爾不太好意思。

「食欲還好嗎？」

「你現在有食欲嗎？」

「……我可以自己處理，你別管。」

聽見他又問了一次，劫爾放棄似地微微蹙起眉頭，嘆了口氣。

利瑟爾知道劫爾是不想傳染給他，但他現在狀況差得連挪動一隻手臂都必須耗費體力，利瑟爾可不能裝作沒看見。

「你不用去顧那傢伙？」

「安頓到床上的時候讓他喝過水了，現在睡得正熟呢。」

想起當時的情景，利瑟爾有趣地笑了。

餵伊雷文喝水的時候，利瑟爾把他叫醒過一次，發現與劫爾現況相關的記憶完全從他腦海中消失得一乾二淨。還有，伊雷文平時乍看之下已經盡情撒嬌，但他其實是沒有藉口就拉不下臉撒嬌的人。這下他正好為所欲為，一下說餵我喝水、餵我吃東西，一下說摸摸我、等到我睡著才能走，極盡撒嬌之能事，現在心滿意足地睡著了。

「不說這個了，你有食欲嗎？」

「沒。」

儘管身體不舒服，伊雷文還是完全沒變，劫爾一面感到無奈，一面老實回答利瑟爾的問題。

沒食欲還是得吃點東西，這他也非常清楚。看見利瑟爾準備萬全地端出水果，正好口也渴了，劫爾於是坐起上半身。

劫爾睡覺時基本上是半裸，但考量到現在的身體狀況實在不適合，他是穿著衣服睡的。

「如果你吃得下更接近正餐的東西就好了。」

「吃這個就好。」

「這樣啊。」

大概也猜到他會這麼說，利瑟爾不以為意地點點頭。

利瑟爾端著盤子，劫爾就從盤子裡不發一語地將水果往自己嘴裡送。也不知道他嘗不嘗得出味道，劫爾把那些水果接連往胃裡塞，只是因為吃了身體好得比較快。

然後，他的手忽然停了下來。

「……你照顧過病人？」

老實說，他根本沒想過利瑟爾有辦法照顧病人。這不是挖苦，只是單純感到疑惑，利瑟爾應該沒做過這種事情吧。

「陛下身體出狀況的時候，我曾經照顧過他幾次。」

利瑟爾乾脆地回道。劫爾聽了瞭然點頭，又把一塊水果塞進嘴裡。

話雖如此，王族身體不適的時候是由一流的宮廷醫師診療，也有完整的侍者體系負責照料，本來輪不到不熟悉這些的利瑟爾上場。那為什麼會由他負責照顧國王？對於劫爾來說，

這根本無需多問。

「你一定拚命惡補過吧。」

「那當然。」

為了滿足學生任性的要求，他拚命查找照顧病人的方法和各種療法，現在想來也是不錯的回憶。利瑟爾感慨地回想起那時的事：他翻遍所有資料，簡直到了調查過頭的地步，但最後派上用場的都是從人家口中聽來的普通照護方式，實在教人哀傷。

劫爾把水果吃完了，利瑟爾從他手中接過叉子，將空盤放在床邊的小桌上。確認劫爾已經再次躺下，利瑟爾拿起掉在床單上的毛巾。

「有什麼需要的東西嗎？」

「沒。」

「保險起見，中午我會再來探視一次。你好好睡吧。」

利瑟爾把毛巾敷在劫爾額頭上，再把掌心放上去降溫。雖然發著高燒，但睡一下流個汗想必就能痊癒。不是什麼怪病真是太好了，利瑟爾邊想邊站起身。

水也準備好了，換洗衣物他會自己拿出來……利瑟爾將頭髮撥到耳後，一邊確認是否漏了什麼必需品。這時，他無意間察覺劫爾停下了扶正毛巾的手，正看著這裡。

怎麼了嗎？利瑟爾微微偏了偏頭。

「劫爾？」

那人忽然別開視線，似乎有點難為情。

「……為人效勞還真不適合你。」

難得聽劫爾用這種像在掩飾什麼的語氣說話，利瑟爾忍不住笑了。

「那你就快點康復，再為我效勞吧。」

明明不方便發出聲音，劫爾的話卻比平時還多；平時的他一定會把水果整盤端過去，今天卻讓利瑟爾端著盤子；儘管他一臉不情願，還是輕易放過了利瑟爾更換毛巾的手。回想起來只是些難以察覺的蛛絲馬跡，卻明瞭易懂。

這些對劫爾本人來說，恐怕……不，確實是下意識的行為吧。難得看見他稍微顯露脆弱的一面，雖然對於生病不舒服的當事人有點抱歉，但得以看見這貴重的一幕也不錯，利瑟爾不禁這麼想。

「睡吧。」

利瑟爾為他調整好毛巾的位置，順勢輕撫了他的頭髮一下。而劫爾果然沒有推拒他的手。

「在晚上之前就康復了，真的很符合劫爾的風格呢。」

「啊？」

根本看不出他食欲匱乏時病懨懨的模樣。

劫爾坐在旅店的餐桌旁，一如往常吃著晚餐。以他的病況，一般需要花上幾天才能康復才對，利瑟爾看了苦笑。不過忍受病痛的期間自然是越短越好，早早痊癒真是太好了，利瑟爾對此感到安心也是事實。

「喔，大哥怎啦？被頭目打到哪裡喔？」

「你……沒事，算了。」

伊雷文也一樣狀態絕佳，料理一盤接一盤下肚，嘴巴嚼個不停。大哥出這種事還真難得欸，他開朗地這麼問。就連劫爾也忍不住想，這傢伙到底把自己當成什麼了？為什麼自己只是生個病，就能對他造成失去記憶的重大衝擊？

劫爾一臉一言難盡的表情，伊雷文則是搞不懂劫爾為什麼帶著那種表情看他，但也不以為意。還是健健康康的最好了，利瑟爾望著他們倆點了個頭。

話說回來，假如自己也感冒了，事情不曉得會變成怎樣？三個人都臥病在床，旅店主人應該會忙到焦頭爛額吧。這種想法要不得，不過感覺有點有趣呢，利瑟爾這麼想道。

77

確認劫爾的感冒完全痊癒之後，利瑟爾他們重新展開冒險者活動。

一行人一如往常來到公會，和其他冒險者一樣先確認警示板上的標記。魔物大量出現的警示，現在已經完全從黑板上消失了。

實力高強的戰士視之為賺錢的好時機，因此看著警示板的眼神充滿遺憾；不過對於大多數冒險者而言，這都是令人鬆一口氣的好消息，前往迷宮的馬車也終於可以恢復原本的繞行路線了。光論實力，利瑟爾他們屬於前者，不過他們的想法比較接近後者。

「魔力點沒有移動呢。」

「它移動的速度很——慢啦，規模也不大。像我家的話，大概等個一週它就會過去了。」

原來如此，利瑟爾點點頭，走到委託告示板前面。

他按往例從F階的委託開始看起，和在王都的時候一樣，眾人紛紛投來困惑的視線，但他不以為意。實際上，利瑟爾在阿斯塔尼亞初次接取E階委託的時候，櫃檯職員也拚命跟他確認「你真的接這個就好了？」但他是不會在意的。

「隊長，那個怎麼樣？」

「嗯……還是那個比較好。」

「喂，有人叫我們。」

今天沒有一看就看上眼的委託。

就在他們討論著「這個如何」、「那個怎麼樣」，一邊尋找委託的時候，劫爾突然轉頭向後看去。他示意的方向是櫃檯，不久前遭到團長怒嗆的那位公會職員正站在那裡。

職員理著光頭，下巴留著短鬍子，一身結實的肌肉。平時他毫無保留地運用這壯碩的體格，負責制住阿斯塔尼亞粗莽的冒險者們。和商業國冒險者公會的蕾菈一樣，他也是正統的肉搏系公會職員。

順帶一提，有冒險者在外作亂的時候，負責出面處理的就是這位職員。他會高速衝向事發現場，從他魁梧的體格完全無法想像那種速度，伴隨著轟隆隆的地鳴聲，模樣是眾所公認的恐怖。

「請問有什麼事嗎？」

「呃，你們有指名委託。」

也許是這個緣故，他有點不擅長應付利瑟爾。

總而言之，利瑟爾正是他最不習慣來往的那種人。當他叫住冒險者的時候，他們往往一開口就大吼：「你是不會從櫃檯那邊直接講喔臭大叔！」但是帶著高雅的微笑悠然走過來，這種反應他這輩子還沒見過。

而且，跟在他身邊的還是實力高強的一刀和獸人。這個人渾身充滿謎團，就連見過無數冒險者的這位職員，也難以估計他的實力，只知道這人肯定是魔法師不會錯。

話雖如此，他也明白利瑟爾並不是壞人，就算有點不擅長跟他來往，過不久也會習慣吧。

「指名委託嗎？我想不到有誰會指名我們耶，大概只有團長小姐有可能吧。」

「我們才剛接過她的委託欸。」

「對呀。」

「喔，你們是說劇團的團長？不是她。」

利瑟爾也注意到職員跟他講話有點彆扭，不過反正也沒造成什麼妨礙，過一段時間自然會解決吧。

「是個我也搞不懂的委託。」

利瑟爾接過職員遞來的委託單。

不同於在王都的時候，在阿斯塔尼亞，他們身為冒險者的名聲還沒有響亮到會有人指名。若光論知名度，在這一帶只要說「那個很像貴族的人」大家都知道指的是誰，可說相當知名……不過利瑟爾無從得知。

居然連公會職員都搞不懂？三人一起往那張委託單仔細一看。

【賭上人生的諮商簡稱人生諮商】

階級：無

委託人：某旅店主人

報酬：超豪華晚餐

委託內容：我想變得超受女生歡迎

「委託人說他是你們住的那間旅店的主人，還說你們聽了就會知道……」

利瑟爾他們沒有立刻回說「找錯人了」，實在值得嘉獎。

這麼說來，今天離開旅店的時候，旅店主人好像在他們身後合掌膜拜……利瑟爾邊想邊將委託單交給職員。

「決定不接了嗎？」

「不，我們接受了。感覺很有趣呀。」

「?!」

聽見利瑟爾乾脆的答案，職員一臉不可思議地多看了他一眼，劫爾習以為常似地嘆了口氣，伊雷文則開始遙想著今晚的豪華晚餐。

「這次感謝各位寬宏大量接受卑賤的在下諮商，小人千言萬語不足言謝但真的發自內心謝謝你們啊!!」

「希望我們能幫上你的忙。」

利瑟爾一行人回到剛離開不久的旅店，迎接他們的是跪伏在門口的旅店主人，害他們一進門差點踩到他。原來他有這麼苦惱呀，利瑟爾面露苦笑想道，劫爾和伊雷文則是對旅店主人誇張的行為有點受不了。

把旅店主人扶起來之後，三人被帶到他們平時用餐的餐廳。旅店主人立刻準備好茶點，在他們三人對面坐下，面色凝重地交疊十指。

「聽說你有事想跟我們商量？」

「這個嘛……該說是商量嗎，就是該怎麼說有些事想問各位客人……」

「想問什麼事呀？」

平時說話像連珠炮的旅店主人，這下卻有點支吾其詞。

嗯，利瑟爾點點頭。從委託內容看來，旅店主人應該是希望他們幫忙促成他跟心上人的關係吧。以前他在某本書上讀過一個方法，「男女一起走在路上的時候被惡煞糾纏，男方挺身而出因此加深感情」……用在這裡應該不錯，他看向劫爾。

「怎樣啦。」

「沒事。」

看見劫爾瞥向他的眼神，利瑟爾確信這個戰略鐵定會成功。

順帶一提，假如他真的這麼提案，旅店主人肯定會死命拒絕。突然被劫爾這樣的「惡煞」纏上，大多數人都會爭先恐後地逃離現場。

「這個嘛，老實說最近啊，我到外面去買東西之類的時候啊，和常去那幾間店的女孩子講話的機會變多了。」

「是。」

「跟我年紀差不多的朋友也一個接一個討到老婆了，我也想找個老婆啊，當然碰到機會就會死命把握嘛對不對。」

利瑟爾他們沒什麼「死命把握機會」的經驗，不太懂他的意思。

在原本的世界，利瑟爾是接受女性求愛的立場。劫爾和伊雷文也不需要固定的交往對象，想玩玩的時候只要去找那一類的女子就行，找人的過程也沒吃過什麼苦頭。

「啊，我好像已經要心死了。」

不曉得是對三人的反應有什麼想法，旅店主人的眼神更空洞了幾分。

「……客人啊，現在你們在這附近算是滿熱門的話題哦，雖然我是很瞭解大家討論的心情啦。」

旅店主人將額頭抵在交疊的十指上，繼續說下去。

話題怎麼了？利瑟爾邊想，邊把自己的點心遞給早早吃光自己那一份的伊雷文。伊雷文也不曉得有沒有在聽委託人講話，全程一直在吃東西，嘴巴嚼個不停。

「知道你們在我的旅店投宿，大家都會跑來問我問題，女孩子也是充滿興趣積極提問到令人嫉妒的地步，我想在自己有點欣賞的女生面前耍帥嘛，就忍不住跟她說『如果有什麼想知道的我可以幫妳問他們』，各位客人不覺得這也是不可抗力嗎是我太得意忘形了對不起!!女孩子團團圍在身邊的時候有一股好香的味道!!」

原來是懺悔。

「呃，那麼接下來容我提出第一個問題，感謝各位的寬宏大量。」

利瑟爾以介紹三家新的書店同意成交。

劫爾以介紹刀劍保養技術優秀的店舖同意成交。

伊雷文以現在他們享用的高級茶點的所有庫存同意成交。旅店主人原本是每天一點一點珍惜地享用，此刻擺滿整張餐桌的茶點看得他都快哭出來了，但這是他自作自受，也只能放棄。

「這個嘛，第一個問題是……」

旅店主人看著手邊的筆記說。有這麼多問題？三人邊想邊吃著茶點。

「各位客人到野外之類的地方，洗澡都怎麼辦啊？」

「嗄？有人問這種問題喔？」

「不是啦不是啦，那些女生只是說『明明是冒險者卻打理得非常整潔這點很棒』，這純粹是我想問的問題啦。你們剛來的那天也是啊，經過好幾天的旅行才來到這邊，但身上完全沒沾到髒汙，解完委託回來的冒險者也是比較少身上不髒的吧。」

「是這樣嗎？」

「不知道。」

利瑟爾他們的活動方式本來就不容易弄髒身體，因此沒什麼頭緒。

一方面也是多虧了最上級裝備的性能吧。他們沒試過，不過就算大量泥巴噴濺到裝備上，大概也只要用手一撥就能撥掉了。

「但野外露營的時候不是沒辦法洗澡嗎？」

「不會呀，附近有水源的話我們會沐浴，沒有的話也會燒熱水，用溫毛巾擦拭身體。」

反正水變出來就有了。利瑟爾沉穩地笑著這麼說，旅店主人偶然看向他兩側。

一般人才不會這樣做咧，伊雷文搖著手示意。果然如此，旅店主人看了點點頭。冒險者不在乎沾上一點髒汙，不可能會介意一、兩天不能洗澡這點小事。

話雖如此，劫爾他們當然不喜歡身上一直髒兮兮的。既然有辦法清潔，他們也和每天理所當然保持乾淨的利瑟爾一樣，每天洗去身上的汗水。

「最近隊長會幫我擦頭髮，超輕鬆的。」

「伊雷文的頭髮很長嘛。」

利瑟爾伸出手，指尖梳過伊雷文的紅髮。由於他坐在椅子上，頭髮長得快碰觸到地面了。

或許是蛇族獸人的特徵使然，伊雷文的頭髮稍微偏硬，完全不會亂翹，因此洗完頭就算隨便擦一下，頂著帶點水氣的頭髮睡著，隔天早上也不必傷腦筋。正因如此，伊雷文自己至今都是隨便拿毛巾擦過就放著頭髮不管了，不過自從某次野營時，沐浴過後讓利瑟爾擦過一次頭髮，他開始每一次都請利瑟爾幫忙，一方面也是因為太舒服了。

「畢竟你很喜歡他的頭髮啊。」劫爾說。

「這紅色很美。」

頭髮乾燥的速度也快得令人意外，並不費事。利瑟爾說著微微一笑，伊雷文看起來也心滿意足。

「最近好像稍微長長了欸。」

「不是叫你剪掉嗎。」

「這位獸人客人，你想留長是有什麼特別的理由嗎？」

「嗯……沒啊，反正我留長很適合。」

看來沒什麼特別的原因。他的長髮也已經維持了好幾年，剪短自己也不太習慣吧。

「聽到這個只有帥哥有權說出口的答案我心裡湧現了一點殺意。那下一題……呃這是怎樣我怎麼沒印象有人問這題一定要問嗎……」

「怎麼了嗎？」

旅店主人低頭看著備忘錄，臉上浮現絕望的神色。但他立刻下定決心似地抬起臉，像在自我鼓舞般開口：

「上吧我自己！口號是『辱罵是一種獎勵』！各位的內褲是什麼顏色?!」
停頓一瞬間之後，三人各自動作。
「今天是……這叫啥顏色啊？暗紅色？」
伊雷文拇指勾著腰上的綁帶，低頭往縫隙裡看著說。
「我記得是深青色。」
利瑟爾手擺在下顎旁，邊回想邊說。
「……很深的灰色。」
「劫爾，你就乾脆地說是黑色吧。」
劫爾本來試圖回想卻想不起來，於是嘖了一聲，和伊雷文一樣動手確認，邊看邊苦澀地說道。
「沒想到各位回答得這麼乾脆哎喲我正這麼想的時候就有人用好嚇人的眼神看我啊救命！」
「這個問題啊，發問的該不會是一個穿著工作服，只有臉長得很正的肉慾系癡女吧？」
居然在阿斯塔尼亞發生了梅狄出沒疑雲。
雖然覺得不可能，但以梅狄的作風，她憑著名為慾望的毅力硬把自己的意念塞進這些問題當中也不太奇怪……利瑟爾他們決定不要繼續想下去。
至於旅店主人，看見利瑟爾沒有親眼確認顏色，他發自內心鬆了一口氣。萬一連利瑟爾都這麼做他就無地自容了，提問的一方鐵定會被那種強烈的罪惡感壓垮。
「這個答案被公開實在有點……」

「不不不不會公開的，反正也不知道是誰問的嘛，而且這一講出去我在社會上就名聲掃地啦！」
聽見利瑟爾面露苦笑這麼問，旅店主人立刻否認道。
旅店老闆把房客的內褲顏色拿出去到處亂說……這種人在國內肯定再也沒有容身之地。
「好了好了前面那些就全忘了吧，接下來要加緊步調問問題囉。可以問你們的風流情史嗎？」
「秘密。」
「這題你堅持不答嘛。」劫爾說。
「一定不是沒經驗還可以說『秘密』真是太讓人羨慕啦，我也好想這樣回答但像我這種人這樣講只會被人家覺得『好啦一定是沒有』這種屈辱感！」
側眼看著不知為何露出乾笑的旅店主人，利瑟爾喝了一口開始涼掉的茶。
並不是絕對不想說，只是既然已經保密過一次，他就想繼續保密下去。他個性就是這樣，做事徹底。
「男生之間閒聊的時候啊，一般不是都會聊到這種話題嗎，喜歡女生的什麼部位之類的。」
「喔，這個不久前我們才聊過欸。」
「真假?!」
他自己都這麼問了，為什麼還這麼驚訝？
但也不是不懂他的心情。伊雷文將茶點切開，遞出分給利瑟爾的那一塊，一邊在心裡這麼想。利瑟爾這個人，總之就是很難跟這方面的話題聯想在一起。
就連妖精的共浴邀約，利瑟爾都能用鐵壁般的理性回絕，來到阿斯塔尼亞之後，看見這裡的女性在這種炎熱的氣候下裸露程度較高，他的態度也沒有任何轉變。即使面對所有男人看了視線都會忍不住飄過去的乳溝，他也還是面不改色。
話雖如此，他是否真的連一瞬間都不曾往那方面去想，也只有利瑟爾自己一個人知道。因此，在一間店員擁有傲人身材，吸引了各路男性客人目光的店裡，伊雷文忽然有點好奇，於是曾經這麼問他：
『隊長，你喜歡巨乳嗎？』
『跟小的比起來比較喜歡大的。』
聽見利瑟爾如此斷言，心情實在有點複雜。
「那時候只限定在胸部不是嗎？」
「沒有男人會討厭胸部的啦，順便說我也喜歡大的。大哥咧？」
「有料當然最好吧。」
「啊～～明明在講低俗話題卻完全沒有下流的感覺真不愧是被選中的人～～」
順帶一提，旅店主人以前和朋友討論完全相同的話題時，偶然經過的女生紛紛用看垃圾的眼神看著他們。那一瞬間他的酒全醒了。
相較之下，利瑟爾他們又如何呢？即使就在眼前聽著他們交談，也不覺得他們是在討論女人的胸脯，看起來就像平凡無奇的雜談。就算有人聽見這段對話，在這種氣氛下頂多就是多看他們一眼，再不然說句「哎喲真討厭」也就了事了。

「這傢伙今天眼神常常死掉欸。」

「不曉得為什麼呢。」

他納悶的視線毫不留情地磨耗著旅店主人的精神力。

越過這道關卡，前面就是女孩子在等著我了……旅店主人這麼告訴自己。看來距離他復活還需要一段時間，既然如此……利瑟爾露出惡作劇般的笑容朝劫爾看去。

「你喜歡女性的什麼部位？」

「……你今天怎麼這麼起勁？」

「沒有，只是平常不會聊到這種話題，滿新鮮的。」

來自他人的提問也很有意思，利瑟爾這麼笑道。高興就好，劫爾嘆了口氣，接著蹙起眉頭想了想，過幾秒才開口：

「……頸子？」

「這題問的不是要害啦，大哥。」

「我看起來像不知道？」

「開玩笑的啦。」伊雷文擺擺手，接著「哦」了一聲，饒富興味地吊起唇角。

該說意想不到嗎，還是該說想來也有道理？或許正因為劫爾是一旦敵對就會毫不留情斬下對方首級的男人，所以看見女人的頸子才有些特別的感觸吧……假如真是如此也滿恐怖的就是了。

「大哥的答案我也不是不懂啦。」

「是嗎？」

「脖子不是會讓人很想咬嗎？」
「啊，原來如此。」
察覺伊雷文這話的意思，利瑟爾也點點頭。
雖然也有種族上的差異，不過一般對於獸人來說，輕咬在人際溝通上並不是什麼稀奇的行為。按照他們的說法，「是唯人的肢體接觸太少了」。
「但喜歡脖子好狂熱喔──」
「囉嗦。」
「我喜歡手！看到女生手指啦指甲很漂亮，就比較容易挑起那方面的想法？」
「確實如此，女生漂亮的手很引人注目呢。」
利瑟爾一邊贊同道，一邊無奈地垂下眉頭。
為什麼他們兩人一講到女性的話題，就老是往情事的方面去想呢？雖然「喜歡的部位」這個話題往那方面想是沒有錯，但利瑟爾總是忍不住想，也有那方面以外的答案吧。
二人的視線轉向這裡。輪到自己回答了，利瑟爾開口。
「像眼睛，之類的。染上情感的時候很美。」
這個答案以從眼睛解讀對方的情感為前提，應該是只有利瑟爾才明白的感覺吧？劫爾他們有點難以理解。
假如換作眼神中透露的殺氣、敵意，他們兩人確實也感受得到。其中也有些人的殺意銳不可擋，彷彿憑視線就足以殺人，但他們一次也不曾覺得那種眼睛哪裡美。
這才是真正偏門的狂熱愛好者，二人面無表情地這麼想。「咦？」沒有獲得贊同的利瑟爾有點錯愕。

「好了我復活了。」

這時候，旅店主人終於取回了自己的自尊心。

「既然問不出風流情史，那至少讓我聽聽受歡迎的傢伙有什麼失敗經驗談吧，感覺聽了會產生非常幸福的感覺……」

「你那已經不是提問了啦。」

「各位就當作守護委託人脆弱的心靈講一下吧！我的玻璃心快死啦！」

未免太拚命了。

要是在這時候回答「沒有」，旅店主人口中的玻璃心會直接爆散吧。

「失敗經驗談……你指的是和女性交際相關的事情吧？」

「麻煩來個最糗的！」

「這傢伙已經忘記我們是客人了吧。」劫爾說。

這個嘛……利瑟爾回想過去。

老實說，雞毛蒜皮的失敗經驗他多得是。例如受邀參加那場餐會的時候應該把聊天的話題再拓展一點才對，那次跳舞時害得一同共舞的女性稍微弄亂了頭髮，或是那次稱讚對方的禮服時應該再多說幾句才對……都是他自己心目中無法接受的事情。

但這些肯定不是旅店主人想聽的失敗經驗談。糗事、糗事……利瑟爾在心裡反覆念道，尋找適合的插曲。

「對了。有一次我聊小說聊得太起勁，不小心讓對方成了傾聽的一方……」

「還是算了！」

旅店主人高聲宣告。

為什麼？利瑟爾投來困惑的視線，旅店主人全力假裝沒看見。同為男人，再聽下去他就要被體貼程度的落差給擊垮了。

這些人受女性歡迎是有原因的……他才不想注意到這種道理，只想輕輕鬆鬆被女孩子簇擁。

「嗯……啊，對了。貴族客人啊，你好像非常喜歡書，那你這輩子讀的第一本書是什麼書？字典？」

「不可能是字典吧……我想應該是普通的繪本。」

不等另外二人說出自己的失敗經驗談，旅店主人用平板的語調強制換了下一個話題。

好想知道哦，利瑟爾看向伊雷文，換來他一道燦爛的笑容。伊雷文絕對不會想分享自己的失敗經驗，感覺會隨便敷衍過去。

那麼……他轉而看向劫爾，只見劫爾撐著頭，醞釀出一股嫌惡的氣場。事後問問他吧，利瑟爾邊想邊吃了一口茶點。點心的味道和阿斯塔尼亞特有的這種茶非常搭配，微溫的茶水稍微帶點澀味。

「老實說隊長看的第一本書是字典我也不會覺得意外。」

「先前看到過去的你，讀的也是字很多的書啊。」

「你們把我當成什麼了呀。」

真是失禮，利瑟爾回道。

但他並不知道，其實在他一個字也不認得的年紀，坐在父親大腿上雙手啪答啪答拍打著的書正是字典。雖然沒有翻開來閱讀，但他第一本接觸到的書籍的確是字典沒錯。

「不過，大家對我愛看書的印象好像很強呢。」

「對隊長的印象？」

「是呀。」

在原本的世界，利瑟爾收到的禮品包羅萬象，囊括了各種珍品。

收到書本的機會反而少之又少，因此利瑟爾忍不住納悶，為什麼自己在這一邊愛書的印象這麼強烈？不對，假如限定為關係親近的人所贈送的東西，收到書本的比率在那一邊好像也滿高的。

「隊長除了書以外幾乎不會買東西嘛，你還有其他喜歡的東西喔？」

「說得也是，我對於物品確實比較……啊，不過我最近覺得收集迷宮品有點有趣。」

收集沒用的迷宮品做什麼？劫爾這句話放在心裡沒說出口。

利瑟爾開到的迷宮品還是一樣，以用途尷尬的東西居多，全是些彷彿能派上用場，其實卻完全沒用處的東西。送給沙德那副眼鏡也一樣，乍看之下性能高強，實際上完全不是這麼回事，只是它唯一的用途正好與沙德的需求一致而已。

「那我們加緊問問題吧，假如可以實現一個願望，或是假如可以獲得一個能力，各位會想要什麼？請挑一個問題回答。」

怎麼會有人想知道這種事？儘管三人這麼納悶，還是認真思考答案。

「我想要一眼就能識別還沒讀過的書的能力。」

率先回答的是利瑟爾。

同樣的書他時不時會買到第二本，畢竟有些書籍在每個地區、甚至每間書店的封面都不一樣，也有不少書沒有固定的書名。

必須靠著書本內容和作者分辨這本書是否已經讀過，有一點費事，不過利瑟爾也不討厭這段耗費在辨別書本的時光。

「我是還在長高啦，但希望身高可以再長個十公分左右。」

接下來回答的是伊雷文。

他的身高絕對不算矮，和利瑟爾一樣擁有男性的平均身高，不過他心目中的理想身高還要再高一些。伊雷文也沒有特別煩惱過這件事，只是希望再長高一點而已。

「令尊長得很高嗎？」

「我記不太清楚欸，但應該算高吧，所以我也不太擔心啦。」

伊雷文雖然挑食，但吃得夠多，身為冒險者也有足夠的運動量，所以現在也還在慢慢長高。

原本外表就已經夠花俏了，長得更惹人注目要怎麼辦啊？劫爾嘆了口氣。

「如果有能夠變出香菸的能力，我應該會想要吧。」

他說出不經意想到的答案。

每次抽完都得去買菸滿麻煩的，畢竟劫爾偏好的香菸並不是隨處都買得到的牌子。要是有那種能力，應該很省事吧。

尤其在阿斯塔尼亞，他還沒有找到取得這種菸的管道。總之他計畫先到伊雷文說的地下酒館看看。

「好像感覺得出來各位客人平常已經在從事自己想做的事情了。」

最後，旅店主人深深點頭。

但另一方面，他同時也想聽他們說出更夢幻一點的願望或能力。

「沒有那種，更有想像空間的願望嗎？像是想回到過去一次之類的……」

「啊，那也不錯呢。」

來啦！旅店主人滿意地挺起胸膛。

有想見的人啦，或是無論如何都想重來的過去啦……提問者期待的多半是這種回答，旅店主人也想為她們準備相應的答案……然後受到女孩子們追捧簇擁。

快講出你們戲劇化的過去吧！讓我獨佔女孩子們的注意力吧！旅店主人一臉惡毒地露出奸笑。在他面前，利瑟爾緩緩取出一枚票券。

「那啥？啊，那不是我們在港口拿到的那個票嗎？」

「是魚類魔物的購買券。這張購買券的期限只到昨天……」

魚類魔物的肉，是鮮少在市場上流通的稀有商品。

價格並不便宜，但想吃的人也多，供應量不足以滿足所有人的購買需求。因此魚類魔物從船上卸貨當天，碼頭會按順序發放購買券，先搶先贏，花費數天時間完成加工之後，再把魚肉賣給持有票券的買家。

魔物捕撈並非定期進行，能否搶到購買券全憑運氣。過期真是太可惜了。

「想吃我們到迷宮還是哪裡抓就行了吧。」

「聽說魚類魔物的加工處理手續非常困難呢。」
「啊——該說困難嗎，總之超麻煩的。」
對吧，利瑟爾點點頭。
「所以，如果可以的話，我想回到昨天。」
「全場都傻眼了啦！」
該醞釀出什麼樣的情緒，才有辦法把這個故事說給那些女孩子聽？
這三人站在一起這麼有氣氛，這麼引人注目，存在感這麼強烈，而且一看就知道實力不簡單。就算告訴那些女孩子說利瑟爾他們為了買魚肉想回到過去，也不可能有人相信。
以他們的形象，旅店主人比較希望他說出那種，為了改變註定的宿命……之類的理由。
「那有沒有那種女孩子比較想聽咳嗯，我是說跟各位客人的形象比較有反差感的那種願望啊，像是想要一個哥哥或弟弟之類的！」
「我才不要咧。」
「伊雷文很有典型獨生子的特質嘛。」
「你要是有兄弟會互相殘殺吧。」
這我是不能否認啦，伊雷文哈哈大笑。
正因為伊雷文是獨生子，所以他們家人之間的感情才這麼好。假如手足的個性和伊雷文特別合得來那自然另當別論，否則要是有個跟他相像的兄弟姊妹，關係感覺會相當緊繃。
「我也不需要。」
「大哥，你不是有個類似兄弟的人？」

「所以才說不需要啊。」

血緣上來說，歐洛德確實是他的兄長。

話雖如此，同住在一間宅邸的那段日子，他們見面的次數也不過一隻手就數得完；彼此之間沒什麼感情，也沒有身為血親的自覺。

住在侯爵家那陣子他確實對歐洛德漠不關心，但自從歐洛德在某次宴會上令利瑟爾感到不快，劫爾對歐洛德的印象也因此往負向傾斜。所以，他才會說「不需要」吧。

「劫爾要是有個妹妹，感覺也意外地適合呢。」

「對欸，大哥感覺很會照顧妹妹。」

同時也不能否認他感覺會把妹妹弄哭，這是伊雷文的看法。

「劫爾是劍士，如果有妹妹的話，妹妹的魔法實力應該很驚人吧。」

「我只想像得出那種女傑的印象欸……」

「你想想看，劫爾的魔法素養完全是零耶，魔法天分跑到妹妹那邊去感覺也很合理呀。」

聽見利瑟爾這麼說，旅店主人不禁定睛凝視著劫爾。

雖然不太清楚詳情，不過冒險者偶爾也會來到這間旅店投宿，他身為旅店老闆原本就聽說過傳聞中的最強冒險者一刀。得知一刀就是劫爾的時候，各方面實在太過衝擊，嚇得他面無表情。

而這個一刀的魔法素養居然是零，怎麼會有這種事？

「哎呀哎呀魔法這種東西有素養反而比較難得吧，沒有應該很正常？像我也不會用魔法啊，只有使用魔道具的時候……」

「你說到重點了。」

利瑟爾說著，噗滋一聲將叉子刺進點心裡。

「劫爾完全無法動用自己的魔力。」

人們日常生活中使用的魔道具，大多不必特別灌注魔力也能夠啟動，這是因為魔石會在觸碰到魔道具的時候主動吸收人體內的魔力。

話雖如此，也有不少魔道具必須靠使用者調整注入的魔力量，以這間旅店來說澡盆就是其中一例，灌注越多魔力，洗澡水就燒得越熱。

若只是這點程度的魔力控制，一般人嘗試過幾次自然而然就會了，但是……

「也不知道為什麼，劫爾沒有辦法控制魔力。」

「誰知道。也沒造成什麼不便，沒差吧。」

「這麼說是沒錯……」

「要是魔力量很多的話感覺是很可惜啦，但反正大哥的魔力量也普普通通？」

「是呀，普通。」

利瑟爾點點頭。

魔法師有辦法隱約察覺對方的魔力量，真的只是隱隱約約感覺得到而已，所以不太精確，偶爾也有些魔法師完全無法感知到魔力量。

世上不存在沒有魔力的生物。劫爾也不例外，他擁有唯人平均水準的魔力，但完全無法使用，就只是操縱魔力的技巧笨拙到了極點而已。

自己知道這種事情沒問題嗎，旅店主人顯得有點尷尬，不過劫爾本人完全不以為意。

「所以假如那些魔法天分跑到妹妹身上，妹妹成為魔法特化的戰士，那就能組成最強兄妹檔了呢。弟弟容易產生對抗意識而叛逆，還是妹妹感覺比較適合。」

「組成最強搭檔有什麼用意？」

「只是這樣我會很開心而已。」

那真是太好了，劫爾敷衍地應道，接著稍微揚起下顎，告訴利瑟爾輪到他了。

「我嗎？」

「貴族客人一定能建立起非常和睦的兄弟姊妹關係！」

「嗯……」利瑟爾沉吟道，旅店主人看著他的雙眼滿是期待。

利瑟爾並不是沒有嚮往過擁有兄弟姊妹，不過他身邊已經有了某個明明跟他同年，卻像哥哥一樣的傭兵，也有某個像弟弟一樣需要費心照料的學生。雖然只是開玩笑，但也有個他曾經叫過一次哥哥的人。

「這個嘛……我想要一個妹妹。」

「為什麼呢?!」

「因為我想說說看『我是不會把我家可愛的妹妹讓給任何人的！』之類的臺詞。」

旅店主人被擊沉了。看來他們給的不是他所追求的答案。

「確實是很有反差感啦但完全不是女孩子想聽的答案啊！看起來這麼有內情的三個人湊在一起卻完全湊不出有氣氛的答案到底是怎樣！」

就算你這樣質問我們也沒辦法啊……利瑟爾他們忍不住想。

伊雷文將最後一口茶點放進嘴裡。剛才擺滿了整張桌子的盤子，現在已經全部掃得一乾二淨，大概是肚子也吃飽了，伊雷文顯得心滿意足。

眼見他打了一個呵欠，現在畢竟是委託當中，利瑟爾將手伸向伊雷文下巴輕壓，敦促他閉起嘴巴。伊雷文一瞬間嚇得肩膀一抖，不過還是乖乖將嘴巴閉上。

「只好問那種不會出現意料之外的答案的問題了就這麼辦吧。各位客人你們有什麼習慣嗎最好是怪癖或是彼此之間特別介意的。」

三人保持平靜的態度，彼此對望。

相識至今絕不算久，不過他們好歹也相處了一段時間，不必特別思考也答得出彼此的習慣。

「伊雷文常常會咬玻璃杯之類的東西呢。」

「啊——那個喔，該說是小時候留下來的習慣嗎？」

長在唯人犬齒位置的毒牙根部，有著毒液的分泌腺。

蛇族獸人能夠自由控制分泌腺開闔，但其實小時候分泌腺容易閉合不緊，即使沒有刻意打算分泌毒液，有時候它也會大大地開著，或是在打噴嚏等時候不小心打開。

「毒液漏出來，嘴巴會……該怎麼說，麻麻的？反正就會癢啦。」

這種時候，伊雷文會找東西咬，減輕搔癢的感覺。因此到了現在，假如想事情想到一半，口腔內部受到飲料之類的刺激，他還是會下意識去咬杯子。

原來有這種事，利瑟爾佩服地眨了眨眼睛。

「現在不會了嗎？」

「那是真的很小的時候啦，現在就算漏出來也不會癢了。」

而且也不會漏了，伊雷文的舌頭舔過分泌腺。這是所有蛇族獸人小時候都有過的經歷，也沒什麼好隱瞞的。

「你讀書的時候常會去撥弄那一頁的角落吧？」劫爾說。

「這習慣我想改，但一直改不掉。」

「啊——常看到隊長垂頭喪氣地把捲起來的地方弄回去嘛。」

利瑟爾的習慣，就是閱讀的時候會下意識玩弄書頁的一角。

他平時碰觸書本總是百般珍惜，有時候擱在下一頁的指尖卻會輕輕捲曲紙頁，每一次注意到頁角向內彎曲又趕緊將它攤平。劫爾和伊雷文都目擊過同樣動作好幾次，完全是下意識的行動吧。

「畢竟會傷到書本，我想改掉這個習慣，下次看到的話叫我一聲吧。」

「隊長看書的時候讓人很難搭話欸……啊，對啦，大哥不是會咬香菸嗎？這算習慣？」

「是這樣嗎？」

劫爾不會在利瑟爾面前抽菸。

感受到利瑟爾訝異的視線，劫爾微微蹙起眉頭，不情願地開口答話。他用的力道不至於把菸咬爛，不過確實足以在香菸上留下齒痕，他有所自覺。

「確實是會咬吧。」

「咦，我好想看哦。」

「你又不抽菸。」

「我不會介意的。劫爾在我面前抽菸，不就只有一開始那次而已嗎？」

「你就滿足於那一次吧。」
「但我沒看過你咬香菸……」
大哥在我面前明明就會抽，伊雷文在一旁笑得意味深長。劫爾對他的反應視而不見，兀自回望那雙目不轉睛朝這裡望來的紫晶色眼瞳。
「我不會抽的。」
菸味不適合利瑟爾，他現在仍然這麼想。
「好吧，我也不會強迫你。」利瑟爾乾脆地讓步，劫爾見狀微微瞇細雙眼。咬香菸代表什麼意思？唯有利瑟爾一個人就算想看他咬香菸也看不到，不過劫爾也不打算特地把這件事告訴他。
「老實說我還期待聽到更致命的怪癖呢，那麼我們就來問最後一題吧。」
看來這一次也沒有給出旅店主人所追求的答案。他到底期待什麼樣的答案？三人有點在意。
「請問你們三個人一起去過的地方裡面，有什麼特別奇怪或特別有趣的地方嗎？」
「所以說為啥有人想知道這種事啊？」
「因為想約你們出去吧比我受歡迎的人都滅絕啦……！」
旅店主人砰一聲拍響桌子，咬牙切齒地這麼說，利瑟爾他們則是事不關己地看著他想，被逼上絕路的人真可怕啊。事後旅店主人說，看這時候的反應，就知道他們是不折不扣的人生勝利組。
「奇怪的地方喔……迷宮？」伊雷文說。

「範圍太大了吧。」劫爾說。

沸騰的火山，舉目只看得見地平線的沙漠，無邊無際的森林和迷宮，無盡的階梯，無底洞穴……沒有比迷宮更無法用道理解釋的地方了。

這麼想來，一定也沒有比迷宮更奇怪的地方了，三人於是開始這個迷宮如何、那個迷宮怎樣地討論起來。

「我覺得有趣的是『智慧之塔』，到了深層會出現巧妙的謎題……」

「但隊長，你也沒停下腳步解題啊。」

「我還是有享受到解題樂趣呀。」

「智慧之塔」，也就是艾恩他們率先完成攻略的那座迷宮。

途中雖然有一小段路被迫以體力決勝，不過這座迷宮不負它「智慧之塔」的名字，有許多設計精巧的謎題。話雖如此，那些逼人苦思一整天也不奇怪的機關，在利瑟爾面前都是迎刃而解，三兩下就順利通過。

劫爾和伊雷文完全不懂利瑟爾到底有什麼資格說它「有趣」。

「隊長，你是不是從來不覺得自己的頭腦敵不過別人啊？」

「我常常這麼覺得呀？」

二人的眼神中露骨地訴說著「不敢相信」，利瑟爾見狀苦笑。

無論他頭腦再怎麼聰明，在政界都還太年輕，缺乏經驗。在花費畢生支撐國家、經驗老到的強者面前，他總是切身體會到自己難以匹敵。

畢竟真正為國家著想、為國奉獻的人物，即使是文官，也已經等同於身經百戰的霸主。

「我想想……這方面我最尊敬的，應該是陛下的國策顧問吧。」
「國策顧問？」
「在那位長者眼中，像我這樣的人還只是個小孩子呢，我總是覺得自己敵不過他。」
利瑟爾想起那位身在遙遠國度的老翁。
老翁待他親切，說利瑟爾是他的茶友。不曉得他現在過得好不好？真懷念和陛下一起遭到國策顧問訓話的日子，利瑟爾感慨地喝著茶想。
「這傢伙不會妄自菲薄也不會自視過高啊。」
「我是聽得出隊長這樣講不是自謙啦。」
「在我看來貴族客人幾乎已經是人類的頂點了，但聽你這樣講還能毫不費力地接受，我覺得世界上果然有很多厲害的人呢，句點。」
劫爾邊說邊在自己的記憶中回想。
獨自行動那段時間攻略的迷宮，他只記得零碎的片段，最近的記憶卻特別鮮明。
「有個像錯視圖一樣的迷宮吧。」
「大哥，你是說你以為那邊有通道，差點走去撞牆的那個迷宮喔？」
「對，就是你以為真的有寶箱，結果伸手只摸到地板的那座迷宮。」
「有什麼關係，你們兩個人都沒有真的撞到額頭呀。」
順帶一提，有面牆上畫著筆直延伸的通道，利瑟爾就這麼直接撞上去了。
「我覺得最有趣的是那個所有東西都很柔軟的迷宮！地板牆壁和魔物全部都軟軟的，超好笑的啦。」

「你把魔物踹到牆壁上，還邊踹邊爆笑對吧，老實說看了很不舒服。」
「大哥才是咧，說什麼這麼軟砍不下去，結果邊講邊把魔物打得稀巴爛，超噁的啦。」
「哎呀別吵了，你們在哪裡都有辦法好好作戰，這樣不就夠了嗎？」
順帶一提，利瑟爾光是站著不要跌倒就很勉強了，他當時是一邊靠在牆壁上一邊擊發魔銃。
「冒險者都跑到這麼厲害的地方冒險啊，感覺好有趣喔。」
「不過還是會有魔物襲擊過來哦。」
「也是哦——」
不論什麼樣的型態，迷宮還是迷宮，危險這一點是不會改變的。
旅店主人立刻封印了腦海中一瞬間浮現的「當冒險者好像很有趣」的想法，什麼事也沒發生似地低頭看向手上的備忘錄。問題算是問完了，但把這些答案照實轉述給那些女孩子聽，真的就能受她們歡迎嗎？
呃，至少能成為開啟話題的契機吧。即使不行，只要女孩子們為了聽回答聚集在自己身邊，也能感受一下開後宮的心情了，這麼想來這絕對不是什麼壞結果，旅店主人拚命說服自己。
「嗯——那麼謝謝各位撥空幫我收拾得意忘形自作自受的爛攤子，這是委託達成證明書請收下吧。」
「好的，謝謝你。」
利瑟爾露出沉穩高雅的微笑這麼說。旅店主人看了心想，我是不是該把這個笑容學到專精比較快？但要是學得會就不用這麼辛苦啦，他一秒放棄。

那天晚餐。

利瑟爾他們看見豪華絢爛的餐桌，有人大感佩服，有人覺得很扯。桌上擺滿了將食材壓模取下，組裝而成的立體夢幻料理，在旅店主人幫他們帶的第一個便當看過的精緻料理，又更精美了一個檔次。

五顏六色的花朵開滿了整個盤子，利瑟爾坐到位子上，取下停在花上的蝴蝶，整隻放進口中。

「啊，這個果然很入味，非常好吃哦。」

「嗯，不是只有外表好看，味道卻很難吃就好啦。」

「用正常的方法煮看起來最好吃吧。」

使用的食材想必相當優良，嘗起來也非常美味。

劫爾嘴上雖然說著這種煞風景的話，卻也很自然地吃了起來，應該沒什麼不滿。他這句話的意思比較像在稱讚旅店主人的技術吧，精緻到看起來不像料理。

正當利瑟爾這麼想的時候，旅店主人從廚房走了出來，手上端著水果切成的華麗鳥兒。

「對了對了，」他將鳥兒放在桌面一角剩下的空間，起了個話頭。

「話說回來背面還有一個問題，可以借我問一下嗎？問題內容是『假如自己是平凡人你們會怎麼做』，這題我也滿想知道的。」

利瑟爾不可思議地咀嚼著一片花瓣，伊雷文滿臉莫名其妙地嚼碎了小提琴，劫爾蹙著眉頭拿叉子破壞了幾何圖形。

咦？看見他們出乎意料的反應，旅店主人停下了動作，利瑟爾則嚥下那朵花，露出苦笑。

「我從來不覺得自己是天才。」

即使真的擁有才華，他也早已超越仗恃才華就能抵達的領域了。

不論生為天才還是凡人，他們三人想做的事、該做的事都不會改變。無論如何，他們三個人現在還是會一樣圍在桌邊一起用餐，一路走到今天的過程也不會有任何改變。

「尤其是我。」

聽見利瑟爾這麼說，兩雙視線一瞬間瞥向他。

但利瑟爾這句話裡沒有卑屈也沒有自嘲，只是實話實說。二人確認了這點，便乾脆地不再追究，繼續用餐。

利瑟爾如何評論自己是他的自由。他的優秀確實是他們陪在利瑟爾身邊的原因之一，但並不是全部。無論既存的框架如何定義利瑟爾，對他們而言都不會產生任何影響，這點二人再清楚不過了。

「確實有人會這麼評斷，但是……」

看見二人的反應，利瑟爾瞇起眼高興地笑了。

「當你不需要周遭的評價，天才與庸才的區別也就沒有意義了。」

「雖然搞不太懂但這句話很帥，下次我也用用看吧。」

如果說無須努力就能成大器的人是天才，那麼無時無刻不為了站在唯一一位君王身側而拚死努力的自己，毫無疑問是個凡人。利瑟爾微微一笑，張嘴含入第二隻蝴蝶。

78

最近，利瑟爾終於在阿斯塔尼亞找到了自己的讀書據點。

從旅店出發大約走十分鐘的路程，就能來到這間咖啡廳。這間店開在偏離鬧街的道路上，寧靜舒適的氛圍相當吸引人。由於紅茶在這個國家比較陌生，因此菜單上沒有，不過美味的咖啡彌補了這一點。

利瑟爾還是一樣，偏好能夠望著來往人群的陽臺座位。延伸的屋簷遮擋了強烈的陽光，通風也很好，再點杯冰咖啡，坐在這裡一點也不熱。

他將搔過頰邊的頭髮撥到耳後，動作輕柔地翻過書頁。書裡的故事當中，害怕得渾身顫抖的男孩正流著眼淚，忍著衝口而出的嗚咽，逃離逐步逼近的親生父親。

「（總覺得有點懷念，又好像有點不一樣。）」

這一幕冷不防喚醒了他的記憶。

那是什麼時候的事情？大概還未滿十歲的時候，利瑟爾曾經遭人誘拐。

各種巧合重疊在一起，巧合到現在回想起來也不可思議，所以才化不可能為可能吧。只能說那一瞬間的利瑟爾倒楣透頂，而計畫誘拐他的敵對貴族又非常幸運。

利瑟爾隨時受人保護，要成功誘拐他根本是天方夜譚，甚至可以斷言這件事是一場奇蹟。

「（因為父親大人的關係失去權位的貴族，雇用了專業的暗殺者？暴徒？之類的人，我應該是被那些人綁架了。）」

相關的記憶有一些模糊之處，是因為當時感受到的恐懼嗎？

貴族的孩子從小就被教導自保之道，利瑟爾當然也從父親和導師那邊聽過各種訓誡。用功又乖巧的利瑟爾嚴格遵從那些守則，乖乖等待救援。

手腳被綁住雖然疼痛，但他沒有反抗；應該是父親政敵的男人發狂似地吼著什麼話的期間，利瑟爾儘管肚子餓了，還是好好聽他說話。男人踹了利瑟爾身邊的牆壁威嚇他，他雖然嚇了一跳，但也沒有哭鬧。

『就連你這小鬼也瞧不起我嗎……！』

『？』

假如利瑟爾一邊表現出懼意一邊實行這些守則，對方也不會發怒吧。

但小利瑟爾實在表現得太平靜了。大人教他不可以大哭大鬧，他聽從這句話嚴加自律，結果看起來反而像個遭人綁架仍然氣定神閒的小朋友。

換作現在的利瑟爾，他會不為所動地裝出害怕的樣子，但這以他當時的年齡實在太難做到了。

『不愧是那男人的兒子啊!!』

結果，困惑的小利瑟爾被男人揪著前襟拽倒在地。

男人帶著發狂似的笑容俯視著自己，撞到地面的肩膀雖然疼痛，但利瑟爾沒有哭。對方的大手朝纖細的頸子伸來，他連忙挪動手臂想要抵抗——

就在這時，房門以破開之勢猛然打開，光線照進幽暗的房內。

『抱歉，讓你久等了，利瑟爾。你一定很害怕吧？』

一道熟悉的足音毫不遲疑踏進房內，那是父親的腳步聲。利瑟爾保持著即將被男人勒緊脖子的姿勢，鬆了口氣朝那裡望去。

『……』

但那雙大眼睛一轉過去，看見前來救援的人，小利瑟爾反而不知所措了。

父親站在幾步之外的距離，直屬於公爵家的眾多軍人站在他身邊戒備。身穿白色軍服的他們是領地的守護者，此刻卻背向光源緊盯著這裡。

利瑟爾從來沒見過他們這副模樣。他所熟知的父親無論何時總是慈祥沉穩，對上他的眼睛時會微笑朝他伸出手，只要出聲叫住父親，父親總會摸著他的頭聽他說話，是位溫柔穩重的父親。

守護者們臉上也總是帶著笑容，全都是對領民非常親切，不擺架子的人。但是此刻的他們卻持劍架在眼前，消去笑容的臉孔平靜駭人。

父親站在那群守護者中央，臉上的笑容不帶半點溫度，當小利瑟爾注意到這件事……

『光是看見他被你那雙髒手碰到就令人不快，立刻給我放開那孩──』

『…………，嗚……』

『利瑟爾?!』

他哭了。該怎麼說呢，他真的嚇到了。

不論遭人誘拐還是被歹徒綁起來，一腳踹在他近處的牆壁上，利瑟爾都保持著自己的步調不為所動，結果竟然在看到親生父親的時候哭了出來。現在回想起來也是有點滑稽。

因此利瑟爾不知道，當時率先撲向綁架犯，把那名貴族拉倒在地上的見習士兵，就是自己親近的那名青年……因為幾乎所有人都把嫌犯晾在一邊，使勁安慰利瑟爾。

「（現在倒是不怕了。）」

無論看見他們再怎麼兇狠的模樣，現在的他也無動於衷，反而感到驕傲。可見自己也有所成長了，利瑟爾不禁感嘆地想。

「隊長，你在感嘆什麼啊？」

「伊雷文？」

有所企圖似的熟悉笑容，正探過頭來往這裡瞧。

利瑟爾離開旅店的時候，伊雷文恐怕還在睡。看見他出現在這裡，利瑟爾仰頭望向太陽的方向心想，自己已經看了那麼久的書嗎？他是打算在氣溫升高之前涼爽的時段讀書才出門的，果然現在還沒到正午。

「沒啦，我只是想說去迷宮晃晃。」

伊雷文輕巧地在他對面的椅子上坐下，毫不客氣地喝光他喝到一半的冰咖啡。看他稍微皺起眉頭，應該覺得有點苦吧，利瑟爾沒特別加牛奶或糖漿。

「因為隊長好像在這一帶，所以我就順路晃到這裡來看看啦。」

「你說的迷宮，是海上那一邊的……」

「嗯啊。」

伊雷文喀啦喀啦咬著冰塊點點頭，他身上已經穿好了冒險者裝備。

從旅店出發的話，現在所在的這間咖啡店，在公會和城門的反方向。既然伊雷文不是特地繞道來找他，一聽就知道他的目的地了。

這條街道通往港口。阿斯塔尼亞的迷宮分為森林迷宮與海洋迷宮兩種：不用說，森林迷宮分布於叢林當中以及叢林周邊，海洋迷宮指的則是位於海面上的迷宮。

迷宮大門宛如聳立在水面上一般，從不隨著海浪搖晃，矗立在原地動也不動。港口有公會的小船行駛，冒險者便乘著小船前往那些迷宮挑戰。

「有什麼你感興趣的迷宮嗎？」

「嗯，那叫啥……人魚公主洞窟？」

有足以挑起伊雷文興趣的迷宮嗎？利瑟爾回想記憶中的迷宮情報。

海洋迷宮的數目並不多，印象中都是內部真的與海洋相關的罕見迷宮，不像一般迷宮那樣一打開大門就通往天馬行空的異空間。「人魚公主洞窟」也一樣，迷宮內部正是海洋，是一座必須持續在水中行動，超脫常識的迷宮，但不可思議的是，據說在裡面居然可以呼吸。

迷宮就是這樣，什麼怪事都有可能發生。利瑟爾也一直想到那座迷宮看看。

「我可以跟你一起去那座迷宮嗎？」

「你要陪我去我很開心啦，但隊長，你會游泳嗎？」

「我會游泳，只是速度不快。聽說在那座迷宮是可以行走的，應該沒有問題。」

真的沒問題嗎？伊雷文投來露骨的視線。利瑟爾假裝沒看見，事不宜遲，他逕自走向店內。要前往迷宮必須換上冒險者裝備，但特地回旅店一趟會讓伊雷文等太久。

去跟店家借個房間吧。利瑟爾就這麼走掉了，伊雷文目送他的背影離開，喀啦喀啦咬碎最後的冰塊。

「希望我瞄準的魔物會出現。」

這句話沒有傳入利瑟爾耳中，伊雷文兀自愉快地靠上椅背。

利瑟爾他們抵達港口之後，便前往冒險者用的小船所停靠的棧橋。

正如其名，小船並不大，一次只能載運六個人，這也是一次能潛入迷宮的最大人數。海上的迷宮並不多，加上全都是些不能掉以輕心的奇特迷宮，前往挑戰的冒險者隊伍並沒有那麼多。

而且，現在早就過了冒險者出發前往迷宮的時段。往棧橋那頭一看，正好有一組隊伍剛繳了錢給船夫，搭著船往海面上離開。

留在棧橋上的竟然只有一個人，以挑戰迷宮的人數來說實在相當奇特。

「……………你們來幹嘛？」

「跟劫爾一樣呀。你比我們還早離開旅店，怎麼現在才要潛入迷宮？」

「我剛才去了別座。」

棧橋上那一個人，正是老樣子一身黑的劫爾。

他剛才先到了只留下頭目的迷宮去了一趟。打倒頭目之後獲得的素材賣了能換一大筆錢，再加上這一戰受的傷、修繕或添購裝備，大多數的冒險者在跟頭目交手過後都不得不暫時停止探索迷宮……但這想必跟劫爾無關。

他的實力用「規格外」來形容都嫌保守，但利瑟爾在劫爾本人身邊接受了冒險者教育，因此除了「好厲害哦」以外沒什麼特別的想法，伊雷文也是賊笑損他兩聲「怪物」而已。

「大哥，你的目的地大概跟我們一樣？」

「是這樣嗎，劫爾？」

聽說他們要去的是「人魚公主洞窟」，劫爾表示肯定，利瑟爾聽了微微一笑。

「這麼難得，早知道我們應該接個委託再來的。」

都來到這裡了，也沒有必要刻意分頭潛入迷宮。

三人什麼也沒說便自然而然決定同行，開始討論接下來該怎麼辦。不接委託就潛入迷宮，對於利瑟爾他們來說並不稀奇。

既然如此，他們還要討論什麼？

「要挑戰通關嗎？」伊雷文問。

「挑戰看看感覺也很有趣呢。」

人魚公主洞窟並不屬於最近新出現的迷宮，卻是尚未突破的迷宮。

雖然能夠呼吸，但這座迷宮的環境仍然是水底，必須在阻力下活動，同時應付魔物的攻擊，光是如此難度已經相當高了。

最重要的是，一直以來沒有人成功討伐位在最深層的頭目，久得阿斯塔尼亞的冒險者都普遍認為這座迷宮無人通關是理所當然的事情。

「搶先通關不曉得是什麼感覺。」

「我也沒體驗過欸。」

「我有。」

「我知道啦，大哥。」

率先通關迷宮，是所有冒險者都求之不得的榮譽。通關報酬唯有搶先突破迷宮的人才能獲得，最重要的是它並不只限定於金銀財寶，因此利瑟爾也有興趣。

不曉得能不能通關，利瑟爾瞥向劫爾。

「如果我們認真攻略，有機會通關嗎？」

「要看頭目。」

劫爾絕不輕敵，不會斷言自己一定比從未見過的魔物更強。

假如見到頭目之後判斷完全沒有勝算，他也會毫不猶豫地撤退。至今為止一座接著一座突破迷宮，也不過是剛好沒碰上他認為完全沒有勝算的對手罷了。

「機關或暗號之類的，有你在應該都能解決。」

「我的責任重大呢。」

「那……只有陷阱不太確定？」

「迷宮已經在水底了，感覺不會有特別棘手的陷阱。」

「啊對喔。」

其餘就只有去一趟才知道了。

關於充滿謎團的迷宮最深層和頭目，萬一難以應付也只要撤退就好。嗯，利瑟爾點點頭，望向波光粼粼的海面。遠方可以望見一個小小的黑點，小船正往棧橋這裡返航。

「那我們就先以最深層為目標……攻略那座迷宮大概需要多久？」

「有幾層？」劫爾問。

「我記得是五十層。」

「不知道一層有多大欸，直接在裡面過夜的話大概三天？」伊雷文說。

先前利瑟爾他們在一天以內通關的迷宮，都是階層極少，或是他們隊伍特性特別有利的迷宮。

像一層就是一望無際的沙漠那種大規模的階層，花上一整天的時間才能突破一層也絕不罕見。順帶一提，這種迷宮大多每層都有魔法陣，這是迷宮見機行事的正面例子。

但伊雷文口中的「三天」，以一般標準而言實在太亂來了，這是完全不停下來應付魔物，在複雜的路徑中完全不迷路，面對千奇百怪的機關完全不被拖累腳步才有可能的數字。假如辦得到這種事誰還需要這麼辛苦啊——但這裡沒有人這樣吐槽他們。

「啊，在迷宮裡過夜不錯耶。」

「你還沒放棄？」劫爾說。

其實利瑟爾還沒有體驗過迷宮裡的夜晚。

在阿斯塔尼亞潛入迷宮的時候，多虧劫爾以迅雷不及掩耳之勢一座座攻略迷宮，利瑟爾造訪的也都是攻略完畢的迷宮。傳送魔法陣果然很方便。

「那我們就在今天這座迷宮試試看？」伊雷文說。

「但是沒有跟旅店主人說一聲……」

冒險者消失個幾天，只要別賴著住房費不繳，旅店老闆一點也不會介意。

但是……三人回想起旅店主人的身影。萬一他已經為他們準備了餐點就傷腦筋了，不過除了這種普遍的擔心之外還有另一方面的擔心：旅店主人感覺會大吵大鬧，一下說以為他們決定搬到其他旅店了，一下說以為他們被捲入什麼事件了。

至於為什麼他會那樣吵鬧，原因他們都心知肚明，劫爾和伊雷文望向正想著該怎麼辦的利瑟爾。

「怎麼辦呢，再回旅店一趟有點……」

「啊。」

伊雷文忽然指了指天空。

利瑟爾他們往那邊望去，看見納赫斯騎在心愛的搭檔背上，朝著稍微有段距離的王宮低空飛行，不曉得是正在巡邏，還是巡邏剛結束。

看他飛得那麼悠哉，說不定只是在散步而已，那個充滿魔鳥愛的男人就算在假日跟愛鳥約會也完全不奇怪。

一人一鳥在空中平順翱翔，已經接近到聽得見振翅聲的距離。太陽光反射之下難以看見他的臉，但現在的納赫斯臉上肯定帶著心蕩神馳的表情吧。

「用那傢伙就好了吧。」

「咦？」

利瑟爾驀地抬頭看向劫爾，後者伸手遮在他額前。

不刺眼了，利瑟爾才剛這麼想，便聽見一陣倉皇失措的不規則拍翅聲，還有納赫斯慌亂的聲音。劫爾的手掌很快就從他視野中移開了，利瑟爾這才看見魔鳥已經降落到地面，一副躁動不安的模樣，納赫斯渾身脫力，緊緊攀在牠背上。

怎麼回事？雖然他大概也猜得到。正當利瑟爾這麼想的時候，納赫斯一翻身下到地面，只見他一隻手拚了命討好魔鳥，一邊猛地轉向這裡。

「不要隨便放出殺氣！」

「啊，副隊長先生也感受得到殺氣呀。」
利瑟爾現在仍然感受不到氣息和殺氣。
「這傢伙跟旅店主人認識吧。」劫爾說。
「那拜託他看看好了。」
當初納赫斯介紹的時候，說過這是他朋友開的旅店。來得正好，利瑟爾點點頭，滿臉抱歉地開了口。
「對不起，嚇到你的搭檔了。我們有點事情想要麻煩你……」
「算了，我現在不是在值勤，沒關係。」
既然對方都道歉了，他也不打算再叨念，但這些人究竟有什麼事？納赫斯詫異地看向他們三人。
雖然叫住人的手段相當粗暴，但他們看起來確實有事要找自己——這麼想的納赫斯究竟是人太好，還是因為顧慮到西翠的恩情？又或是想留意利瑟爾一行人的動向，覺得一不注意不曉得他們會做出什麼好事？
「我們剛剛決定要挑戰通關『人魚公主洞窟』，這幾天無法回旅店，你能不能幫我們跟旅店主人說一聲？」
「等一下……」
納赫斯忽然跟不上他的話題。
他抬起一隻手以示制止，另一隻手揉著眉心，在腦中整理情報。通關「人魚公主洞窟」……至今為止誰也沒辦法成功攻略的迷宮，他們卻說得這麼輕描淡寫。不，這倒是無所謂，雖然很破天荒，但套用到利瑟爾他們身上也沒那麼破天荒。

更重要的是，他說這幾天無法回旅店。為什麼不能回去？他們又不可能到不了下一個魔法陣。納赫斯隸屬於軍隊，對於冒險者瞭解不深，但也知道一天內抵達下一個魔法陣雖然不容易，但以利瑟爾他們的實力一定辦得到。

「幾天不能回去？」

「畢竟要在一天內通關實在有困難……」

這也就是說，他們想一口氣通關整座迷宮……在短短幾天之內。

他越想越不明白了，不過還是硬逼自己接受事實。他沒見過利瑟爾他們實際打鬥的模樣，真的有辦法辦到這種事？不，既然他說辦得到那就是辦得到吧，感覺好像辦得到。到此為止他都瞭解了，剩下唯一不解的是……

「你們剛剛才決定？」

「是的。剛才我們三個人偶然碰頭，所以離開旅店的時候什麼也沒有跟旅店主人說。」

「所以你們現在要搭著正在開過來的那艘小船出發？」

「啊，船就快到了呢。」

小船的數量不只一艘，但由於行駛速度不快，有時候可能得等上很久。他們剛才稍微等了一段時間，時機正好，三人望著逐漸朝棧橋靠近的小船。

「你們有做準備嗎？要在迷宮裡過夜一定得準備必需品吧。」

「我們的腰包有空間魔法，所以平常隨時都做好野營的準備了。」

「對哦，你們有空間魔法，帶著糧食也不佔空間真的很方便。」

聽見納赫斯這麼說，利瑟爾眨了眨眼睛。

他朝伊雷文瞥了一眼，伊雷文豎起一隻指頭回應，表示他只帶了今天的午餐來，一餐份。

接著利瑟爾看向劫爾，只見後者搖了搖頭。他平常就帶著高營養價值以外一無是處的冒險者必備樹果，但數量也不足以撐上幾天。

「喂，怎麼了……」

不會吧。看見他們的反應，納赫斯出聲詢問。

利瑟爾粲然一笑。在原本的世界，這方面的事情他完全交給旁人去辦，在這裡也總是有不知從哪跑來的賈吉幫忙準備，所以他完全忘了。

「我們會努力就地採集食料的。」

「萬一沒有能吃的東西怎麼辦！真是的，你們總是脫線在這種奇怪的地方……來啦拿去！」

納赫斯手上不知何時已經握著一個裝滿糧食的袋子。

他臉上掛著「真拿你們沒辦法」的表情把那個袋子遞過去，利瑟爾他們感激地收下了。不愧是習慣野營的軍人，袋子裡裝的都是在野外方便調理的食材。

「謝謝你，副隊長先生。」

「要好好吃飯啊，空著肚子沒力氣作戰。」

這時，小船伴著一陣浪濤聲在棧橋邊停下，利瑟爾將糧食收進腰包，接著重新面向納赫斯。

「那我們差不多該出發了。帶口信給旅店主人的事情，就麻煩你了。」

「好，我知道。你們也別太逞強啊。」

納赫斯拉著魔鳥的轡繩騎上鞍座，往天空起飛。他以藍天為背景大大迴旋了一圈，接著往旅店的方向飛去，看來是打算立刻替他們轉達。

剛才說他現在沒在執勤，說不定會久違地跟友人好好聊聊。利瑟爾他們這麼說著，把銅幣交給船夫上了船。

小船在一片以繩索繫在迷宮大門上的木筏邊靠了岸。

「小船很容易搖晃呢。」

「隊長又不會暈，沒差啦，雖然你之前搭馬車的時候暈過。」

「正常搭車你不會暈吧。」劫爾說。

「我本來就不算特別容易暈的體質。」

位在海上的迷宮，門口全都固定了一片木筏做為踏腳處。

木筏中央豎著一根長桿，頂端掛的不是帆，而是一盞提燈。想回去的時候只要點亮這盞燈，小船就會靠過來迎接。燈火有著特殊顏色，每座迷宮的顏色各不相同。

提燈底下還掛著吊鐘，當有人搖響鐘聲，船夫們就會注意到有人點燈。

「大門長得跟陸地上的迷宮差不多呢，不過設計比較帶有海洋色彩一點。」

「門一打開裡面也一樣是一片黑欸。」

伊雷文邊說邊伸出一隻手推門，對開的門板隨之緩緩開啟。

「那麼我們就出發吧。一進到內部馬上就是水底，不過聽說可以正常呼吸，不用太緊張。」

「嗯。」

「好喔！」

三人將手伸進填滿門扉內側的那片黑暗，毫不遲疑地踏進迷宮。身體就這麼突然被拋入水中。揮動手臂有划水的感覺，也確實感受得到浮力，不可思議的是雙腳居然能穩穩踩在地面上。往前走幾步，雖然多少有些阻力，但行走起來的感覺正常得教人吃驚。

「……」

利瑟爾任憑頭髮在水中輕輕浮起，緩緩吐出下意識憋住的氣息，卻只有些微的氣泡搔過唇角，從口中漏出。他看著那些細小氣泡往水中流去，接著——

他毫不猶豫地吸了一口氣。即使知識上明白沒有問題，人要在水中呼吸理論上還是會感到相當抗拒，但利瑟爾這一口氣卻與平時無異，看不出他有任何遲疑。

「好厲害，真的可以呼吸耶。」

他輕聲說道，嗓音聽起來就像在一般的水中一樣略帶回音。

原以為水會流進口中，但並沒有，感覺真的和在陸地上呼吸一樣。利瑟爾高興地回過頭，朝劫爾他們點頭示意沒有問題。

劫爾蹙著眉頭，伊雷文則一手掩著嘴，表情一言難盡，直到看見利瑟爾示意，他們才張開原本緊閉的嘴巴。

「你一點也不猶豫啊。」劫爾說。

「好猛喔，這明明是在水裡欸，為啥？」
「我也不知道，迷宮真的好厲害哦。」
感覺到的水溫並不冷，溫度與戶外略偏涼爽的空氣差不多。
但這裡確實位於水中。一片宛如置身於海底遺跡內部的景色，白色石材堆砌而成的遺跡建築宛如被什麼光源照耀般明亮，石縫間時不時冒出氣泡，聽得見氣泡破開的聲音在遠處迴響。
水的透明度極高，對於身體活動的妨礙也不如想像中顯著，不過戰鬥應該還是會受到一點影響。
「感覺可以游泳欸——」
「用走的比較快吧。」劫爾說。
伊雷文往地面一蹬，划動幾下手臂，雙手碰到了天花板，接著又轉身往天花板一蹬回到地面。
「浮起來感覺會很麻煩欸。」
「雙方角力的時候踩不太穩。」
「我的魔銃動作也有點遲鈍。」
利瑟爾試著操縱魔銃四處移動。橫向移動的阻力較強，相較之下還是前後移動面積較小，比較容易操作。
「這種迷宮要是還有魚類魔物出沒，難度就相當驚人了呢。」
「咦，不是本來就有嗎？」伊雷文反問。

「聽說是有沒錯，但我想不會太輕易出現。」

與魚類魔物在水中搏鬥。

假如這種狀況頻繁發生，這座迷宮即使成了禁止進入的禁區都不奇怪。不過事實上仍有不少冒險者持續潛入這座迷宮，因此就算真的有魚類魔物出沒，也是在相當深處的階層吧。

「聽到沒啊，大哥。」

「你不是也一樣？」

「你們就這麼想跟魚類魔物交手呀？」

完全在水中戰鬥，這確實是頭一遭，利瑟爾心領神會地點點頭。

平時他們比較常從水面上斬殺躍出水面朝他們襲來的魔物。看見劫爾他們膝蓋以下浸在水中，在水面上接連斬殺魚類魔物的模樣，利瑟爾忍不住聯想到熊捕魚的動作，這是利瑟爾一個人的秘密。

「戰鬥上有沒有什麼不便？」

「沒。」

「沒喔！」

在水中揮劍需要相當大的力氣和斬擊銳勁，不過看來跟他們兩人沒什麼關係。利瑟爾只確認過這點，便邁開步伐。

「雖然沒有一般在水中移動那麼困難，但還是有點不好走呢。」

「感覺會很累欸。」

「離開迷宮的時候令人擔心啊。」劫爾說。

一行人走過毫無反應的魔法陣上方，沿著筆直的通道前進。

除了位於水中之外，這裡就和其他迷宮差不多，屬於遺跡型迷宮常見的構造。只有一項最大的不同點——

「啊，原來如此。」

「喔，只有在水裡才能這樣搞欸。」

通道盡頭只有一面牆壁，無路可走。

不過往上一看，上方的天花板消失了，有道筆直向上延伸的通道，通道深處看得見一條橫向通路。也就是必須往上游到那邊的意思吧，三人佩服地抬頭仰望。

那麼事不宜遲，利瑟爾正準備蹬向地板……

「抓穩了。」

「咦？」

劫爾抓住了他的手腕，把利瑟爾的手臂拉到自己頸邊。

在水中，即使被拽著一隻手臂往上拉也完全不會痛。但利瑟爾沒有抓住他，近在他眼前的劫爾見狀露出詫異的表情。

利瑟爾忍不住直盯著他看。劫爾看他這副樣子大概注意到了什麼，他蹙著眉頭，滿臉意想不到地開口。看見那副打從內心感到意外的表情，利瑟爾察覺了他想說什麼。

「你會游泳？」

「為什麼你們兩位都覺得我不會游泳？」

利瑟爾忍不住面無表情地說。

「該說是不覺得你會游泳嗎，看起來就是不像下過水的樣子。」
「大哥說得對。」
「我游過泳呀，算是吧。」
利瑟爾面露苦笑，擺在劫爾肩上的手使勁一按，這一次終於蹬離地面。原來如此，看來他真的會游泳。眼見利瑟爾順利往上游，劫爾和伊雷文也跟了上去。
利瑟爾說得沒錯，他會游泳，只是游不快，沒什麼速度。緊急時刻還是拉著他的手臂帶他游吧，二人默默點頭。利瑟爾無從注意到身後二人的反應，逕自擊殺了出現在遠處的四方型果凍狀魔物。
所有迷宮裡都有日夜之分，誰也不曉得這是什麼機制。
看得見天空的迷宮自然不用說，利瑟爾他們現在所在的這種上下左右都有牆壁包圍的迷宮也一樣。眼前可見的所有光源都在逐漸減弱，時間的流逝和迷宮外完全一致。
不過迷宮內不會變成伸手不見五指的黑暗，大多都會留下月光程度的亮度。迷宮就連這種細節都十分親切，不過它絕妙的找碴設計也是一樣連細節都不放過，所以冒險者實在無法坦然感謝它。
「到野營時間了呢。」
「迷宮裡面也叫做野營喔？」
「不然你們都叫做什麼？」
這麼一說，伊雷文也不知道。

「欸……」他回頭看向劫爾，但只換到一聲無奈的嘆氣。看來是得不到大哥救援了，伊雷文看著劫爾吐出的那顆稍微大一些的氣泡，放棄跟他求助。

「叫過夜就好了吧，也沒有固定的講法啊。」

「是這樣呀？」

「很少人會在迷宮過夜啦。」

原來是這樣，利瑟爾接受了他的答案，在夜晚略微加深了青色調的海中繼續前進。

等到迷宮內光線轉暗，一行人要休息的時候，他們決定落腳的地方也只是一片平坦開放的空間而已。迷宮內部沒有安全場所，無論在哪裡都有遭到魔物襲擊的可能。

唯一絕對安全的地方只有打倒頭目之後的最深層，實在是本末倒置。

「劫爾，紮營要準備什麼？」

「大多就是點個營火，然後在原地發呆而已。」

夜晚的魔物會比白天更強大，但並不好戰。

因此通常是一個人醒著守夜，發現魔物時再由隊伍全員一口氣解決，或是小心轉移陣地不被魔物發現。絕對不是在原地發呆就好，但對劫爾來說是這樣沒錯。

說到底，劫爾雖然常在迷宮內過夜，但大多都是稍微休息過後就重新開始攻略了。即使是經過強化的魔物他也能夠斬殺，這是只有他才能使用的攻略方式。

「原來不會搭帳篷之類的。」

「大部分都是隨便躺地上睡啦。」

沒有冒險者會在迷宮裡面使用帳篷，搭帳篷只是多一項負擔而已。

首先在迷宮裡不可能熟睡，而且一旦碰上緊急狀況，睡在帳篷裡又無法快速逃脫。遭到魔物襲擊的時候也沒空收拾帳篷，到最後只是損失隊伍一個帳篷份的成本而已。

「不過賈吉那傢伙是有準備啦。」

伊雷文喃喃說道。

先前賈吉塞到伊雷文包包裡的野營用具組裡面，也準備萬全地包含了帳篷。他長期跟冒險者做生意，不可能不知道迷宮內的各種常識，因此恐怕是全盤理解之後還想告訴他們「不准讓利瑟爾大哥睡地上」吧。

「如果你覺得睡帳篷比較舒服，我可以幫你準備喔。」

伊雷文在「王座」半監禁之下被賈吉灌輸了這種想法，因此也忍不住想，是不是讓利瑟爾睡帳篷比較好？一方面也是因為實在很難把利瑟爾跟睡地上聯想在一起。

「沒關係的，直接睡就好。」

「真的？」

「難得到了水裡嘛。」

機會難得，利瑟爾也想體驗一下富有迷宮風情的過夜方式。

三人不約而同想起賈吉，腦中的他帶著沒出息的表情說：「好吧，利瑟爾大哥喜歡就好……」一副快哭出來的樣子。他還是老樣子。

「那麼，就只差營火了呢。」

「這是在水裡啊。」

在迷宮裡過了半天左右，異樣感已經減弱了，但這裡毫無疑問仍是水中。

聽見劫爾詫異地這麼說，利瑟爾反而納悶地眨了眨眼睛。

「點不起來嗎？」

「啊？」

利瑟爾伸出一隻手，張開手掌。

接著他眨了一下眼睛，下一瞬間，他手掌上便出現了一團如假包換的火焰。火團沒有消失，持續在他掌中燃燒，搖曳的火焰沒有冒出煙霧，雖然中間隔著水，但看起來和外界的火焰一模一樣。

「哇靠，這是怎樣？」

伊雷文驚嘆地伸出手指，往火焰尖端彈了一下。

「好燙，真的是火欸！」

「我剛才就想，感覺應該點得著。」

為什麼會這麼想？不過真的點著了，所以他也不能說什麼。

看見利瑟爾和伊雷文開始在水中點起搖曳的火焰來玩，劫爾放棄似地默默取出木柴，逕自伸進漂浮在近處的火焰當中。木柴果然燒起來了。

「隊長，你想吃什麼？」

「吃什麼好呢？我記得副隊長先生給了我們泡在水裡也能吃的食材……」

劫爾手腳俐落地堆起營火，在他旁邊，利瑟爾取出從納赫斯手中收下的那個袋子。

印象中，袋子裡有好幾種像肉乾那類碰水也沒有太大問題的食物，是納赫斯聽說他們要去「人魚公主洞窟」的體貼吧。

「在水裡吃起來有點怪欸。」

「感覺不會好吃呢。」

伊雷文翻了翻袋子，隨便取出肉乾咬了一口，露出苦瓜臉。雖然在水裡味道不變，但泡過水的東西吃起來還是有點一言難盡。

「伊雷文，偷吃不好哦。」

「好啦好啦，我只拿這塊。」

伊雷文這麼說著，把手上捏著的那塊肉乾拿到劫爾正在準備的營火上烤。

他只是一時興起，沒什麼特別的意思。「礙事。」聽見劫爾的抱怨，伊雷文隨口敷衍幾句，往烤過的肉乾上又咬了一口。

「……」

「伊雷文？」

「這樣吃起來好像沒濕掉欸？」

烤過的部分還帶著熱度。

利瑟爾接過伊雷文手上的肉乾，也試著咬了一口。伊雷文說的沒錯，吃起來完全沒浸水，表面烤過的色澤和肉香都不受影響。

就這樣，利瑟爾他們取得了「不管什麼東西，只要烤過就沒問題」的正義。雖然不懂這是什麼原理，不過反正可以吃到美味的食物就好。三人相視點頭，立刻開始從食物袋裡取出能夠火烤的東西。

「啊，好棒喔有麵子欸，麵子！我們烤來吃吧！」

「這時候就該吃肉吧。」

「啊，裡面也有芋薯呢。」

手掌大的芋薯沉甸甸的，利瑟爾把它拿在手上點了個頭，看向伊雷文。

「伊雷文，可以跟你借個小刀嗎？」

「嗄，為啥？喔，要切喔，給我……」

「對呀，我來切。」

利瑟爾乾脆地說道，伊雷文和劫爾一聽，頓時停下所有動作。

眼前這位前貴族有沒有做過料理這種事？他們尋思。不，他從來沒煮過東西，他本人都這麼說過了。在此之前，利瑟爾也總是一副很想嘗試的樣子，但從來沒有這麼明確地要求過。

二人異常嚴肅的目光交會了一瞬間。

「你沒耐性，會把糰子烤焦吧。」

「哪會啊。啊，不過這樣講的話，隊長感覺很適合負責烤欸。」

「不，我必須切這個。」

利瑟爾面帶微笑乾脆地答道，劫爾他們聽了別開視線，響亮地嘖了一聲。

與其讓他拿平常用不慣的小刀，還不如讓他用火。畢竟利瑟爾平時使用魔法就會接觸到火，依他們判斷比較沒有危險，但還是失敗了。二人完美的演技對利瑟爾無效。

沒錯，利瑟爾可不是能靠這種方法敷衍過去的人物。一反他表面上沉穩客氣的形象，至今不管誰怎麼說，凡是自己想做的事情，利瑟爾全都實行了。

倒不如說，從這種講法聽來，他已經打定主意要切了。利瑟爾是不會退讓的。

「……我的小刀都超利的欸，還是大哥的……」
「我的也好不到哪去，你的種類比較多吧。」
換言之，這是叫伊雷文拿一把最安全的刀子給他的意思。
伊雷文考慮半天，心不甘情不願地拿出一把小刀。刀刃偏短好握，單邊刃，說起來就是設計最像菜刀的一把。
「隊長，這把給你，不要切到手喔。」
「謝謝你。」
伊雷文捏著刀刃把小刀遞給他，利瑟爾高興地伸手接過。
接著他興沖沖地從腰包拿出一面砧板，擺在大腿上。這是利瑟爾先前自己開到的迷宮品，「不管使用幾次都不會磨損的砧板」。
「隊長，一開始先讓我切，我來啦，你看芋薯是圓的欸。」
「我看也知道呀。」
「會切到！你會切到手！」
「咦？但賈吉都是這樣……」
「你不要把自己跟他相提並論。」劫爾說。
賈吉可是用野外的營火和一只平底鍋就能完美做出豪華全餐的男人。
伊雷文好像打算全程陪在旁邊盯著利瑟爾。劫爾於是決定把一切都交給他，面朝營火，專心燒烤其他食材。再這樣看下去，他會想把利瑟爾手上的東西全部沒收。
「嗯？怎麼會這樣，我以為應該要更，怎麼說……順順地咚咚咚切下去才對……」

完全沒做過菜的人才會這樣說。

芋薯看起來就很硬，業餘的怎麼可能切得多順。劫爾和伊雷文自己煮東西的時候也是切一切拿去烤而已，味道也只求能吃，所以也沒有立場批評別人的廚藝……但對於利瑟爾，他們有信心自己完全有資格評論。

劫爾默默烤著肉，跟自己說絕對不要回頭。

「不對，隊長你的手！貓咪！你要變成貓咪！」

「喵──」

劫爾忍不住回頭了。

「不是啦！隊長你一臉正經地喵什麼啦不是跟你說很危險嗎！」

「咦，可是剛剛……」

「看著你的手！」

利瑟爾一定是認真的，不如說以前從來沒見過他這麼認真。劫爾心想，看著利瑟爾依言照做卻不知為何挨罵的那副納悶模樣。

確實，跟利瑟爾說什麼貓爪切菜法，他一定完全沒聽過，他聽到貓手只會聯想到可愛的貓咪而已。利瑟爾從書本吸收的知識當中，烹飪用語裡面也不會出現貓。

但這種事說出口感覺實在太令人疲倦，所以劫爾放棄吐槽也放棄幫他打圓場了，反正有伊雷文看著他也不會受傷。

「所以就跟你說手要比成貓手了！手指來，像這樣……」

「啊，原來如此。」

伊雷文抓著他的手指一根一根往下扳，利瑟爾看了恍然大悟。

看來剛才那段對話的誤會已經澄清了。劫爾聽著背後傳來的說話聲，暗自決定從今以後再也不要讓利瑟爾下廚。不練習就不會進步，但這種事他才不管，反正利瑟爾的廚藝不必進步也沒差。

「劫爾，你看。切得怎麼樣呀？」

「……你基本上手很巧啊。」

儘管經過一番苦戰，芋薯還是以等間隔漂亮地切好，閃閃發亮地躺在砧板上。

79

就在利瑟爾他們差不多結束迷宮探索第一天的時候。

為了傳話而拜訪旅店的納赫斯，正和旅店主人一起喝酒。二人畢竟一段時間沒見到面了，而且利瑟爾他們三人不在，旅店的房客就只剩下一對夫妻，旅店主人很容易在晚上空出時間。

順帶一提，一開始納赫斯本來準備傳完話就跟親愛的搭檔繼續空中散步，是旅店主人挽留他說「那些性格強烈的人一不在我總覺得特別寂寞啊你竟然在這種時候丟下我一個人實在太過分了」，於是今晚的酒會就這麼決定了。

「貴族客人不在的時候另外那兩人真是有夠恐怖啦，他們單獨一個人的時候那種冷漠的態度到底是怎麼回事？像獸人客人啊，不管問他什麼都只會答個很不客氣的『嗄？』他會好好回答的也只有跟食物有關的話題，而且只有在想叫你煮什麼東西吃的時候才會好好跟你搭話，但每次他主動搭話還是讓人忍不住有點開心，那種個性真的是太犯規啦!!」

「真是的，那傢伙在奇妙的地方表現得很親切哦。」

「像一刀客人啊，在他一個人的時候跟他對峙會讓我做好死亡的覺悟……殺氣什麼的我根本不懂啦，但就是非常恐怖，明明他沒對我做什麼基本上也對我漠不關心但就是非常恐怖。可是看到他舉止符合常識的時候就會因為反差而強化了好幾倍他看起來是好人的效果欸為什麼?!這種法則太不可思議啦！」

「我想他是不會主動引發麻煩事的男人。」

旅店主人一邊抱怨，臉上卻一副喜形於色的樣子，看來他嘴上這麼說，其實還是滿樂在其中的。

納赫斯看著喝了酒面紅耳赤的友人這麼想道，自己也仰頭灌了一口酒。依照利瑟爾他們的性格，要是有什麼不滿意的地方感覺他們會立刻搬出旅店，可見他們雙方應該都處得不錯吧。

也不枉費他當初沒有介紹一般的旅舍，而是這位思路有點特殊的朋友所經營的旅店給他們了，納赫斯使勁點點頭。

「哎呀這兩個人跟貴族客人在一起的時候該怎麼說，牆壁會變得比較薄嗎？感覺會變得比較沒那麼難以親近啦，像是兇暴的魔物有鎖鍊拴著，所以靠近到一定距離沒有問題的感覺。」

「是啊，你那種比喻滿貼切的。」

問題在於，握住那道鎖鍊的人完全不打算控制旅店主人口中的那些「兇暴魔物」。他面帶微笑接過魔物主動遞出的鎖鍊，不拉不扯也不調教，只是靜靜握在手中而已。

「如果那兩人也像貴族客人那麼沉穩溫柔地對待我就好了，這樣對我的胃也比較好啊。貴族客人真不愧是最近獲得附近小孩子『王子』封號的人欸，平常這一定是爆笑綽號，但我一聽卻覺得好適合他哦，明明氣質這麼高貴卻意外有親和力而且又不擺架子到底是符合誰的喜好啊！原來是我的！」

「真是的，他既然是老大，不好好把排行比較小的顧好我會很傷腦筋的。」

「那啥意思，你是說他是隊長，應該好好照顧隊員的意思嗎？為什麼你從剛才開始就常常切換成媽媽視角啊？怎麼回事？」

本來納赫斯的個性雖然很會照顧人，但也僅此而已。他絕不會受到一時的情緒影響，作風務實又理性。這種人居然主動跑去照顧利瑟爾他們，太稀奇了，旅店主人嘆了口氣，沒考慮到自己是否有資格這麼說。

不用說，多虧了某隊伍的三名成員，這一整晚他們有了聊不完的話題。

展開「人魚公主洞窟」攻略的第二天，利瑟爾他們和第一天一樣，沿著海底遺跡的迴廊前進。

每一座迷宮雖然都極具特色，不過進入迷宮之後往往從第一層到最深層都是類似的景色。假如每一層的構造都不一樣會更難以攻略，雖然利瑟爾也明白這點，但一成不變的景色對他來說還是稍嫌無趣。

利瑟爾邊望著腐朽倒塌的石像邊從它旁邊走過，接著忽然停下腳步。

「出了這座迷宮，感覺會很痛苦呢。」

「怎麼說？」劫爾問。

「絕對會覺得身體很重。」

「啊，有可能欸。」

伊雷文說著往地面一蹬，揮劍斬殺了漂浮在前方的果凍狀魔物。

這是一種名叫「水中元素精靈」的魔物。正如其名，牠的特性和陸地上的元素精靈幾乎相同。一般元素精靈的魔力像火焰一樣在核心周圍搖曳，水中元素精靈則裹著像柔軟的果凍一樣，形狀不定的魔力。牠們全身透明，泛著淡淡的色澤，在水中微微發光，夜裡看起來說不定很美。

「回到外面揮劍說不定會用力過頭。」

「對啊，感覺會忘記本來的手感！」

二人接連砍向水中元素精靈，動作穩健俐落。

但連利瑟爾也看得出來，他們的打鬥方式和平時有所不同，應該是調整成了適合在水中活動的動作吧。

真不簡單，利瑟爾邊想邊像平常一樣擊殺魔物。

「那我們是不是不要連續好幾天都待在這裡面比較好啊？」伊雷文問。

「不知道耶，想通關的話像這樣一口氣攻略說不定比較有利，可以習慣在水中活動的感覺。」

要是每次潛入迷宮都得重新適應，到了深層想必會拖累攻略進度。

劫爾和伊雷文一開始也是一邊抱怨「好難活動」一邊應戰，還是在身體習慣水底環境的時候迅速攻略比較好吧。如果要與頭目交手，那就更不用說了。

「好啦，最後一隻！」

打倒了集體出現在面前的這群魔物，利瑟爾一行人再度沿著迴廊邁開腳步。

沒走多遠，他們就在地板上發現了一個挖空的洞穴，像遺跡崩落留下的洞一樣。幽暗的洞穴深不見底，利瑟爾他們就這麼踏進洞裡。

由於水的透明度相當高，彷彿產生一種立刻就會掉到洞底的錯覺。不過這裡是水底，因此身體只是緩緩下沉。

「都沒出現魚類魔物欸。」

「啊，有一隻會在這附近的中層出現哦。」

「不是一種？」伊雷文回問。

「不是，是一隻。」

利瑟爾的迷宮知識幾乎都來自書本。

若不是真的因故亟需，他不會購買公會販賣的迷宮地圖，相關書籍也只閱讀到足以在選擇迷宮時當作參考的程度。平時他頂多翻翻迷宮介紹書和魔物圖鑑，以想像迷宮內部模樣為樂而已。

這是因為他重視的是「怎麼做才能享受迷宮樂趣」，這一點劫爾和伊雷文也差不多。到目前為止，利瑟爾買過的迷宮地圖也只有商業國馬凱德的「水晶遺跡」地圖而已。

「不過，聽說是不必交手也能通過的魔物。」

「太麻煩的話避開就好。」

「是呀。」

三人降落到一條新的迴廊上。

他們就這麼往前走，在通道盡頭看見了往上漂浮的氣泡。魔法陣散發著柔和的光輝，將氣泡照成了夢幻的光彩，這就是這座迷宮通往下一層的傳送點。

「接下來是第幾層啊？」

「第十八層。」利瑟爾回答。

三人一站上去，魔法陣便冒出了無數的氣泡。

氣泡濃密得幾乎掩蓋整個視野，接著是彷彿整個人被抬升一樣的漂浮感。然而踏到地面的感覺並沒有隨之到來，三人就這麼再度沉入水底。

利瑟爾保持著仰躺的姿勢，望著頭頂上發光的魔法陣逐漸遠離。口中漏出的氣泡向上漂去，利瑟爾垂下眼瞼，任由身體持續下沉。

「讓人回想起地底龍那時候的事情呢。」

在水裡漂蕩久了彷彿連思緒都要一併溶進水中，真糟糕，利瑟爾睜開眼睛，望向身邊的劫爾。只見他維持著頭上腳下的姿勢下沉，黑色的外套在水中飄搖。

「是啊。」

說起來是有這麼回事，劫爾瞥了他一眼，點頭說道。對他來說，受到龍息洗禮這種壯烈的經驗也沒什麼大不了吧。自己倒是記得那種滾燙的熱度，原來這就是經驗的差距嗎，利瑟爾獨自在心裡點頭。

「隊長，你是說你在騎士學校講過的那個地底龍喔？」

「是呀。是在隱藏房間發現的，所以算是……隱藏頭目？是這樣說的嗎？」

「龍喔……在魔物裡面算是最上位的啦，但畢竟還是迷宮裡的龍嘛。」

伊雷文煩躁地壓好一直飄起來的兜帽，頭下腳上靈巧地盤著腿這麼說，利瑟爾和劫爾聽了都點點頭。

分類上屬於龍種的魔物很多，但真正意義上純粹的龍在迷宮裡是找不到的。利瑟爾他們曾經交手的地底龍在迷宮當中已屬破格的強度，但與真正的龍族相比，牠也不過是弱者。

也有人將龍族視為環境的一部分，敬畏牠們的力量，視之為一種災害。龍的居所已經不只是危險地區，有些甚至被劃為聖域。這就是龍族，是壓倒性力量的化身。

「但在那個『最惡質迷宮』啊，不是有看到大哥在跟超大的飛龍搏鬥嗎？你打贏了？」

「算是。」

劫爾苦澀地咋舌肯定道。凡是知道龍族有多強大的人，一定不會相信劫爾的話吧。

但利瑟爾毫不存疑，只是苦笑著心想，看來那是一場只能勉強稱之為勝利的苦戰。哈哈大笑的伊雷文也一樣，畢竟利瑟爾他們的裝備也用上了那隻飛龍的素材，而且即使撇除這點不談，他們也會相信劫爾吧。

不過話說回來……利瑟爾點了點頭。剛遇見劫爾的時候還不太明白那些材料的價值，還真虧他願意將那些豈止稀少、簡直接近傳說的素材就這麼隨便送給他使用。假如將飛龍的素材售出，肯定還來不及標價，它就會受到等同國寶的處置吧。

「那段回憶只播出剛開始交手的部分對吧，打得那麼辛苦嗎？」

「手臂和腿被扯掉了好幾次。」

利瑟爾和伊雷文忍不住無語看向劫爾。

以前在拍賣會場問他上級回復藥效果的時候，劫爾確實說過類似的話。只有在迷宮才能取得的最高級回復藥……以劫爾的實力，持有幾瓶也沒什麼好奇怪。

劫爾說那場戰鬥幾乎用光他累積的上級回復藥，可見是一場激戰。伊雷文靈巧地朝利瑟爾湊了過去，臉靠在他旁邊說：

「人家都說龍族認真起來可以滅掉整個大國，看來是真的欸！」
「是呀，雖說是以前的事，竟然有辦法讓劫爾受到重傷……」
「就是說啊，居然連大哥都只能勉強打贏欸。」
聲音在水中聽起來特別響，他們露骨的悄悄話聽得一清二楚。為什麼只是自己曾經陷入苦戰，就被他們說得這麼誇張？劫爾無奈地嘆了口氣，氣泡掠過他臉頰往上方漂去。儘管如此，劫爾還是在心裡盤算著「換作是現在的自己一定能用好一點的方式作戰」，看來利瑟爾他們那段悄悄話的內容也不算有錯。
接著劫爾收起下顎，朝水底看去。
「但是說到龍，有一次我遇過——」
利瑟爾才說到一半，伊雷文便掩住了他的嘴。
察覺二人的視線稍微凌厲了幾分，利瑟爾確認伊雷文鬆開手之後便調整自己的姿勢，擅自拉著劫爾的手臂從仰躺調整為直立的站姿。
「……就是這一層嗎？」
「好像是欸，有東西在。」
聽見利瑟爾壓低聲音這麼問，伊雷文也翻了半圈直起身子，直盯著腳底下肯定道。
說起這座「人魚公主洞窟」，一定會聽見幾個傳聞。一是至今無人通關，一是整座迷宮都位於水底，最後還有一個，那就是有一條只會在中層現身的魚類魔物。
在這些傳聞當中，所有人談起那條魔物都會嚴肅地說：不用跟牠交手，也不要想跟牠交手，實際見過就知道了。

往正下方延伸的通道即將來到終點，底下是一片類似聖堂的寬敞空間，中央有著五顏六色的美麗珊瑚和水草，還有一條魚類魔物佇立其中。

「靠，也太大……」

「看起來很硬。」

牠長著比成年人一顆頭還大的巨牙，外表看起來相當猙獰，巨大得連站在牠身邊都必須抬頭仰望。鱗片厚得像岩石，如鎧甲般包覆住牠整個身體。

這隻擁有「鎧王鮫（通稱鎧鮫）」之稱的魔物，正在他們眼前悠然擺著魚尾靜靜沉眠。

「要是被這種魔物追趕一定很恐怖呢。」

「是叫我們不要被牠發現，偷偷移動到那邊的意思喔。」

三人停在降落到聖堂之前的位置，環視底下的大廳。

伊雷文往大廳一角指去，那裡可以看見通往前方的通道，和現在他們所在的這條通道一樣，以鎧王鮫巨大的身軀無法入侵。正統的攻略方法便是悄悄通過這間聖堂，不吵醒鎧王鮫。

「（但他們看來沒有這個打算。）」

利瑟爾瞥了劫爾他們一眼，二人臉上已經浮現好戰的笑容。

他們二人本來就喜歡與強敵交手，就算攻略過程一切順利，一行人也要等到明天以後才有可能見到頭目。即使在這裡用盡體力也沒有問題，只要他們想打，利瑟爾沒有理由阻止。

而且利瑟爾也知道，他們並不只是想與強敵交手而已……雖然由他口中說出其中的理由有點不太恰當。

「可以嗎？」劫爾問。

「隨你們高興。」

隊伍的行動方針由隊長決定。聽見劫爾出言確認，利瑟爾朝他微微一笑，下達了戰鬥許可。

二人拔劍出鞘，利瑟爾也跟著喚出魔銃，對準鎧王鮫。

「牠進不來，如果從這裡一點一點攻擊，感覺可以安全打倒牠呢。」

「隊長好賤喔——」

「火力不夠吧。連那個S階的弓箭大概也打不出致命傷。」

連西翠也不行，那自己大概沒指望了，利瑟爾坦然放棄。

三人下降到大廳底部，離鎧王鮫還有一段距離的地方。接近到這裡，牠看起來顯得更加巨大，身體在水中緩緩上下浮動，彷彿聽得見水流通過牠魚鰓的聲音。

「……？」

「……」

「！……？」

為了避免吵醒牠，三人互使眼色，彼此重複了幾次敦促、搖頭的動作，然後相視點頭。

利瑟爾首先架起魔銃。灌注的魔力是風屬性，魔力量比平時高出數倍，但即使如此也不確定是否能打碎牠鎧甲般的鱗片。理想狀況是一擊必殺，但一定不可能這麼順利。

「（萬一牠聽見槍聲立刻閃過怎麼辦？）」

不過牠才剛睡醒，應該沒問題吧。利瑟爾獨自下了結論，接著一派輕鬆地點燃戰火。

威力與速度都經過提升的魔力彈，貫穿了睡眠時依然圓睜的巨大魚眼。鎧王鮫彈跳般劇烈抖動身軀，以巨大身形難以想像的速度高高躍起，接著環繞大廳迴游了一大圈，從遠處牢牢盯著這個方向。

「打得很淺，牠可能只是暫時失去視力而已。」利瑟爾說。

「很好了。」劫爾說。

鎧王鮫大幅擺動尾鰭，緊接著加速游來。

牠長滿兇惡獠牙的大嘴張開到極限，以猛烈的氣勢朝著利瑟爾他們逼近，有如恐懼的化身，縱然知道自己即將無助地遭到牠啃食殆盡，任誰看了仍然都只能呆立原地。

但利瑟爾他們沒有因此動搖。

「你們往上。」

「好喔！」

伊雷文抓著利瑟爾的手臂，猛力往地面一蹬，朝著鎧鮫的正上方逃跑。劫爾往牠失去視力的那一側避開，與牠錯身而過的同時使勁揮砍。

鏗！鈍重的聲音在水中迴響，撼動耳膜。

「比力氣劫爾居然輸給對方，我還是第一次看到。」

「這裡完全踩不穩啊，雖然是比真的站在水裡好一點啦。」

看見劫爾被鎧王鮫推得退後，利瑟爾佩服地喃喃說道。

鎧王鮫就這麼游往大廳邊緣，又大幅轉換方向。

「是說那一擊還砍不下去，未免太硬了吧。」伊雷文說。

「上面呢？」劫爾問。

「沒辦法從上面進攻，看起來上方的裝甲最厚。」
萬一在無法著地的狀態下遭到牠狙擊，那就不得了了。
劫爾拉著利瑟爾他們迅速降落地面。鎧王鮫再度瞄準他們一行人，劇烈擺動尾鰭，張開血盆大口，躍動的猙獰模樣彷彿能夠將萬物咬碎，即使說牠是頭目也不會有人懷疑。
雖然自己不是幻象劇團「Phantasm」的成員，但這種狀況感覺很適合戰鬥用的激烈配樂。利瑟爾腦中浮現這種不符場合的想法，嘴角多了幾分笑意。
「唉唷可惡，很難活動欸——！」
鎧王鮫猛衝過來，伊雷文揮劍砍擊的同時靠著反作用力避開。
這點程度的攻擊就連牠的前進路線都無法改變，但這種稍有差池就會被利齒咬掉整條手臂的狀況，對伊雷文而言也不稀奇。
「劫爾。」
「嗯。」
在伊雷文身後，劫爾反手握住事先取出的一把銅劍，在鎧王鮫即將游過身邊的同時使勁往牠口腔內扔去。但鎧王鮫察覺了他的攻勢，銅劍被整把咬碎。
這也在他預料之中。果然嗎，劫爾不以為意地想道，將利瑟爾擋在自己身後，閃身避開鎧王鮫。幾瞬之後——
「我要上了。」
利瑟爾的魔法發動了。
剛才利瑟爾他們站立的地面隆起，化為一道牆壁阻絕鎧王鮫前進。如果撞上牆壁能夠讓牠停止活動幾秒就算賺到了，但鎧王鮫壓低身體，滑過地面般劇烈改變前進方向，躲過了這一擊。

「體型這麼巨大，牠的動作還是相當敏銳呢。」

「怎麼辦？」劫爾問。

鎧王鮫攪動的水流晚一步撲來，利瑟爾一邊習慣性將水流沖亂的頭髮撥到耳後，一邊思考。

雖然這一次牠緊急避開了突然出現在眼前的牆壁，但下一次恐怕會直接正面破壞障礙物吧。利瑟爾看了看握緊劍柄緊盯敵方的劫爾他們，又看了看再度擺尾準備衝刺的鎧王鮫，利瑟爾點了個頭。

「嗯，我們稍微商討一下戰略吧。」

「打得正熱鬧的時候還能果斷說出這種話，太有隊長的風格啦。」

眼見利瑟爾抬手指向前往下一階層的通道，伊雷文哈哈笑著說道。

利瑟爾一行人躲開鎧王鮫的襲擊，來到通道裡避難。

這條有點狹窄的通道完全是安全地帶，在這裡可以悠哉欣賞鎧王鮫時不時警戒似地游過入口前方的模樣。當然，擁有這種餘暇的人少之又少。

他們三人就屬於這種少數派。儘管狀況緊迫，利瑟爾一行人還是優閒地展開談話，在這種場合實在顯得太過突兀。

「要再打瞎牠另一隻眼睛看看嗎？」伊雷文問。

「牠全瞎了要是亂動也很煩人吧。」
「比較柔軟的應該還是魚腹那一側吧？」利瑟爾說。
「啊——牠都是緊貼著地板移動嘛。」
「至少鱗片會比較薄吧。」劫爾同意。
鎧王鮫的游動方式就像貼著地面爬行一樣，腹部長的應該不是岩石般的鱗片才對。
話雖如此，腹部肯定還是覆蓋著堅硬的鱗片，半吊子的攻擊是不可能奏效的。說到底，即使眼前出現一道牆壁牠也沒有選擇往上逃離，真的有可能輕易暴露腹部嗎？
「剛才隊長的那個魔法啊，不能從牠正下方放出來嗎？」
「大概會被牠躲過，不曉得是不是對魔力有反應……」
假如可以零時間差準確從牠正下方發動，說不定還有機會命中。
但是地面隆起的速度有限，再加上鎧王鮫體型那麼龐大，魔法規模要足以將牠撐起，無論如何發動速度都會下降。
以鎧王鮫的那種衝撞力道，靠著蠻力越過障礙物也不奇怪。
「假如以魔銃發射土屬性的魔力，這些缺點都能解決，但是……」
「那就用那個不就好了？」
「你那效果是隨機的吧。」
「是呀……」
魔銃當中灌注了土屬性魔力的時候，假如發動成功，尖銳的土塊會在魔彈打進地面的瞬間直接擊中鎧鮫的腹部。

但土屬性魔彈的效果完全隨機，只知道它一定能讓地面「發生某些事」，具體的效果無法事先得知。之前使用土屬性的時候地面曾經打出大洞，也曾經隆起，有時候變成一片泥沼，有時候還會形成奇怪的銅像。

地板會發生什麼事沒有人知道，利瑟爾也不知道。不愧是迷宮品。

「隊長，那種東西你都什麼時候用啊？」

「像是野營守夜沒事做的時候呀，我會拿出來試試它有沒有規則。」

原來如此，難怪有時明明沒感受到魔物的氣息卻聽到了槍聲，二人聽了恍然大悟。

劫爾和伊雷文聽見不自然的聲響都很容易醒來，但也很快就能再度入睡，這點程度不會對睡眠造成妨礙，所以之前一直沒有多問。沒想到利瑟爾居然是在做實驗……他們原以為他是在保養或調整魔銃呢。

「賭這個隨機效果好像有點危險。」

「是啊，感覺會被牠輾死。」劫爾同意。

一股水流猛地灌進通道，想必是鎧鮫游過了通道前方威嚇他們。

「乾脆大哥直接滑進去把牠抬起來不就好了？」

「你去啊。」

劫爾也是有做得到的事和做不到的事。

「還是希望盡可能一口氣解決牠呢。」

原本劫爾和伊雷文都打算獨自潛入這座迷宮。

假如只是想獲得勝利，他們都有辦法；但一定不可能毫髮無傷，也必須花上一段時間，而這並非利瑟爾所願。

他們也不想受傷，而且確信利瑟爾無疑會為他們想出最好的對策。

「不過試著使用魔銃也許不錯呢，晚餐的時候也確認過它可以派上用場了。」

對著一雙無奈、一雙興味盎然的眼瞳，利瑟爾粲然露出微笑。

看見三人再度現身大廳，鎧鮫猛力咬響牙齒發出鏗鏗巨響，撞擊聲幾乎引發耳鳴，周遭的水流也隨之震顫。

緊接著牠大幅度擺尾，這也是牠猛衝的前兆，但利瑟爾一行人沒有擺出任何姿勢抵擋，就這麼不為所動地站在原地。不曉得牠是否視之為一種挑釁，只見鎧王鮫鏗一聲地咬緊牙齒，然後暴露出整排利牙以及口腔內部，以咬碎萬物之勢緊急加速。

眼見敵方毫無保留地顯露敵意，劫爾和伊雷文也立刻蹬向地面，主動逼近朝這裡衝來的鎧王鮫。

「時機只有一瞬間，別錯過了。」

只有利瑟爾獨自待在原地沒有行動，忽然輕輕一揚手。

五把魔銃出現在他身後，下一秒所有魔銃一齊發出爆裂音擊發。音量甚至堪比鎧王鮫的擊齒音，牠巨大的身軀一瞬間失去平衡。接著又是一陣槍聲乘勝追擊，鎧王鮫完全失去了衝勢。

火焰朝牠席捲而去，那尾龐然大物反射性想逃離火焰，但前方已遭到火海包圍，又無法後退，於是牠朝著上方唯一留下的活路上浮。

「這樣就進得去啦！」

伊雷文滑進魚腹底下。

比起一切最講求銳利度的雙劍，以水中無法想像的速度閃出一道劍光，接著順勢迴身又是一閃。鎧鮫的巨軀下沉，打算將敵人輾斃，但伊雷文往上一踢，順著反作用力從牠身下退開。

劫爾緊接著踏進魚腹下方，將大劍往刻著十字刀痕的鱗片中心一刺。劍刃擊碎了堅硬的鱗片，半截埋進鎧鮫身體裡，然後刺到骨頭卡住了。

「……礙事。」

但劫爾彷彿對卡住劍刃的阻礙視若無睹，放開劍柄將柄頭往上一踢。響起什麼東西破壞的啪喀一聲，大劍隨之埋入鎧鮫體內，直刺到底。

「真難得看見你完全靠蠻力取勝的樣子。」

「也沒什麼好看的。」

大劍幾乎整把埋到劍柄處，確實貫穿了鎧王鮫的心臟。

雙方攻防只在一瞬之間，鎧王鮫無暇逃竄，就這麼發出撼動整間大廳的慘叫，接著渾身猛烈搖晃一下，便橫過身斷了氣。

等了幾秒，確認鎧王鮫已經完全不動了，劫爾便拔出深深刺在牠體內的那把大劍。

「我也是有點想再玩一下啦。」

「迷宮也還有很多層，這是為了保存體力呀。」

劫爾想與強敵較勁，伊雷文追求戰鬥中的刺激，這次交手無法滿足他們吧。

不過如果想好好玩一場，後面還有頭目等著；如果想與鎧王鮫再戰，他們也可以重新潛入這座迷宮。

「不曉得我單打能不能贏欸。」

「沒有我們在，你應該比較能夠全力發揮吧。」

「啥？啊，對喔，說得也是。」

在他們聊著這件事的時候，劫爾朝著鎧王鮫伸出手，扯著牠的腮往自己的腰包靠近，那巨大的身軀便整個被吸入腰包當中收納起來。

「這個原來可以帶回去呀。」

「根據聽到的傳聞應該沒問題。」

一般而言，在迷宮中打倒的魔物過一陣子就會消失。

不過能夠食用的魔物屍體只要保存起來就不會消失，這點和一般的素材一樣：放置原地不管會消失不見，但剝取下來的素材會留在手邊。

依據魔物的不同，也有些魔物明明屬於可以食用的種類，卻會在離開迷宮的同時消失，只有在迷宮內部才有辦法食用。原因不明，不過想必是迷宮在見機行事吧。

「太好了。」

不用說，鎧王鮫的素材當然是一級品，打倒牠這件事本身也是身為冒險者的一種榮譽。

利瑟爾卻完全沒想到這些，只是露出略帶揶揄的微笑。

「不曉得吃起來是什麼味道。」

劫爾聞言嘆了口氣，伊雷文也衝著他露出一道裝模作樣的笑容。

鎧王鮫是在碼頭被奉為傳說的魔物，牠的肉從前曾經流通過一次，據說嘗起來美味到筆墨難以形容。這件事至今仍在漁夫之間口耳相傳，鎧王鮫的解體技術也從當時流傳至今。

正因為聽見了這個傳說，劫爾和伊雷文才會選擇潛入這座迷宮。在某個奇特委託回答奇怪問題的時候，他們二人都看見利瑟爾那副有點惋惜的模樣了。既然都要吃，當然是找越美味的魚越好。

「等到處理完可以食用的時候，我們一起吃吧。」

假如在這時候道謝，他們一定會不高興吧。利瑟爾微笑說完，便邁開腳步往前走。畢竟他能送給那兩人的回禮也只有一個——與這座迷宮頭目的戰鬥。

「看起來不怎麼好吃啊。」

「解體不知道要花多久欸。」

看來利瑟爾的判斷沒有錯，劫爾他們愉快地瞇細了眼睛，跟在他身後走去。

三人一面討論該怎麼拜託漁夫們幫忙解體才好，一面重新展開迷宮攻略。

當利瑟爾他們終於抵達最深層的時候，是在鎧王鮫那場打鬥之後已經又過了兩晚，是他們進入迷宮之後第四天的中午。

在迷宮裡正好待了三天多，伊雷文的預估神準，假如保持這個步調順利通關，不必讓旅店主人多擔什麼心就可以回到旅店了。

不過，前提是他們得打倒至今沒有人能夠戰勝的頭目。

「無法打倒頭目，原來是到不了頭目所在之處的意思呀。」

三人仰望著巨大的石造門扉。

門扉和周遭建築物一樣由白色石材打造而成，表面刻著美麗的紋樣。整個空間裡隱約漂浮著光點，營造出相當夢幻的氛圍。門扉高度直抵天花板，怎麼推它、拉它都文風不動。

「沒有線索喔……」

「但這裡除了門以外也沒其他東西了。」劫爾說。

退後幾步打量整扇門扉，可以看出刻在門扉表面上那些紋樣的整體樣貌。

那些美麗的圖紋不曉得是文字還是記號，排列成圓形刻在門上。過去抵達這裡的冒險者們當然懷疑過它是不是暗號，但他們抄下這些紋樣帶回之後，據說無論找什麼學者幫忙，到最後仍然無法將它解開。

「我也聽到很多傳聞啦。」

一頭紅髮在水中漂搖，伊雷文撥著水和著頭髮玩，視線邊回想邊在半空游移。

「聽說有人試過破壞門啦、敲門啦，歌也唱啦，舞也跳啦，還有念咒語之類莫名其妙的方法都試過，但門就是不開。」

剛發現這座迷宮的時候，想必冒險者們真的嘗試了各式各樣的方法。

但門還是不開，慢慢地，前來挑戰的人也越來越少，到了現在，這座迷宮無法通關已經成了理所當然的事情。

「假如是暗號，你應該看得懂吧。」

劫爾說著側眼一瞥，看見利瑟爾正凝神打量門上的紋樣。

他的視線沿著圓弧，一點一點緩緩掃過那些紋路，就這麼重複看了好幾次。不經意往利瑟爾垂在身側的手指一看，他的食指正一下一下輕敲著繫在腿上的皮帶。

敲擊的頻率並不規則，看起來好像在數著某種節奏。先前利瑟爾有這種習慣動作嗎？劫爾訝異地忖道，在他視線另一端，利瑟爾忽然張開雙唇，視線仍然沒有從門上移開：

「伊雷文。」

「嗯？」

「你剛剛提到的『唱歌』，知道詳情嗎？」

好了，那是在哪裡聽到的消息呢？伊雷文的嘴唇勾成一道笑弧。

消息大部分來自冒險者公會，在地下酒館能查證的他都查證過了。一堆胡說八道的消息當然不可能有什麼佐證，不過利瑟爾應該會對無人通關的迷宮感興趣，因此他會在閒暇時蒐集相關情報。

當中他覺得利瑟爾會感興趣的傳聞只有一個，那就是嘗試用「唱歌」方法開門的冒險者背後的根據。只能說不愧是利瑟爾。

「阿斯塔尼亞的學者說這些紋樣有可能是樂譜，後來把它破解成一首歌，但唱了門也沒開，所以猜錯了——我印象中大概是這樣啦。」

「知道那位學者是誰嗎？」

賓果。伊雷文臉上浮現讚賞的笑容，利瑟爾也朝他微微一笑。

「是這裡的國王——的弟弟。」

一聽伊雷文這麼說，劫爾撇撇嘴諷刺地笑了。

他笑的是利瑟爾，是不放過任何微小線索，能夠抽絲剝繭準確命中紅心的利瑟爾。如果是運氣使然就算了，但利瑟爾竟能憑思考做到這種地步，太可怕了。

「所以這個莫名其妙的紋路真的是樂譜喔，隊長？」

「對我們來說是樂譜沒錯。對於以前的人來說，它是語言……應該是文字或者文章吧。」

劫爾和伊雷文的腦海中不約而同浮現某種存在。

說她們是絕世美女也不足以形容那些女子的美麗，她們纖柔的肢體裡包藏著人類不可能擁有的魔力，居住於他人絕對無法涉足的領域。正因為她們是至高無上的存在，因此不受外人影響，只是順其自然，優美地活在世上。

這個種族已然成為不存在的傳說，她們至今仍然使用古代語言，以音色交談，她們的名字是——妖精。

既然利瑟爾能與她們交談，不可能讀不懂這些紋樣。

「但是照著上面寫的念……呃，唱出來？門不就應該會開了嗎？」

「如果是那種念出通關密語開門的機關，這麼做應該行得通吧。」

很可惜，利瑟爾指向門扉。

「這是一道問題。」

「表示他們知道這是古代語言，可是沒看懂它的意思喔？」

「看起來是這樣。」

即使如此，光只是宣告這些紋樣是樂譜，就足以讓利瑟爾對那位王族懷抱由衷的敬意，這份尊敬裡完全沒有絲毫知道解答的傲慢或優越感。

知道古代語言是歌聲的人，全世界不曉得有幾位。在原本的世界，利瑟爾之所以注意到古代語言的存在，也是因為他已經有了線索——那封被稱作樂譜的信。他以這份樂譜為基礎蒐集資料，花費了漫長的歲月加以解讀。

在這種狀況下，得知有位王族從零開始將古代語言解讀到這個地步，對於利瑟爾來說就像找到同胞一樣，他由衷感到高興。

「看來這個國家的王宮裡，也有很好的書庫呢。」

話雖如此，最吸引他的並不是那個人本身。

比起那位王族本人，利瑟爾對於他所使用的書籍比較感興趣。

「隊長真的是始終如一欸。」

「這傢伙先前還發牢騷嫌這個國家書太少嘛。」

二人在一旁說得不留情面。

利瑟爾面露苦笑，抬頭仰望那扇門扉。既然門上刻的是問題，那就必須回答。漂浮的氣泡中參雜著光點，在這片夢幻的水中光景當中，利瑟爾微啟雙唇，接著又立刻閉上。

「……你們這樣盯著看我很難辦事呢。」

他回過頭，對上劫爾和伊雷文意有所指的笑容。

說古代語言就等於是唱歌，而且這次的回答還有一定長度。換言之，他必須在回聲顯著的水中，一個人對著牆壁唱歌。

「你那時候不是照樣跟妖精溝通？」劫爾說。

「但那是對話呀。」

「讓我們聽一下沒差吧，反正隊長又不是音癡！」

「確實是沒有人說過我是音癡……」

看見二人一副拿他取樂的樣子，利瑟爾喃喃說了句「好害羞哦」，神情倒是看不出半點窘態。

接著，他緩緩將手伸進腰包，取出了一把小提琴。

「啊，隊長好奸詐！可以這樣喔？」

「古代語言的歌詞只是裝飾性質而已，只要有音色就能表達意思了。」

順帶一提，利瑟爾手上的小提琴是迷宮品。

它是「無論過多久都不需要調音的小提琴」，不愧是深層開出的迷宮品，性能相當優秀，但以冒險者的角度來說根本不需要。

利瑟爾將小提琴放上肩膀，下顎靠上琴身，呼吸一口氣，接著緩緩拉動琴弓。圓潤悠揚的音色逐漸淡去，留下些微尾韻，優美的琴聲絲毫不受水底的環境影響。

「——……——（我要開始了。）」

沉穩的嗓音宛如耳語，門板上的紋樣發出朦朧光暈。

漂浮在空間裡的光點以利瑟爾為中心改變了顏色，波紋般柔柔地朝四周擴散，同時小提琴的旋律響徹整個房間。

演奏緩緩迎來終結。

門扇宛如多年未經使用似的，發出吱嘎聲逐漸開啟。門板另一端，透明的魚鰭和水晶般閃動七彩光澤的鱗片在水中搖蕩。這確實配得上「人魚公主」的名號，利瑟爾看得入迷似地瞇細了雙眼。

80

那一天，騷動聲籠罩了整個港口。

興奮難耐的歡聲、驚愕，甚至有些人因為感慨過深而呆立原地。人群圍繞著一隻魔物聚集起來，即使橫躺在碼頭上，牠的體型仍然龐大得必須抬起頭才能看見全貌，渾身披著鎧甲般厚實的鱗片，已經死亡卻仍教人恐懼，簡直是猙獰的化身。鎧王鮫躺在那裡，露出的利牙象徵著牠有多麼殘虐兇暴，牢牢吸引所有人的目光。

「沒想到竟然會在我這一代，出現能夠收拾鎧鮫的傢伙啊……」

擁有健壯體魄，經驗老到的年邁漁夫，合起他握拳的雙手。

這是對著眼前的獵物，同時也對捕獵這條魔物的冒險者表達感謝。接著他舉起形狀特殊，有一個人那麼長的巨大解體用刀。

「小夥子們，給我看好了！英勇的戰士有一天遲早會現身，到了那個時候不要讓人家說咱們阿斯塔尼亞的男人連一條魚都不會處理啊！」

漁夫們手中的刀刃往鱗片之間的縫隙猛力一刺，鼓起的肌肉用力得幾乎浮出青筋，隨著他們充滿霸氣的吆喝，一枚厚實的魚鱗應聲剝落。

剛才利瑟爾攔住路過的漁夫，向他打聽熟悉魔物漁業的漁夫，等到對方為他帶路引薦之後，他只說了一句話：

『如果可以幫忙解體的話，這個想拜託你們……』

利瑟爾帶著溫煦的笑容這麼說完，就把鎧王鮫整條丟給漁夫處理了。

在對方既驚愕又感動的目光之中，利瑟爾一行人不為所動地離開了現場，沒有多看漁夫們在港口燃燒鬥志的情景就踏上歸途，就連平時總是對這類難得一見的光景深感興趣的利瑟爾，心裡也只想著回旅店一件事。

畢竟在迷宮裡，他一本書也沒讀。這幾天晚上他很快就能入眠，自己也意想不到，但這仍然不同於睡在床鋪，倦意沒有完全消除。

「該怎麼說呢，好累哦。」

「累死了。」

「超累的啦……」

最重要的是，他們覺得全身都好累。

倦怠感包裹全身，這種疲乏和激烈運動之後的疲勞又截然不同，利瑟爾他們已經一步也不想動了。頭腦昏昏沉沉，好想睡覺，而且習慣了水中的浮力，身體重得像綁了鉛塊。

「啊……」

「吵死了。」

「伊雷文，我懂你的心情。」

不曉得能不能再減輕一點重量，伊雷文擰著自己潮濕的頭髮。

在回程的小船上能弄乾的水分都弄乾了，他只從髮梢擰出一、兩滴水，落在地面留下黑色印子。

三人的步調比平時稍微趨緩一些，劫爾和伊雷文認真起來可以走得快一點，不過他們還是選擇配合利瑟爾的速度。反正也沒什麼急事，沒必要特地耗費體力趕回旅店。

「雖然可以正常行走，但環境果然還是水底比較好呢……」

「隊長，你腳步好不穩喔。」

「我覺得我快腳軟了。」

「要不我抱你？」

「很誘人的提案，不過容我婉拒吧。」

聽見劫爾瞇起眼揶揄地這麼問，利瑟爾也有趣地笑著回答。

和利瑟爾相比，劫爾他們能夠像平常一樣行走是因為他們都是一流的劍士，本來就精於克服習慣與變化的影響，隨心所欲活動自己的肢體。

話雖如此，他們兩人也一樣覺得累，儘管現在時間還不到黃昏，今天三個人肯定都不會再離開旅店半步了。

「好想洗熱水澡哦。」

「是喔，我想直接睡了……」

裝備已經弄乾了，但肌膚仍然潮濕，在阿斯塔尼亞溫暖的氣候當中，衣服裡的濕氣悶得要命。

劫爾和伊雷文還好一點，他們早就脫下外套，身上只穿著單薄的衣服；但利瑟爾脫下一件外套還是沒露出多少肌膚，濕氣實在令人難耐。

「隊長，你沖過澡就要睡了？」

「不知道耶，我也想看點書……」
「翻開書還是一樣會睡著吧。」
劫爾說得沒錯。
基本上利瑟爾讀書的時候不會覺得想睡，但今天肯定會看到不小心睡著。
「我想睡覺也想吃飯，大哥，晚餐時間到了叫我。」
「我也要睡啊。」
他們不打算一覺睡到明天早上，但誰也沒有晚餐時起得來的自信。
睡醒再到外面找間還開著的餐廳吃飯就好，但伊雷文連出門覓食都嫌麻煩，只想起床在旅店裡迅速吃個飯，然後繼續倒頭大睡。
還真少見到這二人潛入迷宮之後看起來這麼累，利瑟爾邊想邊推開抵達的旅店大門。
「我先用淋浴間哦。」
「嗯。」
他們邊說邊踏進旅店，正好碰上旅店主人吃完午餐走出餐廳。
他正拿脫下的圍裙擦著手，一看見利瑟爾他們，旅店主人的動作倏然停止，盯著他們三人凝視了數秒。
「現在浴室有人用嗎？」
「一瞬間以為是幻覺還想說我有這麼寂寞嗎結果不是，幻覺裡的貴族客人一定會露出最燦爛的微笑對我說『旅店主人，我回來了』才對，沒人用喔——」
那太好了，利瑟爾點點頭。三人從旅店主人手中接過鑰匙，分別前往各自的目的地。

劫爾爬上階梯回自己房間，伊雷文邊喊口渴邊走向廚房，利瑟爾則穿越玄關前往浴室。為了另外兩人著想，還是洗快點吧。

走到一半，利瑟爾停下腳步，回頭望向正在小櫃檯前看著住宿名簿的旅店主人。

「旅店主人。我們待會會睡到自然醒，所以不用準備我們三個人的晚餐。」

「好、好，我知道了……咦，你們是不舒服嗎？受傷了之類的？」

「沒有，只是很疲倦。」

是發燒、生病，還是過勞？旅店主人這麼想著，無意間注意到利瑟爾因濡濕而微捲的頭髮。這麼說來，好像聽說他們攻略的迷宮是「人魚公主洞窟」。

由於從來無人通關，還有在水中也能正常呼吸的特點，在阿斯塔尼亞除了冒險者以外的人們也聽說過這座迷宮。原來如此、原來如此，簡言之……旅店主人點點頭，一臉嚴肅地斷言：

「這就是游泳過後覺得身體很重很想睡的那種現象對吧，我懂。」

能獲得理解真是太好了，利瑟爾微微一笑，繼續往浴室走去。

要是悠哉泡在浴缸裡感覺會不小心睡著，還是先沖澡就好。利瑟爾一邊想著沖澡之後迎接他的柔軟床鋪，一邊踏進更衣間。

誰也無法通關的「人魚公主洞窟」，終於被人攻略了。

這情報在轉眼間傳了開來……才怪，誰也沒發現這件事。這座迷宮無法通關已經成為理所當然的常識，縱然有人帶著鎧王鮫回到港口，也沒有人把這件事跟迷宮通關聯想在一起。

本來公會是可以確認通關紀錄的，但是突破迷宮之後整整兩天，利瑟爾他們一次也沒有踏進冒險者公會。

歸根究柢，迷宮通關這種事情，公會大多都是在冒險者主動申報之後才會確認紀錄。沒有人會藏匿不報，除了誇耀自己的功績之外，通關對於升階也有加分效果。

順帶一提，其實史塔德會在每一次委託的時候確認公會卡上的更新情報——當然，不僅限於利瑟爾他們，從這種熟練的辦事手腕可以窺見他有多麼優秀。

在這種狀況下，只有三個人知道利瑟爾他們突破了這座迷宮。

一個是目送利瑟爾他們前往「人魚公主洞窟」的納赫斯，他從利瑟爾一行人口中，直接聽說了他們此行是以通關為目標。雖然還沒有跟他們見到面，但一聽見利瑟爾他們帶著鎧王鮫回到港口的傳聞，納赫斯瞬間領悟了一切。

一個是旅店主人。他收到了利瑟爾他們說要去攻略迷宮的口信，因此看見他們回來，很自然地覺得他們一定是成功通關了。那是一次也沒有人成功攻略的迷宮，但這兩件事不衝突，他確信不疑。

最後一個人，則是利瑟爾眼前的這位女性：幻象劇團「Phantasm」的團長。她含著麥管，大口吸起果汁加入嗆鼻汽水調製而成的果實水。

「是叫做鎧鮫嗎，那真是壯觀啊臭小子！假如能表現出這麼震撼人心的魔物我就心滿意足啦。」

「要演出魔物實在很困難呢。」

這裡不是利瑟爾最近時常前往的咖啡廳，而是較為大眾取向的餐飲店，兩人在桌前相對而坐。

鎧王鮫的解體工程仍持續進行，利瑟爾去參觀那宛如鐵匠打鐵般的加工情景的時候，正巧遇上團長也同樣前去參觀，好作為戲劇參考。他邀請團長一起喝個茶，然後就到了現在。

至於為什麼約她喝茶，是因為團長在見到他的瞬間立刻衝過來說：「打敗這傢伙的就是你們吧臭小子！」接著連珠炮似地問了他一連串問題。

「話說回來，沉在水底的世界啊……」

團長盤腿坐在椅子上，一隻手支著臉頰，咬著麥管一臉苦思的神情，原稿亂七八糟攤得整張桌子都是。

望著她認真的神態，利瑟爾也喝了一口擁有美麗漸層色彩的果實水。杯緣裝飾著花朵和水果片，果實切口的色澤鮮艷欲滴，這是阿斯塔尼亞的名產。

「雖然很有魅力，但重點還是舞臺上能表現到什麼程度啊臭小子。」

「畢竟觀眾對於迷宮並不熟悉呀。」

這水果該怎麼辦？利瑟爾低頭看著裝飾用的果實，邊想邊說下去。

「臺下的觀眾也不知道『迷宮就是這樣』的潛規則吧？」

「我也完全不知道。還得囉嗦地解釋為什麼能呼吸之類的，這不符合我的興趣啊臭小子！」

「不過我也覺得，故事的世界裡應該不需要道理和原因吧。」

世界觀越獨特，必要的說明量也會隨之增加。以團長的手腕想必能把這些說明巧妙融入劇情當中，但她本人不願意這麼做吧。

話說回來，利瑟爾只是她問什麼就答什麼而已，神奇的是團長不知為何已經把他們成功通關一事當作前提了。在這個時間點，利瑟爾一次也沒有跟她提過突破迷宮的事情。

「話說回來，人魚公主指的是迷宮頭目吧？」

團長正用潦草的筆跡速速記下迷宮內部的模樣，這時忽然抬起臉這麼問：

「沒人看過頭目長什麼樣子，迷宮卻取名叫『人魚公主洞窟』，這點很讓人在意啊。」

利瑟爾往她手邊一看，看見筆記上寫了一句「人類與人魚公主的禁斷愛情」。

對於魔物這麼深感興趣，是因為想當作下一齣戲的題材嗎？確實，雖說幻象劇團常常在各國之間巡迴演出，但他們不會有直接接觸到魔物的機會。

「迷宮裡面也有人魚雕像，名字有可能是從這邊來的吧。」

「不可能是已經有人攻略過了嗎臭小子。」

「這倒是不可能，因為我們確實拿到了通關報酬。」

迷宮首次有人通關的時候，在討伐頭目之後會出現迷宮給予的通關報酬。

報酬的出現方式五花八門，有時候是出現一扇通往小房間的門，有時候是寶箱隨著魔法陣的光輝出現等等。也有艾恩他們那種例子，開了門一看才發現金幣是撒在地板上的，散得整個小房間都是，所以這方面的演出效果也是有運氣好壞之分。

在這方面，利瑟爾他們碰到的算是比較能炒熱氣氛的演出。

「打倒頭目之後，房間中央漂亮的巨大貝殼就打開了。」

「哇，這演出不錯嘛！」

可惜的是難得看到這麼炫麗的演出，三人聊的卻是「假如裡面真的有貝肉那就可以吃到飽了」，實在很沒情調。

「裡面裝的是珍珠嗎臭小子！」

「算是類似的東西，裡面裝著一顆跟貝殼大小相應的巨大魔石。」

差不多這麼大，利瑟爾以雙手比出大小示意，寬度比他的臉還要寬。

魔石即使只是拳頭大小也足以稱為「特大魔石」，還會標上破格的價碼，因此利瑟爾比出的這種大小實在超乎想像。在原本的世界，他的前學生曾經不曉得從哪裡拿來差不多尺寸的魔石，結果那顆魔石立刻被指定為國寶了。

順帶一提，那顆魔石現在由劫爾負責保管。魔石也是石頭，它太重了，利瑟爾沒辦法輕易將它取出腰包或收回去。

「這用在登場那一幕感覺不錯啊臭小子！舞臺正中央放個貝殼，從底下打光，然後美麗的人魚公主從貝殼裡現身！老哏才是最受歡迎的王道！」

「團長小姐，飾演人魚公主的會是妳嗎？」

「哪可能，沒胸的人魚根本是詐欺好嗎！」

團長立刻斷言道。是這樣嗎？利瑟爾面露苦笑。

他並不這麼覺得，不過外表上的體型確實沒有辦法靠演技彌補，看來團長所追求的人魚形象是絕不可能跟她自己重疊的。

「你們打倒的人魚長怎樣啊！是美女嗎！」

「該怎麼說呢……長得就像水中元素精靈的首領那樣。」

「太煞風景啦！」
原以為來的會是美女，結果居然是形狀不定的塊狀魔力，太衝擊了。
「不過說到元素精靈，我也只聽說過牠們是一團沒有固定形體的魔力而已。」
「差不多就是這樣沒錯。元素精靈是高濃度魔力的聚合體，看起來就像一團火球。這種魔物和水同化之後，不知道為什麼成了果凍狀，這就是水中元素精靈……」
嗯、嗯，團長聽得非常認真。
對於戲劇以外的知識她並不熟悉，但反過來說，只要跟戲劇扯上一點關係，她就會貪婪地吸收新知。尤其是她正在構思與魔物相關的劇碼，而冒險者必須時時與魔物對峙，來自冒險者的情報對於現在的她來說相當寶貴。
畢竟就連魔物平時的步行方式這種過於瑣碎，但是戲劇演出上最基礎的情報，都是書本上找不到的。
團長這種貪婪的求知慾，也總是用在利瑟爾身上。把頭髮撥到耳後的動作，端起玻璃杯送到嘴邊的動作，說話方式、傾聽方式、微笑的方式，這些微乎其微的小動作。即使是常人做來容易顯得做作的舉動，在他身上也完全不惹人厭，反而顯得十分高雅。
一方面也是利瑟爾清靜的氣質使然，但根據團長的判斷，最重要的原因還是他就連下意識的習慣動作都經過講究。
「（大概早就被他發現了吧，臭小子。）」
不過既然利瑟爾默許，就表示不必客氣，她是不會停止觀察的。
這些動作在飾演角色的時候極具參考價值，實際上她在演出魔王一角的時候，也融入了一部分利瑟爾的印象。她也時常納悶，這個人真的是冒險者嗎？

「水中元素精靈仿造出人魚的模樣，連顏色都非常完美，下半身的鱗片也很優美哦。」

「這不是根本沒辦法跟人溝通嗎臭小子！」

「如果出現了能跟人溝通的魔物，反而很可怕吧。」

正因如此，利瑟爾才如此好奇阿斯塔尼亞的魔鳥騎兵團是如何馴服魔鳥的。魔物不可能親近人類，那他們為什麼能與魔物築起友好的關係？

要是有一天能知道箇中奧秘就太好了，利瑟爾邊想邊對團長露出微笑。

「啊，不過細節非常講究哦，人魚公主還會眨眼睛呢。」

「你太從容啦！」

這人戰鬥中在看哪裡啊？團長用力咬住麥管。

「頭目是不是都用魔法攻擊啊！」

「這個嘛，牠手中的三叉戟確實會放出魔法。再來就是使用三叉戟的物理攻擊，還有尾巴攻擊……」

「這不是毫無破綻嗎臭小子！」

遠距離魔法攻擊、長槍的中距離攻擊，即使躲過上述兩種攻擊貼近頭目，牠的尾巴還能使出強力的近距離攻擊。就連與戰鬥無緣的團長，也能輕易想像這肯定是相當棘手的魔物。而且牠還有能在水中自在游動的機動力，冒險者則正好相反，動作受到水中的環境限制，關卡難易度不言而喻。

「能打贏這種強敵的傢伙還跑來接什麼搭建舞臺的委託沒問題嗎！我們是很感激啦！」

「那太好了。」

聽見團長直率表達感謝，利瑟爾也瞇起眼笑了。

「只要能幫助到有實力的人，我很樂意接這種委託。這也是我自願接的，請妳不必介意。」

言下之意是，假如幻象劇團沒有實力，利瑟爾也不可能第二次接下他們的委託。

利瑟爾之所以在王都接下第一次的委託，是因為成為戲劇演出的幕後工作者對他來說很新鮮。既然如此，他沒有必要再接受第二次同樣內容的委託。

聽見利瑟爾如此暗示，團長臉上浮現好戰的笑容。身為劇團成員，來自他人的評價無論是好是壞她都早已習慣，但她還是覺得來自利瑟爾的肯定一點也不壞。

「那我會再提出補充魔力的指名委託，你要接啊臭小子！」

「上次填充的魔力還可以用很久吧？」

之前補充了不少魔力，不會這麼快就用完的。

聽見利瑟爾這麼說，團長也哼了一聲挺起胸膛，笑著放下盤坐的雙腿。她放下一隻腳，另一腳擱上大腿，比起一般女性蹺腳的姿勢更有男子氣概，與她環抱雙臂的姿態非常相稱。

「不過說到魔物跟人類之間的戀情，比起人魚還是吸血鬼更適合吧！這也是戀愛故事的常見題材啊！」

「吸血鬼……我是聽過這種魔物沒錯。」

利瑟爾只聽過名字也不奇怪。

吸血鬼只會出現在阿斯塔尼亞的一座迷宮當中，這種魔物在其他國家幾乎沒人聽過，在阿斯塔尼亞以外的魔物圖鑑也沒有記載。

儘管利瑟爾已經閱讀過許多魔物圖鑑，目前也只有在阿斯塔尼亞取得的一本圖鑑裡見過牠的名字，而且說明也非常簡潔，情報幾乎就只有牠的名字而已。

「有一本書寫的就是那個吸血鬼跟村莊女子的禁斷戀情，在阿斯塔尼亞這邊很流行。要是改編成戲劇一定很受女性觀眾歡迎吧臭小子！」

「啊，我見過那本書。」

阿斯塔尼亞的書店書籍不多，這指的是「種類」不多的意思。

這裡的居民不把書籍當作獲取知識的手段，而是完全當作一種娛樂。當然這也是民風使然，沒什麼問題，只是不太符合利瑟爾的興趣。

在這樣的阿斯塔尼亞，現在有一本蔚為話題的書，主要受到年輕女性喜愛——那就是團長說的那本，吸血鬼的禁斷戀愛故事。

「但是，吸血鬼是魔物吧？禁斷的戀情究竟是……」

「是虛構的啦、虛構！那傢伙沿用的設定只有名字和特性而已，就像寫出一種自創的魔物一樣啦臭小子！」

「真正的吸血鬼看了應該也會嚇一跳吧。」

「但是拜此所賜，吸血鬼的知名度爆炸性地傳了開來，聽說也有人真的以為有這種魔物存在喔！」

團長稱呼作者為「那傢伙」，她和對方認識嗎？原來如此，利瑟爾懷著這個疑問，點了點頭。

印象中，當紅的那本小說封面畫著一位美麗的黑髮男子。要是真的在迷宮裡遇到這種魔物肯定會多看一眼，冒險者看了也絕對會嚇一大跳。

萌生這種一點也不浪漫的想法，不曉得是不是因為利瑟爾越來越接近冒險者了？

「你看臭小子！」

就在這時，團長摸索著掏出一張紙，砰一聲拍在桌上。

「這是這個國家一年一次的魔物人氣投票結果！」

「原來還有這種活動呀。」

「聽說是公會為了拉近跟民眾的距離辦的國民投票啦。」

至於這種活動是否真的能增加親近感，就沒人知道了。

「第一名是吸血鬼，第二名是淑女傀儡娃娃，第三名是人魚公主！」

「第一名和第三名感覺是大家想像出來的形象比較強烈呢，投票的幾乎都是一般民眾吧？」

「沒錯！」

吸血鬼之所以拿下第一名，剛才提到的那本小說確實有所影響。這部小說在國民之間如此知名，假如能改編成戲劇，在這個國家的成功幾乎可以獲得保證。

題材該選擇純潔無瑕、小朋友也喜歡的人魚公主，還是性感誘人、大受女性歡迎的吸血鬼，讓團長傷透了腦筋。

「啊，不過有個致命的問題啊臭小子。最重要的主角不能破壞女性夢想中的吸血鬼形象，但我們劇團裡沒有這種美男啊。」

「是這樣嗎？」

利瑟爾在記憶所及的範圍內，回想劇團成員的模樣。

或許是因為從事的是受人觀看的行業，團員都勤於提升自己的魅力，也有不少成員一進入劇中就氣質陡變，簡直判若兩人。印象中，劇團裡全都是能夠靠著角色特質與演技博得絕大人氣的演員才對。

「你讀過那本小說就知道了！那個吸血鬼總之超級美型，誘人又充滿魅力，烏黑亮麗的黑髮，眼睛是血一樣的紅色，氣質孤高卻讓人有點放不下心，一開口就是磁性美聲，身材高䠷腿又長，有紳士風度又優雅，還隱約散發出一股頹廢氛圍，總之就是個無敵美男啊臭小子！根本是作者想出來的『我心目中的最強美男』啊臭小子！」

這門檻未免太高了。

利瑟爾露出苦笑，忽然又想起什麼似地看向一旁。店內的情景隨之映入眼簾，其他客人時不時朝利瑟爾和團長這種有點不搭調的雙人組合瞄過來。

他不以為意，兀自沉思。這描述聽起來有點耳熟……應該說，他想起了一個太過符合上述形象的人物。

「……噗哧。」

「你為什麼噴笑啊！」

眼見利瑟爾唐突地轉過臉，隱忍不住地笑了出來，團長錯愕地問。

但利瑟爾無暇答話，他忙著拚命忍住持續不退的笑意。「我心目中的最強美男」嗎，原來如此，真有意思。下次跟那個人見面的時候，自己說不定會忍不住笑出來。利瑟爾心想，喝了一口酸酸甜甜的果實水，試著理順終於平靜下來的呼吸。

「我認識一位過度符合那些條件的人物，不小心笑出來了。雖然他符合的只有外表而已。」

「是你這傢伙認可的美男耶，光聽就覺得很不得了啊臭小子……」

真沒想到世上真的存在這種眾所公認的超絕美男，團長瞠大雙眼。

「我還真想見他一面咧，說不定可以當成參考資料。」

「這我就不確定有沒有辦法了，他不太會到群眾面前露面……就是管理馬凱德的領主大人。」

提起這種人物，利瑟爾的答案竟然不是「不可能」而是「不確定」？為什麼？團長不禁面無表情。表示真的想見的話，他真的見得到那個領主？

「不過年紀還是太大了一點。」

團長心中「這傢伙絕對不是冒險者」的懷疑又加深了，但利瑟爾無從得知，還是氣定神閒地這麼說道。

「不過先不提這些……」

團長的筆尖喀啦喀啦滑過筆記紙，邊寫邊看向利瑟爾。

「我覺得你也能勝任啊，你很擅長用氣場壓制對方吧臭小子。」

利瑟爾絕不是一眼就看得出與眾不同，擁有個人魅力又引人注目的那種美型男。

但那張五官對稱的端正臉孔，與他清靜高潔又沉穩的微笑十分相稱，紫水晶般的眼瞳偶爾會在意想不到的瞬間閃過高貴色彩，教人移不開目光。從這方面來說，他非常適合當演員。

「先前演那個黑心貴族的時候，你的氣質也整個都不一樣了。」

「不過妳的評語還是相當嚴苛。」

「那是角色不適合你啦臭小子。」

那是足以在港口奪去周遭所有目光的存在感。

憑著氣場壓制眾人，昭示自我，吸引對方。太可惜了，她邊想邊將喝光的玻璃杯砰地擺到桌上。

「啊，劫爾應該比較適合吧？」

「派出那個凶神惡煞的傢伙做什麼啊臭小子！那傢伙絕對沒辦法演戲！」

「因為他很忠於自我嘛。」

利瑟爾有趣地笑著，也喝光了自己杯中的飲料。

但總覺得舌頭有點癢，他不可思議地想著，低頭看向玻璃杯底殘留的鮮艷橙色渣滓。看來新鮮又濃重的果汁，對舌頭的刺激有點太強了。

二人從座位上起身離開，店裡的人們目送他們出了店門，直到最後還在納悶：那兩個人究竟是什麼關係？

一回到旅店，利瑟爾立刻去敲了劫爾房間的門。

今天劫爾說長時間待在水中覺得自己反應變遲鈍了，不曉得出門去了哪裡。假如去的是附近的迷宮，這時間差不多該回來了。

門內馬上傳來往這邊走近的腳步聲，看來他回來了。利瑟爾安下心來，抬頭望著一邊擦拭濡濕的頭髮一邊來幫他開門的劫爾。他應該是沖了個冷水澡吧。

「怎麼了？」

「我有些問題想請教你。」

「進來。」劫爾正要收起一隻腳退後，卻忽然皺起眉頭。

怎麼了？利瑟爾眨眨眼睛，看著劫爾的手臂朝這裡伸來，大手穩穩抓住自己的下顎。按在臉頰上的手指微微使力，利瑟爾於是毫不抵抗地張開嘴巴。

「你舌頭腫起來了。」

「呃呃？」

「很紅。」

從剛才開始一直覺得有點癢，果然是腫起來了。

劫爾放開了手，利瑟爾跟著閉上嘴巴，忍受著想將舌頭往上顎頂的那種麻癢感。不曉得是新鮮現榨的濃郁果汁太過刺激，還是裡面加了不合體質的水果……王都酒館老闆調製的果實水他喝起來明明都沒有問題的。

「嘗起來應該沒有陌生的味道才對呀……」

他跟在劫爾身後走進房間，一面思索原因。

「你吃了什麼東西？」

「是喝的，阿斯塔尼亞有名的果實水，很好喝哦。」

「你喝了太濃的東西才會這樣。」

既然都說是名產了，他總是想嘗試一次，這也沒辦法。利瑟爾在房間裡唯一一張椅子上坐下，點點頭心想下次點同樣的飲料要記得請店員稀釋。

劫爾也一屁股坐到床上，將剛才拿來擦頭髮的毛巾扔到床頭櫃上。

「然後呢，你要問什麼？」

「對哦。」

劫爾拿起裝著水的玻璃杯仰頭喝乾，有水滴從髮梢滴落他側頸。不好好把頭髮擦乾才會這樣，利瑟爾望著那滴水珠就這麼沒入黑襯衫的領口，提出了自己的問題。

「你去過『黑影洋館』嗎？」

那正是有吸血鬼出沒的那座迷宮。

聽了團長那番話，利瑟爾有點好奇。只出現在特定迷宮的魔物並不稀奇，但能夠當上戀愛故事主角的魔物應該只有這一種吧。

劫爾已經突破了許多迷宮，很有可能遇過吸血鬼。

「嗯。」

「那是什麼樣的地方呀？」

「啊？……光線昏暗，氣氛陰森的洋館。」

黑影洋館怎麼了？劫爾顯得有點詫異。有風從窗口吹入房內，利瑟爾微眯起雙眼，繼續問下去。

「那裡有吸血鬼出沒，對吧？」

所以利瑟爾才會提起那座迷宮啊，劫爾恍然嘆了口氣。他也知道吸血鬼是這座迷宮的特有魔物。

「確實是有沒見過的魔物。」
「我記得牠在種族分類上屬於鬼魂系？」
「是吧。」
「是人形魔物嗎？」
「啊……真要說起來算是人形沒錯吧，全身披著斗篷，裡面是沒有形體的黑霧。」
不僅不是美男，連形體都沒有。
「砍中牠之後斗篷會變成大量的吸血蝙蝠，飛到一段距離之外再次恢復成斗篷，然後重新湧出黑霧。就這樣重複幾次，攻擊到蝙蝠全滅就打倒牠了。」
不僅沒有形體，本體還是件斗篷。
「有點可惜呢。」
「啊？」
之後聽劫爾仔細描述，斗篷做工精細，是哥德式的設計，利瑟爾認為視覺效果應該相當帥氣，不過怎麼想都不覺得牠有可能跟村裡的女孩談戀愛。
看來小說裡的吸血鬼真的是作者創作出來的存在。根據團長所言，作者本人也公開聲明過這一點，但即使如此，還是有許多少女相信小說裡的那種吸血鬼真的存在。
只能祈禱她們不會為了見吸血鬼一面而成為冒險者，然後衝進黑影洋館了。
「你想去？」
「沒有，只是有點好奇而已。」
「哦。」
然後劫爾就這麼開始保養大劍，利瑟爾也當場拿出書本讀了起來。

81

這座面朝海洋、白石砌成的王宮，佔地相當廣闊。

從這個國家的任何一個角落，都能望見王宮的白牆在阿斯塔尼亞的日照下閃爍美麗的光輝。石造的軍港從王宮朝大海延伸出去，這同時也是巨大帆船絡繹不絕的貿易港口。

位於其中心的王宮，並不是任何人都能輕易涉足的領域。王宮深處的一室當中，有一名男子待在那裡。

「…………唔呵、呵……」

說不上高也說不上低，不可思議的嗓音笑出聲來，笑得好像一個字一個字朗讀劇本似的。

但聲音本身卻帶有十足的磁性，充滿誘惑，附在耳邊低語足以讓人雙腿震顫，不分男女。拖曳布料的聲音響起，與那道嗓音重疊。

「門……打開了吧。」

一點、又一點，那道聲音落在沒有窗子的室內，輕得宛如耳語。

整個空間只由魔力的燈火勉強照亮，昏暗的光線中雜亂擺放著各種大小、形狀各不相同的書櫃，櫃子裡擺滿了無數的書籍。

不只書櫃裡，櫃子上方和地板也被數量龐大的書本淹沒。

「既然如此……」

男人佇立於這個空間的中心。

這房間位於王宮當中戒備格外森嚴的場所，能夠旁若無人地待在這裡的，只有居住在王宮當中的阿斯塔尼亞王族而已。

男人兀自沉思。其中一位弟弟剛剛才來告訴他，有人帶著鎧王鮫回到港口了。擁有足以討伐鎧王鮫的實力，並不代表那些冒險者就能夠開啟迷宮最深層的門扉，他也沒聽到有人通關的消息。

但是，假如真的實現了……即使只有極度接近零的可能性，擁有國家首席學者之稱的男人也不會放過。

「真想、跟他們聊聊……」

他持續思索。

那些冒險者為什麼到現在還沒有宣布通關的消息？就算再怎麼無意炫耀，公會遲早會發現這件事，所以應該不是刻意隱瞞吧。沒為什麼，只是順其自然？

通曉古代語言的人會有這種想法嗎？從過去的情報，他們是否注意到自己的存在了？如果想跟他搭上線，他們一定會採取行動的……不，也許鎧王鮫已經是他們的行動了。

這是一種試探嗎，測試他是否能從戰勝鎧王鮫推敲出迷宮通關的可能性？假如不覺得有此可能，那就代表他深信自己的知識不可能劣於區區的冒險者，只是個視野狹隘、自我陶醉的人；假如注意到了這個可能性，那就正好相反。

對方想要的是哪一種答案？

「但是，我是不會、如你們所願，採取行動的、喲。」

接觸對方最確實的方式，就是在鎧王鮫解體完成的時候，到港口跟他們見面。

如此一來，就會形成王族居然配合冒險者的行程，親自派人迎接他們見面的形式了。假如對方是刻意營造這種狀況，那真是非常習於策動他人的人物呢。

「唔、呵呵……」

是他想太多了吧，但他又希望真是如此。

他不在乎誰佔上風，不過很歡迎這種雙方較勁的競爭關係。即使成天繭居在書庫，他也同樣繼承了阿斯塔尼亞王族奔放不羈的血脈。

男人笑了。這道笑容之後，整個空間裡只剩紙頁摩擦的聲響。

利瑟爾獨自坐在冒險者公會的椅子上翻閱魔物圖鑑。

看準午後公會人少的時段，他佔據了其中一張供冒險者談話用的桌子，因為公會保管的魔物圖鑑不可攜出，無法帶回旅店慢慢閱讀。

話雖如此，如果問他在這裡是否就無法自在閱讀，對於利瑟爾來說也完全沒這回事。他在公會一角營造出宛如午後的咖啡廳般安穩舒適的空間，悠悠哉哉讀著書。

看見他這副模樣，周遭的冒險者和公會職員滿臉困惑，這個人看起來一點也不像現在廣受討論的，那個成功討伐鎧王鮫的隊伍的隊長。

「這座迷宮的路很窄，隊形就採取——」

假如向公會提供書本上沒有的「人魚公主洞窟」頭目情報，不曉得會拿到多少報酬？正當利瑟爾優閒地這麼想的時候，隔壁桌的對話剛好傳入耳中，他抬起臉來。

在狹窄通道和寬廣空間分別該如何應戰，這種魔物該怎麼應付，碰上那種魔物又該怎麼辦……正在討論隊伍陣形和戰略的冒險者，正是暗戀著團長飾演的少女魔王的那個男人。

雖然他舉止不太文雅。利瑟爾邊想邊側耳傾聽他們的談話內容，同時細讀魔物圖鑑的視線和手上的動作也沒有因此停止。這麼說來，他們的隊伍還沒有討論過這種事呢，利瑟爾在內心偏了偏頭。

「（隊形……劫爾有時候會說的，『反正往前就對了』算嗎？）」

不算吧，利瑟爾獨自點點頭。

在原本的世界，他曾經在戰爭時做出必要的指示，倒是從來沒有以冒險者的身分向隊員下達過任何指令。迎戰鎧王鮫的時候，他也只粗略告訴另外兩人「等牠露出腹部就麻煩你們了」而已。

一方面也是因為劫爾他們的冒險者資歷比利瑟爾還要豐富的關係，硬要說的話，利瑟爾反而較常聽從他們的指示行動。

「（雖然我也想試著下達指令……）」

利瑟爾下意識撥弄著書頁邊角，在心裡沉吟思索。

至今為止，他們都是在發現敵方之後各自應付附近的魔物，也一路打過來了。既然沒有問題，維持同樣戰略應該也無所謂，但他現在就是無端想跟人討論戰略。

對付鎧鮫的時候他們也成功合作迎敵了，可見不是辦不到吧。但另外兩人原本都獨自作戰，不曾思考過戰鬥模式的問題，利瑟爾對此也不太瞭解。

既然如此，向前輩請教是最快的方法。利瑟爾下了結論，站起身來。

「打擾各位談話不好意思，請問可以讓我加入嗎？」

「啥？」

他喀啦喀啦拖著椅子過去，朝著在隔壁桌討論的冒險者們微微一笑。

聽談話內容他們明天才會潛入迷宮，討論的氣氛也不算特別緊張嚴肅，應該只是在公會打發時間，順便討論一下戰略而已。

因此利瑟爾毫不客氣地打算加入談話，半點猶豫也沒有。

「等、等一下，你是怎樣？」

「身為冒險者，我對於隊伍的行動模式很有興趣。我才剛成為冒險者不久，希望可以參考各位的討論內容多加學習。」

「啥?!」

他們是五人一組的隊伍。

五個男人圍坐在一張圓桌旁，利瑟爾喀啦喀啦把椅子擺進空隙，兩旁愣愣看著這一幕的冒險者也幾乎在下意識中挪動椅子，為他空出位置。

利瑟爾就這麼光明正大坐到椅子上，擺出準備好側耳傾聽的態勢。坐在桌邊的男人們就不用說了，周遭的其他冒險者也僵在原地看著他們。

「參考啥！你隊伍裡不是有一刀嗎！」

「劫爾感覺對於這方面的知識不太熟悉呀。」

「還有一個獸人咧！」

「伊雷文是距離協力合作最遙遠的那種孩子。」

暗戀中的冒險者怒聲重複著毫無意義的語句，一邊環顧周遭求救，結果所有人都馬上別過臉，不知是不是他平日的人德使然。

「你這、啊，對了！想聽免費的，你還真厚臉皮啊，喂！」

「飾演魔王的那個女生，愛喝濃烈的氣泡飲料哦。」

勝負已定。

這段時間過得真充實，利瑟爾笑逐顏開地走出公會。

從周遭的反應，他一向覺得自家隊伍的冒險者活動似乎有點不同於一般認知，看來是真的大相逕庭。看來從書本獲取的知識還是有限的，他不禁感慨地想道。

比方說，他從來不知道冒險者在迷宮裡基本上不會吃飯，他們一直都理所當然地用餐。不過這部分也是因為劫爾和伊雷文明明知道，卻沒告訴他。假如利瑟爾問了他們會回答，但反正這麼做沒什麼問題，而且肚子會餓也是事實，所以就默許了。

「（還有，隊長好像滿忙碌的。）」

走在魔物出沒場所時要提醒隊員注意，戰鬥中必須做出指示，在迷宮裡還得負責繪製地圖、尋找休息地點。當然也必須提防陷阱，還有隨時留意隊伍成員的動向。

這麼想來，自己沒有隊長的樣子，說不定就是下達的指示不夠的關係。雖然利瑟爾這麼想，但劫爾和伊雷文在戰鬥中時常以他肉眼追不上的速度行動，他一點也不覺得自己的指令有可能跟得上他們的步調。

難得他們兩人願意尊自己為隊長，但他距離一個像樣的隊長，似乎還有很長的路要走。

利瑟爾一邊體會著冒險者的博大精深，一邊朝著對上眼神的糖漬花瓣店主微微一笑。

「喂。」

「啊，劫爾。」

背後忽然有人叫他，利瑟爾回過頭，腳步停頓了一瞬，劫爾便走到身側與他並肩。

接著兩人一起邁開腳步。既然目的地相同，也不必特地分頭前往，他們本來就約在利瑟爾正要前往的港口見面。

「怎麼穿著裝備？你沒出城吧。」

「我剛才去了公會，想說穿著便服去好像太醒目了。」

不穿便服還是一樣醒目，劫爾這麼想，不過沒說出口，畢竟穿裝備確實是比平時的便服好一點。

「劫爾，你也穿著裝備呢。是到迷宮去了嗎？」

「沒，到叢林裡晃晃。」

「啊，魔力點慢慢接近了呢。」

居住在魔力聚積地的魔物，比一般的魔物更加棘手。

劫爾並不會進入魔力聚積地，應該是跟聚積地附近跑到外頭活動的魔物交手吧。

「大概再過多久會來？」

「一週左右吧。」

從公會的警告標示板上也看得出來，魔力聚積地正在緩緩往這個國家接近。

魔力點並不會進到國內，因此阿斯塔尼亞的居民對此沒有危機感。魔力量較多的人會為魔力中毒的症狀所苦，但這個國家有這類困擾的人好像很少。幸虧如此，魔力點接近並不會造成太大影響。
話雖如此，外國來的冒險者還是會受到影響，尤其對於魔法師來說相當難受。那名暗戀冒險者隊伍當中的一位魔法師剛剛才在抱怨，「魔力點接近的時候我都會頭痛，真討厭……」
「對了，我剛剛在聽大家討論隊伍的作戰方式呢。」
「聽誰討論？」
「那個找團長小姐麻煩的冒險者，你記得嗎？」
選擇暗戀那位團長，走上修羅之道的那個男人，劫爾也記得很清楚。
「他還沒發現？」
「幸好還沒發現，幫了我一個大忙。」
「你賄賂他？」
「啊，被你發現了？」
利瑟爾有趣地笑了，劫爾低頭看著他，也哼笑一聲。
利瑟爾懂得選擇要被捲入哪些麻煩事，肯定是認為沒有問題才會闖入其他隊伍的談話。他本來就異常善於估算自己與對方之間的距離，在不讓對方反感的情況下達成自己願望的手腕自不待言。
「然後呢，作戰方式怎麼了？」
「我想說，我們好像沒有討論過這方面的戰略。」
「沒必要吧。」

劫爾說得斬釘截鐵，利瑟爾露骨地投以抗議的眼神。

說起來是這樣沒錯，但他就是想討論，有什麼辦法？他目不轉睛地盯著劫爾看了一會兒，劫爾便放棄似地瞥了他一眼。

「……你想討論什麼？」

利瑟爾高興地瞇起眼笑了，接著思考該談些什麼。

討論戰鬥模式的時候最重要的是什麼？那就是職責分配。利瑟爾他們總是各自隨心所欲行動，但剛才那些冒險者都對於自己在隊伍當中扮演的角色瞭若指掌。守備、先鋒、佯攻等等，聽得利瑟爾不禁佩服，同時老實說，也有點慚愧。

「我的魔銃在隊伍定位上屬於哪個位置呀？」

「啊？」

「比起魔法師，是不是更接近弓箭手的定位？性質上接近魔法師，但考慮站位好像是弓箭手比較符合。」

畢竟沒有其他人用魔銃，他沒有任何前例可以參考。

「被封住魔力你就失去攻擊手段了吧，應該算魔法師？」

「那也要看封住的方式而定……不過你想想看，在戰鬥陣形裡的定位……」

「啊，你是這個意思。」

魔法師在構築魔力時幾乎無法移動。

假如能在移動的同時不擾亂注意力，那當然有可能，但這實在太困難了。而且構築威力越強大的魔法就越容易無暇分心行動，魔法師沒有多餘心力顧及周遭情況，因此在戰鬥中幾乎都由其他隊員守護。

「假如隊伍中有足以成為主力攻擊手的魔法師，發動魔法就是整個隊伍的第一要務，對吧？」

「因為靠魔法就能打贏了。」

打出一擊就能左右戰況，這就是魔法師的特徵。

話雖如此，魔法師在冒險者當中所佔的絕對數量相當稀少，純粹以魔法決勝負的冒險者，包含剛才那位說魔力聚積地接近時會頭痛的男人在內，利瑟爾在阿斯塔尼亞也才見過兩位而已。

「隊友會把魔法師保護得很好呢。」

「你想被保護？」

「有必要的時候。」

這傢伙就是這種地方不像冒險者，劫爾顫動喉頭笑出聲來。

利瑟爾受到別人保衛不會不好意思，也從不猶豫讓人保護他。當然，劫爾知道他這麼說並不是出於貴族的傲慢，只是從冒險者觀點出發的，半開玩笑的同意，畢竟隊伍成員本來就該互相幫助。

但這傢伙實在太有貴族架式了，導致他還是覺得這麼說很適合利瑟爾。

「可是，我的魔銃不太適合這種作戰方式。」

「我想也是。」

「感覺會打到你們的背。」

「喂。」

就算躲得過，劫爾還是會被嚇到的。

「說到底，以你們的戰鬥方式，彼此配合感覺反而會有反效果……」

「所以我才說沒必要啊。」

「但我說我想討論嘛。」

這樣在必要的時候才能合作迎擊，利瑟爾開始認真思考起來。

歸根究柢，他們平常為什麼各自隨心所欲戰鬥？就是因為沒有他們非得多人合作才能打倒的魔物。討論的必要性開始逐漸消失了。

而且劫爾他們自然會採取最佳站位，比起預先決定好戰鬥模式，肯定是臨機應變行動的效果比較好。現在討論的必要性完全消失了。

「不，如果派出斥候……」

一輛載貨的手推車從前方接近，利瑟爾邊沉思邊往旁邊避開一步。像在說距離不夠一樣，劫爾又拉著手臂把他往旁邊拉了一步。

「你幹嘛那麼講究陣形？」

「一方面是因為很有冒險者的風格，感覺很棒呀。還有……」

手推車從他們身邊通過，劫爾也隨之放開手。

「我想說說看『不要打亂陣形！』之類的話。」

「你放棄吧。」

不是很有隊長架式嗎？利瑟爾一臉不滿，劫爾輕拍了他額頭一下，加快腳步打算快點前往港口。

他們來到港口的約定地點，在巨大的船錨前方與伊雷文會合。

「隊長，這邊！」

「你已經先到了呀。」

伊雷文正隨便坐在柵欄上，他隨手拍了拍衣服撥掉髒汙，一邊站起身來。

他踏著輕盈的腳步走近，手上拿著輕食的容器，應該是附近買來的。伊雷文一口接一口輕鬆把裡面的食物解決，然後忽然把最後一塊馬鈴薯遞給利瑟爾。

「隊長要吃嗎？」

「謝謝你。」

「你們兩個都穿裝備喔，是跑到哪座迷宮了嗎？」

「這傢伙去的是公會。」

利瑟爾伸手想接過伊雷文捏著的那塊馬鈴薯，對方卻躲過他的手，就這麼把東西遞到他唇邊。利瑟爾苦笑著張開嘴巴，直接吃下。

表面已經冷了，不過裡頭還有餘溫。他望著另外兩人談論森林中的情形如何、沒有特別棘手的魔物，一邊動著嘴巴咀嚼，然後不經意看向腳邊。

幾個男人倒在那裡，有的掛在柵欄上，有的趴倒在地，全都動也不動地被棄置在那裡，大概是冒險者吧。

「這些人是？」

「喔，他們來找我碴啦。」

地上那些人明明打一開始就進入了他們的視野，利瑟爾他們卻若無其事地跟同伴會合，這情景看得周遭眾人不知所措，直到現在才終於鬆了一口氣：太好了，原來你們有注意到喔。民眾對於冒險者之間發生衝突這件事本身似乎不太訝異，畢竟冒險者之間打架司空見慣，而且也是找碴的一方自作自受。

「他們說了一堆莫名其妙的話啊，什麼就是你們打倒鎧鮫喔，騙人的吧，把鎧鮫給我交出來之類的，吵死人啦。我只是讓他們睡一下而已喔，這種時候做得太過火隊長會生氣嘛。」

「我不會生氣呀。」

不過確實，伊雷文的「太過火」對於港口的群眾來說可能太刺激了。利瑟爾褒獎似地替他撥好海風吹亂的瀏海，伊雷文滿足地瞇細雙眼。

「那我們走吧。」

「希望肉好吃！」

「看那些漁夫那麼興奮，不可能難吃到哪去吧。」劫爾說。

沒錯，他們今天的目的正是領取解體完畢的鎧王鮫。

昨晚一位漁夫興高采烈地到旅店拜訪，親自告訴他們解體已經完成，所以肯定不會錯。那位漁夫已經喝醉了，還說要接著喝下一場作為事前慶祝，邊唱著歌邊回碼頭去了，醉得教人有點擔心他們今天是否能好好完成最後的收尾工作。

「沒想到花這麼久。」劫爾說。

「畢竟牠的體型那麼大，應該很費工吧。」
「是說魔物的肉很不容易腐爛欸。」
「應該是魔物所擁有的魔力造成的，這是目前最有力的說法。」
扛著漁網的漁夫，以及一邊熱鬧聊天，一邊剝著貝肉的女人們。利瑟爾一行人走過這些群眾身邊，悠哉地在碼頭上前進。
「實際上好像在體內魔力完全消失之前，魔物的肉都不會腐爛。聽說有些匠人會一邊調整魔力殘滓一邊解體……」
「是喔。」
伊雷文點點頭。經驗上他知道魔物肉不會馬上腐敗，但沒有特別想過背後的道理。
鎧王鮫也算是相當高階的魔物，擁有相應的魔力量，但解體工程仍然是與時間的賽跑。面對那尾龐然大物，漁夫們一定非常努力吧。
「哦！冒險者先生，這邊啊！」
前方忽然有人喊他們，幾位漁夫正朝著這個方向揮手。
那裡已經聚集了不少人。解體過程中前來參觀的民眾也絡繹不絕，不過今天更熱鬧了。這不僅是解體完成的日子，而且打倒了鎧王鮫的隊伍也會現身，有些人也因此想見識一次看看。
其中也有冒險者的身影，不過他們的目的似乎不只是看熱鬧而已。
「漁夫大哥，辛苦了。」
「這點程度就喊辛苦，怎麼對得起阿斯塔尼亞漁夫的名聲！」

漁夫年事已高，但聲音仍然中氣十足，身強體壯，說起這話確實很有說服力，也完全看不出宿醉的樣子。真是太羨慕了，利瑟爾邊想邊看向巨大的工作檯。

檯子上擺著一塊塊蓋著布的魚肉，看不見內部，但尺寸與鎧鮫原本龐大的體型相較之下小了許多。雖然這麼說，肉塊仍然大得連成年人都無法獨力抱起，已經夠大了。

在肉塊前方，還排列著剝取下來的鱗片和牙齒。

「骨頭之類的咧？」

「不是素材的部位全都消失啦。我是不太清楚啦，但迷宮的魔物被打倒不是都會不見嗎？」

「在迷宮外面看到這種現象，感覺超奇怪的啦。」

「大侵襲的時候，魔物的屍骸也都自然消失囉。」

是喔？伊雷文在記憶中回想，他完全沒印象。

「沙德伯爵還自言自語說，這樣善後起來很輕鬆呢。」

「他也發過牢騷說無法回收素材。」劫爾說。

不愧是商人之城的領主，馬上就開始考慮怎麼填補損失了。

確實如此，大侵襲出現了大量的魔物，當中也不乏高階魔物，假如有辦法收集所有素材，應該能補充一大筆復興資金吧。話雖如此，在那種狀況之下，實在難以在屍體消失之前回收素材。

這時候，利瑟爾忽然不動聲色地瞥向伊雷文，說悄悄話似地壓低聲音說：

「沒有必要懷疑他吧。」

「是喔？」

伊雷文惡作劇似地吊起唇角，回以燦爛的笑。

簡言之，他這麼問是在套那位漁夫的話。鎧王鮫的素材能換到大筆鉅款，要是那些漁夫嘴上說得煞有介事，其實在背地裡偷藏素材那還得了。

當然，既然利瑟爾願意把這條魚交給他們處理，伊雷文也相信不會有這種事發生，利瑟爾再怎麼渾身乏力還是會看人的。他只是姑且確認一下。

「先把素材交給你們吧？」

「好的，那麼，嗯……到這邊為止是伊雷文的份，從這邊開始是劫爾的份。」

不只是委託報酬，他們基本上連素材都盡可能以三等分的方式分配。

假如沒辦法分成三等分，就由想要的人取走，或是猜拳決定，有時候利瑟爾也會代表整個隊伍負責保管。反正之後萬一有需要，他們也會互相分享或收下那些素材。

但是，這些素材只要有幾公分之差就會出現金幣單位的價值差距，利瑟爾卻憑著目測隨手分成三份，其他冒險者看了好像無法置信，紛紛毫不保留地盯著他看。

「地底龍的時候我也想過，原來並不是全身的鱗片都是素材呀。」

「本來就是這樣吧。」

排列在檯子上的鱗片，怎麼看都不像是鎧王鮫全身上下的所有鱗片。

劫爾說得理所當然，利瑟爾卻覺得非常不可思議，這也是因為「迷宮就是這樣」的法則嗎？

「這能不能做成小刀啊？」

「需要幫你介紹鍛冶屋嗎，小哥。」

「喔，好啊好啊！」

鱗片和牙齒邊緣相當銳利，因此利瑟爾他們各自戴上裝備手套，從尺寸較小的素材開始收進腰包。

「頭部那片像鎧甲一樣的鱗片也不見了呢。」

「那個一剝下來就碎掉啦，比起鱗片比較像石塊啊。」

原來如此，那個部位並不歸類為鱗片吧。

利瑟爾翻過巨大的鱗片一看，背面像貝殼內側一樣散發著淺淺的七彩光輝。一反它質樸粗獷的表面，背面相當美麗，周遭旁觀的群眾看了紛紛讚嘆出聲。

拿去打造裝備一定能製成高性能的武器防具，不過加工成裝飾品感覺也會有不錯的價值。

「隊長，你要拿這個去做什麼啊？」

「不知道耶。伊雷文，你想拿去做小刀對吧？」

「嗯啊，想要一把好刀。」

「小刀你現在不就有一堆了？」劫爾說。

「沒有薄的啊，我要可以藏在鞋底的那種。」

這把武器的假想敵顯然不是魔物。

不過看伊雷文說得興高采烈的樣子，利瑟爾也只是應了一聲，沒有多加追究。劫爾滿臉無奈，他應該也和利瑟爾一樣，暫時只會把素材留置身邊而已。

劫爾沒有缺錢到需要出售那些素材，也沒特別想把它們用在什麼地方。多虧了他這種思考方式，利瑟爾和伊雷文在製作裝備的時候都非常受到劫爾照顧。

「這些就是全部了吧？」

利瑟爾正準備拿起比臉還大的鱗片，劫爾就從旁伸出手，替他把那枚魚鱗塞進腰包了。利瑟爾朝他道了聲謝，重新轉向漁夫。

看見對方臉上迫不及待的笑容，利瑟爾敦促似地緩緩點了頭。

「那麼，麻煩各位了。」

「好！你們看好啦！」

隨著眼前那位漁夫的號令，兩位年輕漁夫伸手拉住布幔，然後一口氣將它揭開。

不曉得是不是布料特殊的關係，那條布幔閃爍著青白色的光輝，曳著光跡在港口的藍天底下翻飛。

「這就是傳說中的鎧王鮫!!」

出現在布幔底下的肉塊看起來不太像魚肉，反而令人聯想到美麗野獸的肉質。

色澤鮮艷的紅肉上分布著霜降般的脂肪，紅白分明的色彩在陽光下閃耀。不同於賞心悅目的寶石，這是另一種刺激食慾的美，令人不禁倒抽一口氣。

周遭群眾不由得爆出歡聲，漁夫們挺起胸膛以自己的工作成果為傲，利瑟爾他們則是望著那些肉心想：看起來好好吃。

「這個該怎麼吃比較好呢？」

「當然是直……這種肉油脂比較多啦，用網架烤過，去一下油脂會很好吃喔！」

「當然是直接……沒啦我是說用鍋子稍微汆燙過再吃那真是香甜美味啊！」

「兩個蠢小子！」

年輕漁夫看起來有點欲言又止，利瑟爾才正納悶為什麼，便聽見年老的那位漁夫開口怒罵。

他們可能是父子或祖孫關係吧？打從一開始他就隱約這麼覺得了，三個人的氣質很相近，利瑟爾不合時宜地想道。

那兩個小夥子不知怎地一副難以啟齒的樣子，年老漁夫又罵了他們一句，接著自信滿滿地開了口，邊說邊猛地回頭轉向利瑟爾：

「這麼好的肉當然就是要直接生……還、還是你要弄成那個什麼卡爾帕喬之類的冷盤比較好啊？」

「啊，原來原因出在我身上呀。」

看來讓他們多所顧慮了。

明明生肉切過直接拿來吃，他也不會介意的。利瑟爾邊想邊望向一旁，看見劫爾他們別過臉忍著笑。至少比直接噴笑出來好吧。

「呃，請……請用。」

「謝謝你。」

事不宜遲，漁夫們從完整魚肉上切出小塊，盛在盤子上遞給他們。

利瑟爾接過盤子，吃了一塊，劫爾他們也從旁邊伸手各取了一塊。三人默默咀嚼，全場注目。

「……嗯。」

利瑟爾點了個頭，眾人的視線轉移到他身上。
同時伊雷文把盤子裡剩下的生魚片全部掃光，一口吃下肚，眾人的視線因此接著轉移到他身上。怎麼這樣一口氣吃掉！年輕漁夫一副感到很可惜的樣子，伊雷文就在他們面前不斷動著嘴巴咀嚼，雙眼似乎閃閃發光。
接著他把魚肉吞下，從利瑟爾手中接過盤子，毫不客氣地往眼前的漁夫塞過去。
「我還要！」
「你……這是傳說中的鎧鮫欸，你怎麼這樣吃啊！」
「快──點──啦──！」
在他的催促之下，年輕的漁夫們開始拚命切下鎧王鮫肉。
剛切好一點，伊雷文馬上會在幾口以內吃光，漁夫們一邊哀號，手上的動作還是從沒停過。直到他吃到滿足為止，這光景還要持續一會兒吧。
「來，隊長。」
總之伊雷文先端了一盤給他，利瑟爾接過盤子又吃了一塊。劫爾也把生魚片一塊接著一塊放入口中。
「真厲害，我從來沒有吃過這種東西。」
「很好吃。」劫爾說。
「因為是魔物肉才這麼好吃嗎？」
「普通的魔物不可能好吃到這種地步吧。」
利瑟爾好歹也是個貴族，自覺已經嘗遍了山珍海味。

在原本的世界，他也吃過公認高級的魔物肉；當時他沒有在意過魔物的種類，但想必也是很好的肉品不會錯。

然而，鎧王鮫肉更是完全超越了那些魔物肉的檔次。豈止味覺，這是全身都會為之歡喜的滋味，甚至讓人覺得它簡直是無價之寶。

「非常美味呢。」

「嗯。」

「我還要——」

話雖如此，利瑟爾他們表面上看起來根本不像受到了那麼深的感動，乍看之下只是不為所動地一口接一口吃下肚而已，有點可惜。

利瑟爾吃到手上的盤子空了之後，緩緩吐了一口氣，喊了年老的漁夫一聲。

「漁夫大哥，解體這條魚辛苦你們了。」

「嗯，咱們都這麼大把年紀了，還能做到這麼棒的工作啊。」

伊雷文還在吃個不停，劫爾來到他們身邊會合，接過了利瑟爾手上的盤子。老漁夫感慨萬千地這麼說，在他背後，被催得更急的年輕漁夫正在勤快地切分魚肉。

「關於報酬的事……」

「那已經談好了吧，冒險者先生啊。讓咱們獲得解體鎧鮫這種貴重的經驗，該感謝的反而是咱們啊。」

將鎧王鮫帶上碼頭的時候，利瑟爾他們實在全身乏力，而漁夫們又樂昏頭了，因此當時並沒有談到報酬；但之後利瑟爾到港口參觀解體過程的同時，也好好跟漁夫們談過了。

討論的結果就如漁夫所說，頑固的漁夫認為他們收取報酬反而不合情理，完全不肯退讓，當時利瑟爾也就放棄了。但報酬是不可或缺的，他一直在思考這件事。

尤其嘗過了鎧鮫肉的滋味，現在他更是這麼想。既然金錢他們不願收下，那麼用其他方式支付報酬就可以了。

「我要把一半的鎧鮫肉送給你們作為報酬。」

「什……！」

漁夫啞口無言，一句話也說不出口。

他從來不曾期待獲得這樣的回報，鎧鮫肉就是這麼珍貴稀有的東西。

好幾代以前的漁夫只是嘗過一口，就願意將解體技術留下來傳承數代之久。這種魚在漁夫之間已經成為傳說，繼承這種解體技術也是他們的榮耀；小小一塊，就足以大幅改變一個人的人生。這種魚，這些冒險者竟然要分給他們？漁夫抬起頭，茫然望著那一大塊魚肉。

但沒多久，他立刻開口說出自己的心聲。

「我很高興！太棒啦！話是這麼說，但你們想想看！這對你們來說半點好處都沒有啊！」

「之所以提出這種報酬，是因為我認為處理鎧鮫的技術確實擁有這種價值。給予最適合的東西作為報酬，也是當然的吧？」

利瑟爾喊了劫爾一聲，從他手中接過盛著生魚片的盤子，然後遞給漁夫。

漁夫帶著嚴峻的表情，低頭看著那個盤子，這是叫他吃吃看就明白了的意思吧。伸出的手指微微顫抖，不過最後還是順利拿起一塊魚肉放入口中。

「……！」

下一秒，漁夫的眼眶裡盈滿了淚水。

他一手遮著眼睛低下頭去。原來他們這些漁夫一直磨練技術至今，為的就是這個滋味、這一瞬間。他一下子全都明白了。

年輕的時候，他也質疑過憑什麼自己非得繼承這種技術不可。隨著歲月增長，他也明白了傳承的重要性，但是直到現在，他才痛切體認到把自己的技術傳給後人的真正意義。

多想讓後世的子子孫孫也品嘗到這種美味——傳承的背後，有個單純而幸福的心願。

「過去某個人曾經懷抱的願望，如今也會成為你的心願。」

像漣漪一般能夠安定心神的嗓音柔聲說道。

「我認為這就是傳承。」

這群討海維生的男人明明比誰都還要自由不羈，但是感受到這人清靜高潔的氣質、明白了他口中那句話的涵義，不知怎地卻幾乎要屈膝下跪。漁夫帶著茫然的表情抬起臉，眼前那道沉穩的微笑卻忽然染上惡作劇色彩。

「畢竟，我也還想再吃到這種魚嘛。」

利瑟爾一邊說，一邊張嘴又吃了一塊，漁夫看了放聲大笑。

得快點把這些肉分配下去才行，首先分給一起參與解體工程的人，再來是所有的漁夫。接著笑著大聲狂嘯，說竟然被冒險者激起熱情，阿斯塔尼亞的漁夫也真是墮落啦。

然後告訴他們，應該要以此為傲。

「你要吃到什麼時候？」劫爾問。

「不趁新鮮的時候吃多可惜啊！」

「一直在這邊吃也不太好……啊，帶回去請旅店主人烹調吧。」

握著菜刀快哭出來的年輕漁夫們聽了大喜過望，他們終於可以解脫了。不過他們沒高興多久，吃到老漁夫塞進他們嘴裡的生魚片馬上又大哭出來。

接著，巨大的解體用刀將鎧王鮫肉切成了兩半。肉已經不能再保存更久了，看來必須在今、明兩天內全部食用完畢。

與此同時，四周參觀的人群兩眼發直地盯著大塊魚肉看。漁夫一吃到鎧鮫肉就流眼淚，那到底是多驚人的人間美味？

「來，冒險者先生，你們的份。」

「好大塊哦。」

「就這樣直接塞進腰包好像也怪怪的欸。」

「那這塊布給你們包吧，是冷卻用的。」

這塊布使用織入魔力的絲線繡上了花樣。

這是阿斯塔尼亞的特產之一，布料根據灌注的魔力與繡花不同，擁有各式各樣的效果。

劫爾拿著用布包好的魚肉，整塊往伊雷文的腰包裡塞，伊雷文喃喃說「我感覺到背後有肉的觸感」，沒人理他。

「啊，對了。」

一切就緒，一行人準備回旅店的時候。

利瑟爾裝作想起什麼似地這麼說道，他環顧周遭，稍微抬高音量說：

「當然，我想那些魚肉一定會分配給漁夫們，不過如果還有剩餘，分配給其他人也沒關係哦。但條件是，必須要以合理的價錢出售。」

「呃，這是沒問題啦，但為啥……啊！你這小子，我不是說過不收錢了嗎！喂，給我等……」

下一秒，人群以排山倒海之勢朝著漁夫衝過去。

喊著要買鎧王鮫肉、質問價錢怎麼算的聲音蓋過了老漁夫的怒吼，這個時候，利瑟爾已經帶著有趣的笑容悠然離開了現場。

另外兩人也來到他身邊並肩同行，劫爾一副無奈到極點的表情，伊雷文則是哈哈大笑。

打從一開始，利瑟爾就不打算只給漁夫鎧鮫肉做為報酬吧。面對利瑟爾這個人，無論是恩情還是要求，要不接受都是難如登天。

「鎧鮫肉真的很好吃呢，快點回去請旅店主人烹調吧。」

「順道買點酒。」

「我贊成！趁著最好吃的時候趕快把它吃光！」

不只是伊雷文，三人的食慾都蓄勢待發。

那一大塊肉大概今天就會吃完，旅店主人恐怕會為了烹調它忙得團團轉吧。雖然對他有點抱歉，只能把魚肉分給他表示歉意了。

利瑟爾一行人無視於等在一旁的冒險者們「拜託賣我素材」的喊叫聲，邊說著好期待、好期待，就這麼回旅店去了。

利瑟爾忽然回過頭，朝港口看去。

「（本來以為快的話就是今天了……）」

那只是個稍縱即逝的念頭。怎麼了？劫爾他們見狀喊了他一聲，利瑟爾於是朝他們搖搖頭，轉而想像起誘人的晚餐來。

閒談　他不在的王都

那是利瑟爾初次拜訪商業國時的事情。

或許是由於「有個像貴族一樣的冒險者」的傳言開始在冒險者之間流傳開來的關係，利瑟爾看見了冒充自己的人。雖說是冒充他，但對方也沒見過利瑟爾本人，只是利用了這個傳聞，假扮貴族為所欲為的冒險者而已。

傳聞在不斷口耳相傳之下遭到誇張渲染也是世間常情，到了最後甚至有人說，有個真正的貴族仗著自己的身分，帶著兇狠的流氓在當冒險者。

要說這是無憑無據的傳聞，實際上見過「酷似貴族的冒險者」的人又太多了。實際見過的人親口說了，「那種人不是貴族還比較嚇人咧。」這些證言提升了傳聞的可信度，至少到了冒牌貨想恣意妄為都能夠得逞的地步。

至於目擊了那些冒牌貨的利瑟爾有什麼反應，他只是笑著旁觀而已。只要對自己沒有實際危害，這種事他時常置之不理。

出乎意料的是，很少有人看出利瑟爾就是那個傳聞的主角。為什麼？因為他看起來根本是真正的貴族，完全無法把他跟冒險者聯想在一起。直到他穿著裝備，在公會瀏覽委託單的時候，周遭人們才會半信半疑地想起那個傳聞。

正因如此，那些冒牌貨至今為止才能夠成功得逞。他們憑藉虛假的權勢，威嚇一無所知的民眾，受到貴族般的對待而沾沾自喜。

他們食髓知味，準備踏進下一個目的地——但他們並不知道，至今他們之所以如此幸運，是因為他們碰上的全是沒見過利瑟爾，或是不知道利瑟爾是個冒險者的人。

這時的他們還不知道，他們即將前往的王都，將會顛覆「一般人對於冒險者幾乎一無所知」的這項常識。

賈吉打掃著店舖，有點出神。

自從利瑟爾離開王都，不曉得已經過了幾天？不，他想忘也忘不掉，確切的天數他記得一清二楚。這種落寞和常客不再光顧的那種惋惜並不相同，賈吉垂下肩膀，平時就彎駝的背脊弓得更低了。

他好想聽到那個人喊他名字時沉穩甜美的聲音，希望他靜靜推開店門，在對上自己的視線時悠然瞇起眼微笑，想要咀嚼那個人抬頭望過來，朝他伸出手時的那種幸福感。

他沒有叫利瑟爾不要走。儘管知道自己沒有做錯，但賈吉時不時還是忍不住想，如果那時候開口求他別走就好了。他握著掃帚，將下巴擱在上頭，吐出那個人離開之後不知道第幾次的嘆息。

「打擾了。」

「啊，您好！」

忽然有客人上門，賈吉連忙把掃帚靠在牆上。

來客是沒見過的三人組，從打扮看起來應該是冒險者，但站在最前頭的男人打扮特別奇特。

基本上冒險者裝備重視的是實用性，冒險者希望盡可能在其中融入自己偏好的設計，而匠人會要求他們帶來相應的素材，在雙方的攻防之下，每個人穿戴的裝備也會表現出獨特的個性。

但眼前這男人卻穿著華麗高貴的衣服，好像刻意打扮，放棄了裝備性能似的。真是奇怪的人，賈吉偏了偏頭，一旁靠在牆上的掃帚彷彿與壁面同化似地消失在牆壁裡。

「聽說這裡有賣中心街也買不到的空間魔法包包？」

「是的，現在有的是這邊這三個……」

「該不會是假貨吧？像你這麼年輕的店主，怎麼可能進得到那種稀有商品？」

「不是的……都是真品。」

態度好傲慢哦。賈吉心想，將那三個包包排列在作業檯上展示給客人看。

現在店裡有的是一個手提箱型，以及兩個腰包型。考量到空間魔法包包的整體流通量，一間店裡竟然有三個簡直是異常地多，不過價格當然也不便宜。

「（皮箱應該也很適合利瑟爾大哥吧，但那時候以為他是貴族，所以覺得他手上不會拿行李……不過後來他不知為何當上了冒險者，還是腰包最方便就是了。）」

賈吉想著，差點露出軟綿綿的笑容。不行，現在在工作，他繃起臉頰，瞥了那些客人一眼。他們帶著興奮的眼神低頭看著那些包包，露出笑容相視點頭。

總覺得他們的笑容不懷好意，賈吉稍微有點不安，不過還是靜候對方的反應。這時打扮華貴的男人假咳了一聲，賈吉重新看向他，發現那人是個年輕男子，頭髮梳得服服貼貼，實在不太像冒險者。

「那這全部我都要了。」

「啊，好的，感謝您的購買。那個，結帳金額一共是金幣……」

「結帳？」

看見對方不悅的眼神，賈吉的肩膀微微抖了一下。

自己做了什麼事惹對方生氣了嗎？怎麼辦……他戰戰兢兢觀望著對方的臉色。

「你這小子，對貴族也敢這樣說話嗎！」

「那個，貴族大人的話，通常是由我們把訂購的商品送過去，然後當場收取費用……」

「呃、哦……原來這間店有貴族會來……」

「咦？沒有，只是偶爾會有中心街的店家問我能不能幫忙進某些商品……倒是沒有看過貴族大人直接光臨……」

對方嘴角抽搐，賈吉則是偏著頭想，為什麼會在這種時候提到「貴族」這個詞呢？聽他的語氣，好像在說自己是貴族一樣。

想到這裡，他忽然想起先前利瑟爾提過的事。印象中在他們從商業國回到王都的途中，利瑟爾曾經順口提起：

『話說回來，好像有傳聞說有個很像貴族的冒險者呢。』

『啊，我聽說過……說的就是利瑟爾大哥吧？』

『我只是很平常地在當冒險者而已，所以被人說成這樣有點非我所願……對了，有冒險者利用了這個傳聞，在外面為所欲為呢。』

這樣不以為意地笑著說「在外面為所欲為呢」真的沒問題嗎？賈吉還記得自己聽得都快哭出來了。

難道不是這樣嗎？因為那些冒險者的行為，會傷害到這個傳聞的主角，也就是利瑟爾本人的名譽。即使利瑟爾完全不介意，賈吉也不樂見這種事發生。

他不想見到任何貶損利瑟爾存在的人，即使只有一丁點也不行；即使只是個不曉得誰先起頭的流言，他也不希望利瑟爾的存在遭人利用；即使只是對方一廂情願的想像，他也不想看到那點程度的小人自以為獲得了與利瑟爾對等的地位。

當時他們背對背坐在馬車上，利瑟爾注意到他蹙著眉頭，溫柔地拍了拍他的背。

「（如果這些人就是當時說的冒牌貨……）」

怎麼辦？賈吉稍微退後半步。

但也不確定真的就是他們。雖然男子看起來實在不像擁有足以購買空間魔法包包的財力，但人不可貌相，傲慢的態度可能是天生的，從他口中說出貴族這個詞也可能只是偶然。

順帶一提，賈吉打從一開始就沒有考慮過「說不定他真的是貴族」的選項。至於他為什麼把這個可能性排除在外……

「喂，無禮的傢伙，你從剛剛開始對我講話就很沒分寸啊！你沒聽說過有個貴族身分的冒險者是不是？」

男子露出鄙視的笑容那一瞬間，賈吉眼中浮現絕望的神色，同時淚水盈滿了眼眶。

「嗚哇——！假如是更沉穩，氣質更高貴又有幽默感，雖然有時候會做出奇怪的事情但又很適合讓人覺得真拿他沒有辦法，懂得體貼別人，雖然有點不敢親近他但又情不自禁想靠近，一舉手一投足都俐落優雅，說話聲音讓人腦袋輕飄飄的，會對著我露出溫柔的微笑用眼神稱讚我，穿戴起昂貴的高級品自然又適合，氣質高潔又清靜的人，就算是冒牌貨我可能也勉強可以原諒的說！」

那身乍看之下高級的衣物用的全是便宜布料，身上穿戴的華麗飾品全是假貨。

賈吉原本還事不關己地覺得對方是個講究排場的人，但如果假冒的是利瑟爾，他真想毫不客氣地叫他外在與內在都提升過品質再來。這真是太過分了。

門口明明沒人，店門卻在那一瞬間猛地打開。那三名男子被賈吉帶著哭腔的吶喊嚇得啞口無言，還搞不清楚怎麼回事就直接被彈出店外。

店門立刻猛力關上。店裡只留下賈吉一個人，久違地挺直了背脊擦著眼淚。

「……啊，不過，那套衣服如果穿在利瑟爾大哥身上，看起來應該會很像真貨吧。」

雖然他是不可能讓利瑟爾大哥穿那種東西的。賈吉對自己補充道，露出軟綿綿的幸福笑容。

梅狄一邊低聲沉吟，一邊坐在桌前死命振筆疾書。

攤在桌上的紙張上寫著計算式，用來計算魔石磨出來的粉末量，每一瓶回復藥都必須計算一次，沒有偷懶的空間。

那張桌子一角，擺著一副她根本用不著的眼鏡。梅狄瞥了那副眼鏡一眼，生著強勢五官的美女憂鬱地嘆了口氣。

「唉……要是戴著眼鏡的知性小哥坐在我面前，效率一定會突飛猛進的說……」

「這樣啊，那麼小生來戴給妳看好了。」

「妳要是男人的話還滿對我胃口的啦。」

聽見梅狄斷然這麼說，坐在梅狄面前幫忙計算的魔物研究家有趣地笑著，輕撫她剛才打趣戴上的那副無鏡片眼鏡。

她的體型修長纖細，長相中性，鳥族獸人特有的、羽毛般的頭髮覆蓋著她的右半邊臉。她不愧為研究家，儘管鑽研的是專門領域，知識量仍然相當豐富，因此梅狄時常找她幫忙計算。做為交換，研究家也會叫她幫忙做雜事。

二人隔著一張桌子相對而坐，回想起那位現在不在這個國家的冒險者。先前她們相隔一段時間見到面的時候正好聊到那位冒險者，當時二人都很驚訝原來利瑟爾也接過對方的委託。

「那個清靜的氣質我攝取不足啊！那種讓人想要親手弄髒他的氣質真是太棒了，吸了直接延壽三年。」

「妳真的沒救了。」

「知性小哥哭起來絕對很誘人，明明自己沒有意識，但看起來絕對很像刻意引誘，超想把他弄哭的啦。」

梅狄極力主張道，研究家聽了於是心血來潮思考了一下。

哭泣的利瑟爾。就她對這個人的印象，利瑟爾除非忍耐到極限，否則絕不會哭，而且他也不像是會放聲哭泣的人。

既然如此，他應該會到了實在無法忍耐、淚水溢出眼眶之後，慢了幾拍才終於露出悲傷的表情，淚光閃動的雙眸目不轉睛地望著對方，像是在表達自己有多麼難過。該怎麼說呢，那種哭法會讓目擊者產生罪惡感，而且讓人忍不住覺得「自己非得為他做點什麼才行」。

「……嗯，確實很像刻意引誘。」

「對吧！」

要是利瑟爾本人在場，他應該會嚴正否認吧，不過他不在也就沒辦法了。

一人拚命動腦運算，另一人則以尋常的步調動腦，兩人邊計算邊聊開了，利瑟爾一行人已經成了她們絕佳的談資。

「真要說的話，小生比較偏好跟他同行的黑色冒險者，感覺不論是什麼樣的魔物他都有辦法捕捉。」

「妳真的三句不離本行欸。」

「比妳這種只想著奪得肉體的人好多了。」

二人在伏案計算中霍然抬起臉瞪向彼此，視線擦出火花。

「肉體才是最重要的啊傻子！」

「世界上哪有什麼東西比魔物更重要！」

「妳們就不能閉嘴做事嗎小丫頭!!」

二人砰地拍響桌子站起身互嗆，一聲撼動空氣的渾厚怒吼從工房深處傳來，她們聽了閉上嘴重新坐下。

好像差不多該提出磨碎魔石的委託了，話說回來最近聽說市場上出現某某魔物的素材……二人換了話題，還算和氣地努力工作。

就在這時，工房的大門忽然無預警被人打開。梅狄正好坐在面對門板的方向，她詫異地挑起一邊眉毛，朝著預料之外的訪客開口：

「是冒險者嗎？我們這邊沒賣回復藥喔。」

那名打扮得特別造作的冒險者，以特別造作的動作聳了聳肩膀。

瞧見對方蔑視的眼神，梅狄哼笑一聲，把手中的筆往桌上一扔。研究家看著那枝筆「喀啦」一聲在桌面上彈了一下，興味索然地瞥了訪客一眼，然後好像什麼事也沒發生似地繼續她的計算工作。

「聽說這間工房的回復藥評價不錯，能被我選上，妳應該要引以為榮。」

「就說沒在賣啦，你這王八蛋是沒長耳朵喔？」

「妳知不知道我是誰？」

語氣好像在警告對方最好不要跟自己作對，打扮與舉止好像在大肆誇示自己的地位，這種態度使得梅狄皺起臉來。該不會是貴族還是什麼有權勢的傢伙吧，她嘖了一聲。

假如真是如此，把他趕出去也很麻煩，但她也完全不打算把回復藥賣給沒跟工房簽約的人。真沒辦法，去叫老頭來處理吧。但梅狄剛從椅子上站起身來，對方就開口了：

「知道厲害就好，妳也聽過貴族冒險者的傳聞吧？」

「啊？」

誰聽過啊？

不，姑且算是聽過啦，她知道那個傳聞：有個酷似貴族的冒險者，但他其實不是貴族；

倒不如說，她根本認識那個傳聞中的主角，看到就認得了。

這跟現在講的事情有啥關係？梅狄腦袋的運轉速度絕不算快，她抹了抹沾著煤汙的臉頰，覺得莫名其妙。

這時，原本在努力計算的研究家停下了筆。

「原來如此。」

「什麼原來如此啦。」

「我是說妳背後的那些人。」

「我是不太懂啦，反正意思就是說他是貴族，所以想要特別待遇吧？」

她說得露骨，訪客當然也聽得一清二楚。但梅狄不是刻意這麼說的，她根本沒注意到有何不妥；而研究家的結論是沒必要提醒她，因此也不介意。

研究家轉著手上的筆，把另一隻手插進白袍口袋，身體靠上椅背，椅子隨之發出吱嘎一聲。

「妳想得單純一點就好，這只是無趣的證明題，就連重複假設與驗證的過程都沒有必要。」

明明沒有風，她羽毛般的頭髮卻輕晃了一下。

「那個人舉止那麼高貴都不是貴族了，妳覺得眼前這些無禮的不速之客真的有可能是貴族？」

「所以妳想說什麼啦？」

「……他們是假冒那個人的冒牌貨。」

說得太清楚難保他們不會惱羞成怒，所以她一開始才語帶保留的，研究家聳聳肩。聽見她口中道出的真相，梅狄使勁皺起她那張確實會被歸類為美女的臉蛋。

她緊抓住掛在腰間的工具，高舉過頭大吼：

「要是你們真的是那種皮膚很好又打理得乾乾淨淨，體型纖細但又不柔弱，有知性但不腹黑，講話又用敬語，長得不是特別美型但整個人沉穩又端正，明明穿著零暴露卻讓人覺得很煽情的男人，就算必須拿回復藥來交換我也要把他帶到床上×××然後×××，再把他×××到情不自禁忘記用敬語的地步！先進入老娘的好球帶再來啦廢物!!」

「妳在店門口叫屁叫啊臭丫頭!!」

梅狄才剛把那些男子踢出工房，還來不及辯解就吃了一記鐵拳，然後就被綁在椅子上強制繼續她不擅長的計算工作了。

這是怎麼回事？男人們頂著苦瓜臉嘀咕。

看來傳聞中那名「貴族冒險者」曾經到過這個國家，最初的兩次嘗試已經讓他們痛切體認到這點了。既然如此，那只要找冒險者不會上門的店家下手就行了。

冒險者以外的族群不太清楚冒險者的內情。許多人聽過A階冒險者的名號，到了S階則是連長相都有不少人認得，但如果對冒險者沒興趣，兩者都不知道的人也很多。

儘管如此，那些聽過傳聞的人卻完全不理會這些男子。就連沒聽過傳聞的人，一聽他們提到貴族冒險者也會想起什麼似地「啊」一聲，然後打量著男人們狐疑地說：「咦……」

為什麼區區的冒險者會知名到這種地步？

「貴族大人真的很溫柔喔！」

偶然間傳來一道聲音，男子們朝那邊一看。

三個小朋友正在某間旅店門口，興高采烈地不知道聊著什麼。不可能是真正的貴族，他們說的應該是傳聞中的那個冒險者吧？男子們躲到附近的巷子裡豎起耳朵。

其中一個小女孩一臉陶醉，做夢般繼續說下去。

「之前有一次啊，功課時間之前我不是去叫貴族大人來嗎？」

「就是妳被抱回來那次吧？」

「嗯。」

小女孩說出事情始末。

那一次，他們和利瑟爾約在兩點鐘響的時候。住在同一間旅店的小女孩等不及了，她擔心利瑟爾是不是忘了跟他們有約，於是走出旅店的餐廳去找利瑟爾。

能讓利瑟爾指導功課的機會並不多。聽旅店的女主人說利瑟爾出去了，因此女孩想說至少在門外等他回來。但她一走出旅店——

『就說了我們會付錢，你是聽不懂啊！』

『我也說過了，那對我們來說並不構成脫手貴重素材的條件呀。』

撼動鼓膜的怒罵，緊繃的威壓感，小女孩不自覺跌坐在地。

眼前有幾個看起來很可怕的冒險者，正與她熟悉的人，也就是利瑟爾他們的隊伍對峙。

周遭人群在一旁遠觀，困擾地望著那些怒吼的冒險者，對於利瑟爾他們不知為何則是以擔心居多。

『？』

小女孩不知道發生了什麼事，跌坐在原地顫抖。

利瑟爾原本面對著那些冒險者，這時忽然轉向這裡，臉上轉而露出柔和的笑容，女孩看了下意識放鬆了肩膀。

劫爾與伊雷文也跟著看過來，女孩雖然有點害怕他們的目光，仍然抬起頭看著利瑟爾緩緩朝這裡走近，在她眼前跪了下來。

『怎麼了？距離我們約好的時間還有一下子吧？』

『那個……但是、但是，貴族大人平常都會稍微早一點來……』

『原來是擔心我呀，謝謝妳。』

利瑟爾露出一如往常的微笑，溫柔地拍撫小女孩的肩膀，好讓她身體的顫抖平靜下來。身體在他的引導之下不再顫抖，小女孩輕輕呼了一口氣。看見利瑟爾朝她伸出手，小女孩高興地握住他的手，一邊拍落屁股上的塵土一邊站起身。就在這時……

『大人在講話妳跑來攪什麼局！不懂禮貌的死小鬼！』

『咿……！』

聽見冒險者的怒吼，女孩縮起肩膀。

她不自覺握緊手心，手指不住地顫抖。利瑟爾溫柔地回握她的手以示安撫，又朝她笑了笑，才無奈地站起身回頭看向那些冒險者。

女孩忍不住緊緊貼在他身邊，利瑟爾溫柔地摸摸她的頭。

『我一開始就說過我有事情要辦了，我跟這些孩子有約在先，來攪局的是你們才對。』

『你是瞧不起我們是不是……！』

男人們一副就要掏出武器的樣子，周遭群眾紛紛發出慘叫與責難的聲音。

『他們怎麼會覺得自己被瞧不起啊？』

『這些傢伙真吵。』

伊雷文無聊地打了個呵欠，劫爾則無奈地嘆了口氣。

正當小女孩不安地望著這一幕的時候，一隻手掌忽地擺到她頭上。她努力抬頭往上看，看見利瑟爾帶著一如往常沉穩的表情低頭看著這裡。

『我會在約定的時間之前過去，妳先進去吧。』

『不、不要……！』

『嗯？』

利瑟爾笑著說很少看到她耍任性，又說這裡太危險了，但女孩只是一個勁地搖頭。

把利瑟爾留在這麼可怕的地方令她不安，小女孩不想丟下他一個人進到室內，而且他們明明約好接下來要討論功課，這樣卻好像利瑟爾心目中有其他更優先的事情，她不甘心。還有，即使這裡距離朋友們等待的餐廳只有幾步遠，她也不想一個人走這段路。

最重要的是，那些人對自己怒吼的聲音一直在她耳邊揮之不去。

『好可怕，貴族大人……！』

小女孩緊緊抓住他的衣角，拚命抬頭望著他。利瑟爾見狀，伸手抹去了她不知不覺間盈滿眼眶的淚水。

然後，他再次跪了下來。女孩不可思議地看著他的臉，接著感受到輕微的飄浮感，還有溫暖的體溫，她這才發現自己被抱起來了。

她下意識抓緊利瑟爾，隔著那道肩膀，她看見劫爾他們不知為何一臉無奈地看著這裡，還有啞口無言的冒險者們。

『對不起，把妳捲進來是我的過失。』

柔和的聲音在女孩耳邊輕聲這麼說，蓋過了仍然教她心臟震顫的怒吼。

小女孩搖搖頭，聽見利瑟爾吐息般的笑聲。她不禁覺得有點難為情，於是把臉埋進他的肩膀。

『接下來就交給你們了。』

這句話應該是對著劫爾他們說的吧。

利瑟爾就這麼邁開步伐，推開半掩的旅店門板。看他不以為意地打算就這麼進入室內，小女孩錯愕地眨了眨眼睛。把大家擺在外面不管真的沒關係嗎？

情急之下她抬眼望去，無意間看見男人們張大嘴巴又要怒罵，於是她繃緊身體緊緊閉上眼睛。

『你想去——』

『讓他們閉嘴。』

但那聲怒吼不自然地中斷了。

小女孩緩緩睜開眼睛，但一隻大手遮住了她的視野，什麼也看不見。

『不要把事情鬧大，請他們回去吧，要是對方打過來的話別做得太過火了。』

『嗯。』

『好喔！』

『別做得太過火哦，伊雷文。這裡是路中間。』

『我不是回答了嗎！』

利瑟爾打趣的笑聲在女孩耳邊響起，然後是關上門扉的聲音。手掌從她眼前移開，熟悉的旅店門板隨之映入視野。外面好像有什麼聲音，不過現在隔著一層門板，又受到溫暖的體溫包裹，她一點也不害怕了。

不曉得後來怎麼樣了？雖然她有點在意，但想到利瑟爾正要前往餐廳，接下來要陪他們一起念書，就覺得好像也無所謂了，小女孩於是笑了。抵達目的地之後，利瑟爾恭敬有禮地在椅子上將她放下，女孩忘記了恐懼，露出幸福的笑容。

「事情就是這樣，那時候貴族大人好帥哦！」

看見女孩陶醉的神情，小男孩們孩子氣地想著，她應該是喜歡利瑟爾吧？

在他們看來，小女孩很親近利瑟爾，無論功課還是禮儀都認真跟他請教。男孩們單純地覺得小女孩應該是戀愛了，會這麼想也沒辦法。

但是聽他們這麼說，沒想到小女孩卻偏了偏頭想了一下，然後搖搖頭否認了。騙人、騙人，小男孩們瞎起鬨，小女孩生氣地扠著腰說：

「我喜歡貴族大人，可是不是想當他的新娘子，是想變成像他一樣的人！」

沒想到她的目標這麼遠大，小男孩們閉嘴不再鬧她，只能感到佩服。

在孩子們旁邊，他們的母親正在閒聊八卦。

今天哪裡的蔬菜便宜划算，最近搬到隔壁的某某人怎麼樣……媽媽們的話題在聽見孩子們的對話之後，也跟著轉移到利瑟爾他們身上。

利瑟爾時不時會指導孩子們功課，甚至還教會了他們禮儀，要離開這個國家的時候還透過孩子們轉交了知名高級巧克力店「Bouquet · Chocolat」的巧克力禮盒，請她們一起享用……這樣的人要忘掉還比較困難呢。

「貴族大人去了阿斯塔尼亞，總覺得好像少了一位知名人物，讓人有點落寞呢。」

「我本來還擔心這些孩子們的成績會退步，但也沒有。」

「因為貴族大人很會教呀，他不是告訴小朋友答案，而是教他們怎麼學習。」

「明明是個冒險者呢。」

這些母親一開始也不知道利瑟爾是冒險者。

他只是在旅店偶然為孩子們指導了功課的大哥哥。媽媽們聽了孩子們的描述如此判斷，而實際見到他的時候雖然懷疑他是貴族，但看起來是個很溫柔的人，因此她們也放下心來。聽說他是冒險者的時候，她們驚訝得忍不住要再確認一次。

家長們也曾經想過，既然知道他是冒險者，是不是不要讓小孩子接近他比較好？冒險者當中以粗暴兇狠的人居多，這群人對民眾造成的危害甚至被稱作「冒險者災情」。

「但是，孩子們被他教過都變乖了呢，也懂得好好念書了。」

「我家小孩拿湯匙的姿勢不管我教了多少次都改不過來，結果他一教就改正了，而且用刀叉的姿勢還比爸爸端正呢！」

「之前去買東西的時候，我家小朋友還主動說『媽媽提好多袋子，我幫忙拿一個』，不知道什麼時候變得這麼紳士了！」

「我家妹妹也是，我老公的客戶到旅店拜訪的時候，她還表演了完美的淑女禮呢！對方都驚呆了，不過他們看了好像很高興，所以成交得也比想像中還要順利。」

沒錯，他沒有帶來任何一點負面影響。

既然如此，也沒有必要特地讓孩子們離開他；即使要求孩子們不要與他往來，父母也無法回答孩子們單純的「為什麼」。但是，再怎麼說他還是個冒險者……就在家長們猶豫不決的時候，發生了一件事。

孩子們把一個在附近知名的名門魔法學校念書的學生，拉到了利瑟爾的面前。在附近談笑的媽媽們，親眼見到了那份寫滿了連大人都看不懂的計算式和理論的報告，被交到正要走出旅店的利瑟爾手中。

『這是……？』

『那、那那那那個，是這些小朋友突、突、突然把我……』

『這個大哥哥最近很吵，一直在說數字對不上！』

『咦?!對、對、對不……』

『希望貴族大人讓他閉上嘴巴！』

這種說法。

真丟臉，那個小男孩的媽媽扶著臉頰。而利瑟爾眨了眨眼睛，交互望著突然交到他手上的那份報告，還有睜著一雙睡眠不足的死魚眼，口中不斷喃喃自語的那個青年。

他不明就裡地盯著那份報告看了幾分鐘，然後……

『……啊，這邊弄錯囉，所以最後的結果才會對不上。』

『咦，哪、哪哪哪哪裡，哪裡弄錯了？』

『你看這邊，這裡想求的是魔力吸收和放出量之間的差對吧？那就不應該先算魔石的體積比，而是魔力含有量的——……』

除了交談的兩人以外沒有人聽得懂他們在說什麼，不過青年邊聽邊專注地嗯嗯點頭，最後他那雙死魚眼閃閃發亮，樂得手舞足蹈地回去了，可見利瑟爾的指摘確實切中了要害。

從這個瞬間開始，利瑟爾是冒險者的事實在家長們心目中再也無關緊要。會念書的人不管到了哪裡都很受父母歡迎。

「剛才那孩子說的那件事也是呀。」

小女孩的母親露出為難的笑容開口。

「後來貴族大人親自來說明事情經過，說很抱歉把小朋友捲進去，還低頭跟我們道歉呢。」

「咦?!」

「最後怎麼樣了？」

「當然，我跟老公都慌了，小朋友什麼也沒說，我們聽了嚇一大跳。」

小女孩完全忘了可怕的經歷，回來只興高采烈地說「今天貴族大人教我們功課」而已，媽媽也回她「那太好了」。結果那天晚上，利瑟爾就來登門致歉了。

看見利瑟爾鄭重道歉，女孩的父母反而不斷向他道謝，幾乎要平伏在地。畢竟從狀況看來，這件事錯在跑來糾纏的冒險者，他們不可能因此對利瑟爾產生什麼負面印象。

「但是啊，他們整個隊伍待在一起的時候還是有點難靠近呢。」
「那種存在感不一樣嘛。該說他們是住在不同世界的人呢，還是有一種獨特的氣質？」
「不過在他指導孩子們功課的時候，我去謝謝他平時的關照，他會微笑著跟我說『不會』呢。看見那道微笑朝向自己，有一種特別感哦。」
「啊，我懂。」
同一個話題在孩子們和家長之間分別獲得熱烈討論，就這樣又持續了一段時間，暫時沒有結束。

這到底是怎麼回事？冒充貴族的冒險者們一手拿酒，一邊發著牢騷。
傳聞中那個冒險者的知名度也高得莫名其妙，而且儘管他不是貴族，從周遭聽來的評語反而讓人覺得他是貴族也不奇怪。
雖說他們也只聽過傳聞，但世上還有比他更難以捉摸的人物嗎？他們坐在一間氣氛像是酒吧的酒館裡，高聲叫老闆拿酒來。老闆馬上端來酒和下酒菜，他們的心情稍微恢復了一點。
他們終於找到一間酒館的老闆，在他們搬出貴族身分的時候完全沒有顯露出懷疑的態度。看見他默默按照指示準備酒菜的模樣，男子們感到相當滿足，他們等的就是這個啊。
冒險者們的目光受到端上桌的料理吸引，誰也沒注意到後門小聲開闔的聲音。
大吃大喝一頓之後，老闆拿著帳單請他們結帳，他們以慣用的技倆擺出高壓態度，大言不慚地說：你沒聽過貴族冒險者的傳聞嗎？你以為你在跟誰講話，還敢叫我們付錢？

下一秒，酒館的大門「砰」一聲猛地打開。

映入男人們視野當中的，是帕魯特達爾的憲兵制服。雖說制裁冒險者是冒險者公會的權責，但在帕魯特達爾只要是現行犯，憲兵也有權可以逮捕送辦。這下糟了，趕快擺出貴族架子拖延時間闖過這一關吧。但他們才正要開口——

「我真是看錯你們了！」

憲兵卻喊出一句意想不到的話。

打開門衝進店裡的是個看起來就正經八百的憲兵，從臂章可以看出他的位階是憲兵長。

「還以為你們出國了，結果一跑回來就做這種壞事……你們的作風總是很出乎意料，但我一直相信你們不會對別人做出蠻橫無禮的事情才對！你們要知道這種行為是對子爵大人的背叛……………怎麼是別人？」

「……我想我們說的確實是『假扮貴族的冒險者』才對？」

老闆瞥了與廚房連通的層架縫隙一眼。

看見廚房裡那雙手揮了揮表示不知道，老闆領會到這完全是憲兵長誤會了。這種說法確實容易產生誤解，不過一聽就率先想到利瑟爾他們，也算是證明了他們留下的印象有多強烈吧。

面對老闆沉默的視線，憲兵長假咳了一聲。

「總而言之，你們該不會打算白吃白喝吧？」

憲兵長說著投以凌厲的目光，男人們頓時無言以對。

區區的憲兵，他們忿忿地把錢幣砸上櫃檯，然後走出了店門。目送那些冒險者離去之後，憲兵長派了同行的一名憲兵去向冒險者公會通報。

接著他看向酒館老闆，對方已經擦起了玻璃杯來，好像什麼事也沒發生一樣。

「感謝你的通報，幸好你沒上當，才沒有讓他們佔了便宜。」

「因為我見過啊……」

「你指的是那三個人？」

「是傳聞真正的主角。我偶爾會想，要是沒把魔鳥騎兵團的事告訴他就好了。」

不過即使自己不說，那個人也會獲知這個消息吧。老闆微微露出笑容，喃喃說完之後就不再出聲，默默擦拭玻璃杯。

「如果還有什麼事，請再向我們通報。」

「好，謝謝。」

聽見老闆道謝，憲兵長點點頭回應，然後便出了酒館。

這次雖然扯上了利瑟爾的關係人，不過幸好沒有增加他的創傷。利瑟爾一行人確實讓他勞心費神，他們離開了雖然不至於教人寂寞，但憲兵長的確感到少了點什麼。

雷伊的無理要求減少了，這點倒是讓他偷偷鬆了一口氣，因此利瑟爾他們不在，他也不知道自己到底該不該高興。

天色完全暗了下來，男人們正在尋找落腳的旅店。

旅店相關人士與冒險者關係密切，恐怕也聽過貴族冒險者的傳聞，甚至有可能連本人的臉都認得，大概不太容易得手。儘管這麼想，這個手段在來到王都之前無往不利，放棄這招實在太可惜了。

就算聽過傳聞，只要不認得本人的臉就沒問題了。他們如此判斷，於是選了一間離冒險者公會稍微有段距離的旅店。

「不好意思啦，我們只剩下兩間個人房，是先前某個冒險者住過的房間……知道這件事的冒險者都說不太好意思住，所以現在也空著。要是你們願意住，我們是非常歡迎……」

旅店門口這段對話聽得男人們心裡一股不祥的預感，臉頰抽搐。

不用聽下去他們也知道是怎麼回事，簡單說就是那個冒險者住過的房間吧。他們正想煩躁地大吼「夠了！」然後直接離開，這時候……

「啊，不過商人倒是覺得很吉利，所以喜歡住那兩間房哦！怎麼樣，你們要住的話也可以幫你們加到兩張床……哎呀，你是……」

女主人的住宿說明講解到一半，忽然將視線轉向一旁。

「好久不見。」

下一秒，男人們領悟到剛才那股不祥的預感只不過是前兆而已。

他們感覺到絕對零度般冰冷的殺氣，彷彿連脊髓都要凍結，冷淡平板的聲音逐漸接近，聽不到半點腳步聲這點更是恐怖駭人。

光是控制住下意識顫抖的身體就用盡了全力，他們一步也動不了，一句話也說不出來。

「這不是來跟利瑟爾先生一起留宿過的職員嗎，怎麼了呀？」

「我找那邊的冒險者有點事情，請妳忘了他們先進到旅店內吧。」

那雙冰冷的眼瞳裡映不出任何情緒，女主人聳聳肩說了聲「哎呀哎呀」，便消失在旅店門扇的另一頭。

公會職員鮮少到公會之外辦事，考量到這一點，對於冒險者還算熟悉的女主人一聽就理解了一切。

男人們真想叫她別走，希望她立刻讓他們進到旅店裡。異常的寒氣、不聽使喚的雙腿，他們從來沒有感受過這麼強烈的恐懼。

「公會接獲憲兵的報告，聽說你們假冒貴族身分四處橫行霸道，沒有錯吧？」

他們想否認，卻辦不到。

耳邊彷彿聽見冰塊碎裂的啪喀聲，或許是強烈殺氣下產生的幻聽吧。但是又聽見啪喀啪喀什麼東西結冰似的聲音，他們勉強轉動視線瞥向腳邊，看見地面上結出了美麗剔透的冰柱，正緩緩往他們腿上攀爬。

喉嚨深處漏出慘叫，卻沒能迴響在夜裡空無一人的街道上。

「回答呢？」

「我、我們……！」

「除了『是』或『不是』以外都閉嘴，否則我會想殺人。」

這些冒險者最大的不幸，是他們不知道眼前這位職員的存在。

假如知道，他們在王都會安分一點，也許根本不會接近王都吧。比起傳聞中的貴族冒險者本人曾經在這個國家活動，這名職員的存在更能成為遏止他們暴虐行徑的理由。

其他國家深受「冒險者災情」所困擾，在王都卻少有類似情形發生。直到現在，這些男人們終於痛徹領悟到背後的緣由。

「行徑本身就令人不快，偏偏還冒名頂替那個人，這比什麼都還令人髮指。」

名為絕對零度的秩序。

「以消失來償還你們的罪過吧。」

眼前是刺來的無數冰刃，以及那雙沒有感情的瞳眸，男人們就這麼失去了意識。

無數的冰刃刺在地面，男人們被拘束在冰牢之中失去了意識，史塔德面無表情地看著這一幕。

然後，他踏上歸途準備回到公會。躲在一旁的其他職員臉頰抽搐，趕緊出來手腳俐落地將那些人帶走。明天，他們會在公會接受應有的懲罰吧。

威嚇違反規範的冒險者也是公會不成文的規矩，畢竟職員們最清楚，以暴制暴的方式對冒險者才是最有用的。

「……」

史塔德獨自走了一會兒，然後停下腳步。

他凝神望向自己的掌心。強烈的怒意使得他想要奪去對方性命，但他仍然沒有給予致命一擊……總是會對此給予褒獎的那隻手掌卻不在了。直到現在，他才確切體認到這一點。

「……、……」

他微啟雙唇，卻什麼也沒說，又再次閉上。

假如利瑟爾就在眼前，那麼要他說出多少自己的寂寞都可以。可是現在，與他相關的任何一點感情碎片掉出來都嫌可惜，他於是嚥下了剛到嘴邊的話語。

接著他重新邁開腳步心想，真想在夢裡見到那雙甜美醉人的紫晶色眼眸。

魔鳥騎兵團的菜兵如是說

自從我加入魔鳥騎兵團，不知不覺間已經過了幾年，但我仍然是整個騎兵團裡面資歷最菜的一個。

這顯示出加入騎兵團就是這麼一道窄門：我們不斷祈禱哪一天能遇見屬於自己的搭檔，經過快十年的見習期間，才終於能正式宣稱自己成為騎兵團的一員。

這是我第一次拜訪帕魯特達爾。這個國家的王都帕魯特達給人一種沉靜的印象，跟阿斯塔尼亞大不相同，感覺好像擁有非常悠久的歷史。

對我來說，這是第一次和帕魯特達爾的騎士一起進行聯合演練。

在一旁參觀的民眾看得非常高興，演練順利結束；但我從來沒想過演練之後，副隊長納赫斯大哥竟然會帶那樣的人物過來。

第一眼見到他的瞬間，我以為我們有任務要秘密載運哪個國家的王族——那位貴客看起來就是這麼超凡脫俗。

而且，那位清靜高貴的客人還帶著兩個一眼就看得出實力不同凡響的人。是護衛吧，魔鳥騎兵團的所有成員都不約而同在心裡點頭……雖然後來發現他們不是護衛。

「納赫斯大哥，不是說我們要載的是冒險者？」

「他們確實是冒險者的樣子。」

「這種表面話就不必了啦，隱藏身分感覺更可疑了……」

「不，我是說……」

我跟納赫斯大哥有過這麼一段對話，其他前輩們也差不多都跑去確認過。

不過，那些貴客好像真的是同個隊伍的冒險者。看慣了阿斯塔尼亞那些冒險者，我總覺得世上怎麼可能有這種冒險者啊？但反正身分沒問題就好，於是我們歡迎那些客人加入，決定送他們到阿斯塔尼亞。

從王都啟程之後。

即使他們三人組的氣場那麼獨特，好像還是第一次空中旅行。我和搭檔在第一天負責牽引魔鳥車，所以時不時會聽到車廂裡面的對話。

坐在搭檔背上，豎起耳朵傾聽劃破空氣的風聲，無論體驗過幾次，這一瞬間還是一樣無比幸福。這時候再加上貴客們感嘆的聲音傳入耳中，我也忍不住露出得意的笑容。

「雲好近哦。」

對吧、對吧！

平常是看不到這種風景的，希望客人們慢慢欣賞。

「分不清速度到底是快還是慢欸。」

我懂、我懂，第一次坐魔鳥車就是會有這種感覺。

在高空飛行的時候，雲朵和地面看起來都只會緩慢移動，不過其實飛得還滿快的喔。

「沒想到不太會晃啊。」

很厲害吧，這是多虧了我們的飛行技術喔。

只是照常飛行是無法這麼穩定的，我也是經過一番努力苦練之後才能牽引魔鳥車。對於魔鳥來說這是自然就能辦到的事情，如果因為我的技術不足而影響到這傢伙的評價就不好了。

在這之後一段時間，客人們優閒地享受著空中旅程。之前從來沒有人用這種真的像在觀光的心情搭上魔鳥車，他們放鬆的氣氛也讓我忍不住有點高興。

「欸，那朵雲看起來好眼熟喔。」

「啊，是像賈吉嗎？」

「你已經想他了？」

「才不是，真的有點像，你看……」

你看看，他們已經聊起這麼可愛的對話了。

真的反差很大啊，你想想看，看起來那麼高貴的人、看起來那麼惡質的人，還有看起來那麼像絕對強者的人，竟然在那邊討論雲的形狀欸。

「那那朵咧？」

「像貓吧。」

「狐狸。」

「我覺得像狼！」

聽得出那朵雲長著像耳朵的東西。

無意間往旁邊一看，前輩好像也聽到了這段對話，正在四處張望著尋找他們談的那朵雲。這種心情我懂。

應該是那一朵吧？那朵看起來像有貓咪或狐狸或野狼坐在上頭的雲。我一邊猜想，一邊拍撫著搭檔的頸子。好和平啊……

「啊?!一刀?!」

野營第一天，我正優閒地烤著營火，沒想到聽見了令人震驚的傳聞。

其中一位貴客，也就是那位看起來充滿強者氣場的冒險者，竟然是知名的最強冒險者「一刀」。我也聽過一刀的傳聞，聽說真的強大到非常誇張的地步。

「好！」

「我也去！」

跟我一起圍著營火的另外兩人抓起長槍，霍地站起身來。

循著他們跑走的方向看去，一刀已經被其他幾位前輩團團包圍了，一副超級不情願的表情，看起來有夠兇。

「哎呀……沒想到就是那傢伙。」

「不過，看了也覺得合理啦。」

把消息帶到我們這邊的前輩哈哈大笑，隨意盤著腿在營火旁坐下。

我看著他們毫不客氣拿起那兩人留下的酒就往嘴裡灌，然後再次看向一刀。路過的紅髮獸人對他說：「大哥，反正你也很閒嘛，玩玩又沒差。」說完就帶著賊笑走開了。

「哦，真的要打了嗎？」

一刀嘆了口氣，拔劍出鞘，然後邁步走到空曠的地方。

他回過頭，朝著團團圍著他的那些騎兵說了些什麼。我正好奇他講了什麼，就聽見那些跑去找他過招的前輩紛紛歡呼、吹起口哨，然後所有人同時架起長槍。

「啊？」

「這還真是大放送啊。」

多人合力包圍一刀，以一敵多。

「咱們拿的是長槍啊。」

「這實在很難有勝算吧。」

「不過他可是最強冒險者哦。」

看熱鬧的騎兵們一手端著酒，不曉得從哪裡聚集過來，七嘴八舌地這麼說。

確實，這是最好的下酒餘興了，我也拿起擺在地面的酒瓶喝了一口。然後，比試開始。

先說好，我的前輩們是很厲害的，他們不必騎乘在魔鳥背上，實力也已經相當高強。我也不覺得自己會隨便輸給一般的冒險者，但前輩們又比我更厲害。

「哇靠……」

但一刀的實力根本是不同次元。

「那傢伙怎麼回事，太扯了吧。」

「真的太扯了。」

「扯過頭了……」

扯到我們的語言能力都死光了，不是很厲害，是很扯。

前輩們也已經不是在比試，開始全力取他性命，但他們天衣無縫的合作仍然碰不到一刀一根寒毛。

「那把劍也是，怎麼回事啊？」

「是迷宮品嗎？」

「對喔，冒險者還有那種東西。」

冒險者取得性能優異的迷宮品往往會留著自用，因此它們很少在市面上流通。

迷宮品的性能當然也不簡單，但是輕易揮舞它的一刀也令人不敢置信。他單手持握那種長度的大劍，而且還只用手腕支撐它的重量，揮劍的速度快得連我們這些對眼力有自信的騎兵都只能勉強看見。

最後，所有人的長槍都被擊落，比試結束。

「大哥不是人——！」

「吵死了。」

在某處營火和騎兵一塊喝酒的獸人拋來一句奚落。

一刀無奈地應了一聲，便不曉得走到哪去了，剛才參加比試的前輩們也一邊興奮地討論，一邊各自回到原本的位置。

「哎呀——那真是太扯啦、太扯啦！」

「我們完全不是他的對手！」

前往挑戰的那兩個人回來了，臉上的表情相當快活。

這也不奇怪，我想。鮮少有機會當面見到那種境界的強者，對於習武的人來說，即使只是比試，能夠與他交手也是一種幸運。

「話說回來，剛剛他說不是人？」

我忽然想起剛才那句嘲弄。

隊友說自己不是人，一刀都無所謂嗎？他剛剛是當作沒聽見啦。
「不過，那種強度說他不是人我也覺得合理啦。」
「假如真的不是人咧？」
「那又怎樣？」
我一邊確認一刀不在附近，一邊加入開著玩笑的前輩們一起喝酒歡笑。
「那不就是魔王了？」
「童話故事太遜了啦。」
「那『最強魔鳥』怎麼樣？」
「啊——你是說那個體型很大又全身漆黑的……」
「他也穿得很黑啊。」
「嗯，很黑。」
「不過喔，他的形象不太符合……」
「那就龍吧，龍！」
「就是這個……！」
最後大家的結論是，不知為何降生為人形的龍族。
蛇族獸人在不知不覺間也跑過來湊熱鬧，他聽了這個結論哈哈大笑，而我在這時候從營火旁站起身來。
因為我稍微有點醉意了。總不能在野營當中喝得爛醉……不，只要喝醉不會妨礙到任務，其實誰也不會介意啦。只是我的搭檔不喜歡酒味，萬一明天牠不讓我坐到背上那就糟糕了。

一直坐著大家會無止境地勸酒，我自己也會忍不住繼續喝，所以我在野營地漫無目的地閒逛，讓晚風吹涼發熱的臉頰。

「喔？」

在野營地的邊緣，我看見了隊長的帳篷。

順帶一提，一般來說隊長的帳篷應該搭在野營地正中央才對，但隊長說「太吵了」。騎兵們在那裡喝酒大鬧，會吵也是當然的。

在帳篷前面，有兩個人影坐在晚餐食材的空箱子上，是納赫斯大哥，和剛才一直沒看見的最後一位客人。沒看到隊長的身影。

「也就是說，魔鳥不會使用騎手的魔力，而是依靠自己的魔力飛行囉？」

「沒錯。要不是這樣，我們大概無法騎乘吧。」

「就我的觀察，魔鳥好像是以風之魔力作為升力——」

「並不是有意識地使用——」

「那麼就是將體內轉換過的魔力——」

「不，總之變換效率——」

納赫斯大哥也算是知識分子了，限定於魔鳥領域的話。

然後那位客人對魔鳥真的很感興趣，他一從魔鳥車下來，就趁著我們在準備野營的空檔在魔鳥旁邊轉來轉去、仔細觀察，有時候會請有空的騎兵讓他摸摸看自己的搭檔。

就是因為他那時候提出了各式各樣的問題，大家聽了都介紹他去找納赫斯大哥請教，所以現在他們才會在這裡吧。大多數的騎兵都一樣，老實說我也不太瞭解那些詳細的理論。

「牠們平常都吃什麼？」

「什麼都吃哦。魚、肉、蔬菜，其他要看每隻魔鳥的喜好，有時候會吃昆蟲或花朵。」

「我也想餵食牠們看看。」

「哈哈，那就要看魔鳥的個性了。」

我的搭檔愛吃樹果，會用嘴喙靈巧地剝開硬殼食用。

至於魔鳥是否願意接受搭檔以外的人給予的食物，就像納赫斯大哥說的一樣。完全只接受自己搭檔餵食的魔鳥很少見，不過看牠們的心情，有時候會不想讓生人餵。

「沒錯，要看魔鳥的個性。」

隨著一陣熟悉的振翅聲，凜然的女低音在營火照耀的暗夜從天而降。

「就像我的這孩子一樣。」

就在這個時候……

「隊長。」

「歡迎回來，隊長女士。」

在客人溫柔的說話聲迎接之下，一隻魔鳥降落在地面上，我們的隊長從鞍上翻身躍下。

隊長是位早已年過妙齡的女性，已是嘗遍酸甜苦辣的年紀，她凜然的目光卻不曾蒙上陰影。隊長穿起軍服相當合適，任誰看了都會說她是男裝麗人，老實說在我們整個騎兵團裡面，隊長是不分老少最受女性歡迎的人。

這就是在阿斯塔尼亞引以為傲的魔鳥騎兵團當中，君臨於頂點的人。

至於為什麼不叫「團長」，據說是在騎兵團規模遠比現在小，還叫做「魔鳥騎兵隊」的時候留下來的頭銜，不過這個說法的真偽不明。

「在晚上散步嗎？」

「這孩子想去兜兜風。」

「因為隊長的魔鳥喜歡在夜晚飛行嘛。」

「咦，但是……」

客人忽然不可思議地看向隊長的魔鳥。

看來客人對魔鳥已經有了相當程度的認識。如果他從晚餐後一直和納赫斯大哥聊到現在，這也沒什麼好奇怪，不過這種求知欲真是驚人。

沒錯，魔鳥的夜視能力不好，原本魔鳥本身也會排斥在夜間飛行。

「當然，這孩子在夜裡也看不清楚。」

那隻魔鳥將嘴喙伸進翅膀背面仔細理毛，隊長摸了摸自己的搭檔。

「不過這也是為了吹牠最喜歡的晚風，我會負責好好引導牠的。」

隊長哈哈笑著說道，模樣十足帥氣。

要多麼受到魔鳥信任才能實現夜間飛行，我完全無法想像，至少我和我的搭檔是辦不到的。排斥在夜晚飛行是魔鳥的本能，而隊長和搭檔之間的信任深厚得足以顛覆這種本能。

不，我對於自己和搭檔的信賴關係還是有信心的，騎兵團裡的所有成員應該都一樣；儘管如此，在夜晚飛行還是相當困難的事。

「是非常理想的搭檔呢。」

「對我們彼此來說都是。」

聽見貴客微笑著這麼說，隊長朝著搭檔使了個眼色，憐愛地撫摸牠柔軟的羽毛，接著那隻手牽起了韁繩。

「需要費心照料的孩子我很喜歡。相較之下，那邊那位副隊長實在太不需要費心了。」

「隊長……」

「哈哈，這是在誇你啊。」

隊長大笑出聲，接著朝客人眨了一下眼睛。

「所以他也有餘力照顧別人。你不妨也好好借助這傢伙的好意，不必客氣。」

這樣的人當然受歡迎囉。

「那麼，我就恭敬不如從命了。」

「你怎麼……不對，說到底客人本來就不必客氣……隊長！」

「好、好，接下來就交給你啦。」

隊長凜然挺直背脊，揮著手和魔鳥一起走向帳篷，那道背影真是太耀眼了。隊長，我一輩子追隨您！

之後我也漫無目的地隨便找個岩石坐下，優閒地聽著客人和納赫斯大哥談話，學到了很多新知，不過他們聊了很久都沒有結束的跡象，後來我就先睡了。那位貴客對魔鳥的興趣完全沒有止境。

自從我們在途中讓客人下了車、返抵阿斯塔尼亞，已經過了三天。

從上空俯瞰的王都也非常美麗，但還是自己的國家待起來最自在。我的搭檔好像也放鬆了下來，暖洋洋地窩在廄舍啄著牠愛吃的樹果。

「帶你去玩個水好了？」

手掌上傳來啄食樹果的觸感，真是舒服到受不了。

剝落的外殼從牠嘴邊小片小片掉下來，搭檔靈巧地動著嘴巴抬起臉，朝我偏了偏頭，模樣看得我忍不住笑。

我們這些王都遠征組的成員，自從歸國之後到今天都沒有安排任務，這是為了讓連續飛行數天的魔鳥保有休息時間。

「哦，玩水不錯欸。」

同樣也在慰勞自己搭檔的騎兵從相隔一間的鳥房探出頭來。他和我同年紀，不過比我早了幾年從見習生活畢業，是非常優秀的傢伙。

他雙手捧著滿滿的蠕蟲餵給搭檔吃，那是很貴的飼料，花錢不手軟啊。

「等一下一起去吧！」

「去海邊？」

「不是，去森林。」

「今天應該很擠吧。」

最適合魔鳥玩水的地點，感覺已經擠滿了想法相似的前輩們。

對於魔鳥騎兵團而言，假日同時也是隨心所欲與魔鳥共度的日子。這對我們來說很尋常，但就是因為這樣，其他兵團才會說我們「只是一群魔鳥笨蛋」吧。

「之前我找到了秘密的好地方。」

「哦，不錯耶！」

我說著露出意有所指的笑容，對方也咧嘴一笑。

搭檔聽說要玩水已經開始躁動期待了，為了牠好，還是快點把指甲修整好吧。我拿起掛在牆上的銼刀蹲到牠腳邊，銳利的指爪反射著光線。

「來，腳抬起來。哈哈，今天好乖哦。」

牠平時總是縮回腳不想磨指甲，今天卻只是扭動了一下，沒有抵抗。

我撈起地上的一隻腳爪捧在掌心，將銼刀滑過長長之後顯得更加銳利的爪子前端，感受得到尖銳的部分稍微磨掉了一些。

牠們本來是居住在岩地的生物，指爪也會自然磨鈍，但在這裡就沒辦法了。

「喂，不乖，不要亂動！」

「你搭檔老是很討厭修指甲喔。」

「哇噗……」

我目擊了那傢伙鳥房裡的乾草像天女散花一樣滿天飛的瞬間。

這是常有的事，魔鳥表達抗議的時候會踢乾草，尤其討厭磨指甲的魔鳥特別多。那傢伙一定被撒得滿頭都是草吧，我一面同情他，一面摸了摸搭檔胸口的羽毛表示誇獎。

「話說啊……啊，掉進嘴巴了。」

「什麼啊。」

那邊傳來魔鳥咕、咕的叫聲，聽起來也算是平靜下來了。

「我昨天看到那些客人了。」

「啥？」

「我去買蟲的時候看到的。」

「啊……這麼說來，他們已經進城啦。」

納赫斯大哥不曉得先跟衛兵交代了什麼，結果當天輪值門衛的傢伙興奮激動地跑過來說：「跟你說的一模一樣的傢伙真的來了！」這一幕我還記憶猶新。

「他們在做什麼啊？」

「全力觀光。」

「不是在忙委託喔！不對，畢竟他們才剛來嘛……」

我跟一刀比試過一次，他的實力強得過分。

獸人看起來也是卓越的戰士，我們喝酒的時候他不知不覺就混進來了。

但至於那位氣質高雅的貴客，我到現在還是無法完全相信他真的是冒險者，希望快點聽說他的冒險者活躍事蹟。

獸人跟我們喝酒的時候也把那位貴客的事蹟當作趣事來聊，但聽起來也不太像冒險者。像是從迷宮寶箱裡開出布偶啦，參加戲劇演出啦，還有被癡女盯上之類的，應該有一半是開玩笑的吧。

「也好啦，只要他們享受阿斯塔尼亞的生活就好了。」

「我看到的時候他們在試吃水果。」

同袍說，那是在一條擺滿水果攤販的街道上發生的事。

『好多沒嘗過的水果呢。』

『小哥啊，來試吃一口怎麼樣啊！』

『我要吃我要吃！』

『劫爾也吃吧，來。』

『嗯。』

『啊，好甜哦。』

『大哥臉超臭的啦。』

『那邊那種水果叫什麼呢？』

『哦，小哥你要吃吃看嗎？』

『給我吃給我吃！』

『看起來就好辣哦。』

『絕對超辣！』

『來，吃了就知道啦。』

『劫爾，給你。』

『……』

『超甜!!!』

『這實在是……』

『哈哈，因為這不是拿來生吃的水果啊！』
『大哥的表情嚇死人喔。』

據說有過這麼一段對話。
「現場狀況變得很像所有攤販聯辦的試吃大會。」
「為什麼啦。」
是阿斯塔尼亞國民的服務精神，再加上貴客一行人讓人主動獻貢的力量加起來所導致的嗎？
該怎麼說，各種意義上來說那三人都非常引人注目，平凡無奇的對話在他們身上竟有種不可思議的特別感，讓人不禁好奇到底是為什麼。不，他們本人應該只是表現出最自然的一面而已吧。
「我也有看到喔——」
「哦，前輩好！」
一位前輩帶著搭檔走進廄舍，看起來心情很好。
看起來他正好帶搭檔去洗過澡了，他打著赤膊露出結實的上半身，肌膚和頭髮，還有長褲幾乎都沾了水。跟魔鳥一起戲水就會變成這樣。
我們通常都會在水域附近的岩地上優閒躺下，等到魔鳥和人都弄乾身體再回王宮來，前輩身上看起來也快乾了。
「哇喔——」

「好涼！」

「抱歉、抱歉。」

魔鳥抖了抖濡濕的身體，水珠朝我們噴來，惹得我和同袍都哈哈大笑。

「你說看到什麼啊？」

「喔，你們不是在說那些貴客嗎？」

前輩把搭檔牽進鳥房，一邊拿掛在肩膀上的布幫牠擦乾羽毛一邊說。

魔鳥最表層的羽毛能夠彈開水滴，只要順著羽毛的方向擦拭馬上就乾了。

「我帶牠去泡澡之前順道回家一趟，結果在我家附近看到他們。」

「家附近有那些人在活動喔。」

「一定會多看一眼。」

順道一提，這位前輩已經成家了。

魔鳥騎兵團的成員常常因為太以魔鳥為優先而被甩，前輩身為我們當中少數的成功人士，私底下深受崇拜……主要是受到我崇拜啦。

「然後啊，看他們好像一下說往這邊、一下又說往那邊，我就去問他們需不需要幫忙。」

竟然迷路了。

「那時候只有那個氣質很高雅的客人和獸人兩個人而已，他們說在找書店，所以我就幫他們帶路……」

「書店……？」

同袍提高聲調問道，他的搭檔不悅地鳴叫了一聲要他專心。
我懂他想反問的心情，說到書不就是那個嗎？小孩子學寫字用的那個。不過，聽說最近也推出了寫給大人看的故事，作為女人和小孩的娛樂。
「沒錯。客人他想像中的書，好像跟我們認識的書不一樣……」
前輩仔細把魔鳥全身上下的水滴都擦乾，連腳爪都沒漏掉，然後啪地甩開毛巾。
根據前輩所說，他帶貴客到書店的時候發生了這樣的事。

『來，就是這裡啦。』
『謝謝……？』
『隊長？』
『那個，請問這裡……』
『怎麼了？』
『好像都是給孩童看的書，或是只有故事類書籍……』
『嗯？』
『那個，店裡的書籍種類好像……』
『啊……對喔，確實是比隊長平常逛的書店還要……怎麼說，沒那麼雜亂？』
『不，這就是一般的書店啊。』
聽見前輩這麼回答，客人好像領悟了一切似地露出了悲傷的表情。

「那時候客人臉上的表情實在是……該怎麼說，罪惡感……」
「啊……」
聽前輩說，書本在其他國家好像是非常偏門的興趣。
書店已經可說是店主興趣的延伸，店裡也擺放許多研究書或專門書籍，聽說是一種只有同好會登門光顧的店。
這也是國情使然嗎？我心裡不可思議地湧上一股歉意。就聽到的情報推斷，能夠滿足那位貴客的地方大概只有王宮的書庫了吧。我們這裡並不是完全沒有客人在找的那種書籍，希望他不要因此討厭阿斯塔尼亞。

「好，結束！」
喀啦喀啦磨完爪子，我放開腳爪，搭檔便低下頭來。
牠用嘴喙輕輕啃咬我的頭髮，就像在道謝一樣，我笑著摸摸牠的頸子回應。確認過稻草沒有勾在牠的爪子上，我站起身來。
「你好了嗎？」
「再等一下……好，走吧！」
「去散步？」
「我們想帶搭檔去玩水。」
前輩正準備走出廄舍，應該是去拿搭檔的飼料吧。看著他朝我們揮揮手，我跨上自己搭檔的鞍座。

接著，我們從開放的天花板飛向天空。

我們繞著阿斯塔尼亞上空緩緩飛了一大圈，地面上有小朋友朝著我和搭檔揮手，也有好幾位國民抬手遮在額前仰望天空。如果他們也對騎兵團懷抱著和我兒時同樣的憧憬，沒有比這更值得高興的事情了。

「哦，那不是那位貴客嗎？」

「啊？」

同袍追了上來，聽見他這麼說，我循著他手指的方向往下看去。

街道正中央有個人正仰望著這裡，人影雖小但不可能錯認。總覺得他似乎朝我們揮了揮手，笑意使得我的嘴角不覺有些鬆動。

「這應該可以解釋成他很享受這趟空中旅行吧？」

「那當然。」

牽引車廂的都是經過精挑細選的魔鳥，這是最棒的旅程，怎麼可能不享受呢！即使面對那位貴客，我還是能挺起胸膛這麼說，這是我身為魔鳥騎兵團一員最好的證明了。

察覺到我激昂的情緒，搭檔也發出一聲高亢響亮的鳴叫。願這聲響徹青空的鳥鳴傳遍這國家的每一個角落，我們放任衝動揚起嘴角，翅翼劃破長空朝森林飛去。

後記

騎乘魔物——我可以發自內心斷言，這哏被人用過再多次都是亙古不變的浪漫。

基本上我是毛絨絨過激派的人……不，沒有毛絨絨也沒關係，光溜溜或黏答答的魔物我也一樣喜歡，對於「魔物」這種生物我總是一不留神就會愛上，異形生物也很棒。有些魔物擁有按照常理不可能實現的外型，更是讓人心跳加速不能自已。

大家好，我是作者岬，受各位關照了。

首先請讓我向各位謝罪。

在「成為小說家吧」（小説家になろう）連載的《休假。》系列本篇當中，以我也意想不到的程度愛著旅店主人的各位讀者，真的是非常抱歉……沒想到一回神才發現旅店主人沒有半張插圖。

可愛的編輯特地提出要將旅店主人放入卷頭彩頁，但是彩色印刷對那傢伙來說實在太奢侈了……因此我當機立斷回絕了，在此向各位致歉。但我並不後悔，對那傢伙來說真的太奢侈了。

配角正是因為無法成為主要角色才叫做配角！我那愛好配角的血液在血管裡大肆蠢動。至於在第二集插圖中華麗登場的盜賊A，那是因為他是遮眼角色……沒辦法……（請參照第二集後記）。

感謝閱讀本系列的各位讀者，我做夢也沒想到書籍版的利瑟爾也能夠拜訪阿斯塔尼亞！為了回報大家關注《休假。》系列的恩情，我會盡全力將這三人組受到阿斯塔尼亞的氣氛影響，情緒稍微有點高昂的模樣呈現在大家眼前，請各位拭目以待。

不僅如此，繼廣播劇CD之後，《休假。》系列也決定要推出設定集了！真的、真的非常感謝大家！配合設定集的推出，我也會在「成為小說家吧」的活動報告當中募集各位讀者想問利瑟爾他們的問題，歡迎有興趣的讀者踴躍參加。不久之後或許也會辦人氣投票……？

將利瑟爾的假期製作成書的各位，這一集也受到各位照顧了。

感謝Sando老師在我挑剔地指定把伊雷文媽媽的胸部畫得再小一點、再小一點的時候，爽快地答應我的要求。每次都指定女性角色的胸部大小真的是非常抱歉。

還有總是陪在我身邊當我最可靠的夥伴，心胸開闊到菩薩等級的編輯大人，以及為「休假」系列帶來各式各樣可能性的 TO BOOKS 出版社。

最重要的是願意翻開本書的所有讀者，向各位致上我由衷的感謝！

二〇一九年八月　岬

國家圖書館出版品預行編目資料

優雅貴族的休假指南。6 / 岬著 ; 簡捷譯. -- 初版. --
臺北市 : 皇冠, 2020.12 面 ; 公分. -- (皇冠叢書 ;
第4901種)(YA！ ; 66)
譯自 : 穏やか貴族の休暇のすすめ。6
ISBN 978-957-33-3644-0 (平裝)

861.57 109018162

皇冠叢書第4901種
YA！066

優雅貴族的休假指南。6

穏やか貴族の休暇のすすめ。6

作　　者—岬
譯　　者—簡捷
發 行 人—平雲
出版發行—皇冠文化出版有限公司
台北市敦化北路120巷50號
電話◎02-27168888
郵撥帳號◎15261516號
皇冠出版社(香港)有限公司
香港上環文咸東街50號寶恒商業中心
23樓2301-3室
電話◎2529-1778　傳真◎2527-0904
總 編 輯—許婷婷
責任編輯—謝恩臨
美術設計—嚴昱琳
著作完成日期—2019年
初版一刷日期—2020年12月

法律顧問—王惠光律師

讀者服務傳真專線◎02-27150507
電腦編號◎515066
ISBN◎978-957-33-3644-0
Printed in Taiwan
本書定價◎新台幣320元/港幣107元